# IM NAMEN DER RACHE

## REIHE: DIE KUNST DER RACHE
### BUCH 1

## DAN PETROSINI

Erhältlich als E-Book, Druckausgabe und Hörbuch.

Erstausgabe: 2025

Druck-ISBN: 978-1-960286-57-4

Gedruckt in Naples, FL, USA

Sie können über mein Schreiben auf dem Laufenden bleiben und Zugang zu Büchern haben, die frei von Discounter sind, indem Sie sich meinem Newsletter anschließen. Normalerweise ist es einmal im Monat ausgestiegen und enthält auch Notizen zu Selbstwertgefühl, Motivationsstücken und Weinartikeln.

Es ist kostenlos. Siehe meine Website: www.danpetrosini.com

# DANKSAGUNG

Ich bin dankbar für die Liebe und Unterstützung meiner Frau Julie und unserer Töchter Stephanie und Jennifer.

Ein besonderer Dank gilt Scott Klabunde, der mich mit seiner stillen Leidenschaft für exotische Autos dazu inspirierte, in diese Welt einzutauchen.

# PROLOG

SEIT WIR AUS DER PFLEGEFAMILIE ABGEHAUEN WAREN, LIEF ES
besser. Aber es gab da noch eine offene Rechnung. Der Tag
der Abrechnung war endlich gekommen.

Der Mond war von Wolken verhüllt. Mario parkte den
Wagen vier Blocks vom Wasser entfernt, am nördlichen
Rand von Sea Girt, New Jersey. Es war perfekt; der Januar
sorgte dafür, dass die Gegend menschenleer war.

Als Mario den Motor abstellte, wurde mir flau im
Magen. Würde ich es durchziehen können? Ich schob die
Finger unter meine Mütze und fuhr über die Narbe, die
mein Leben ebenso sehr verändert hatte wie der Mord
an Mom.

Es war schwer, nicht daran zu denken, dass wir mehr
hätten tun können, um Beverly zu beschützen. Aber sie
mitzunehmen, als wir aus New Jersey flohen, war unmöglich. Es gab zu viele Unbekannte und Bev war zu jung, um
auf der Straße zu überleben. Wir mussten meine Schwester
von einer anderen Mutter zurücklassen.

Zu sagen, dass wir uns mühsam durchschlugen, war

eine Untertreibung und rechtfertigte es, sie bei den Bryants zu lassen. Aber keinen Weg gefunden zu haben, mit ihr in Kontakt zu bleiben, war etwas, das ich zutiefst bereute. Ich hoffte, dass die Rache an unserem Pflegevater, Bryant, ein großer Schritt in die richtige Richtung sein würde.

Das musste es sein. Was an jenem Tag geschehen war, verfolgte mich. Mario und ich ließen einen Ball gegen die Eingangstreppe prallen.

Bev schrie. Mario und ich rannten ins Haus und erstarrten.

Mit Entsetzen in den Augen kauerte Bev zwischen dem Sofa und der Wand. Mit rotem Gesicht ragte Bryant über ihr auf. Er nahm seinen Gürtel ab. »Das hier ist nicht dein Haus! Ich bezahle hier die gottverdammten Rechnungen.«

Bev wimmerte: »Tut mir leid, es tut mir so leid ...«

»Du isst, wenn wir essen!«

Mario sagte: »Sie hatte Hunger. Lassen Sie sie in Ruhe.«

Bryant hob die Faust. »Scher dich zum Teufel nochmal hier raus!«

Ich sagte: »Kommen Sie schon. Es war ein verdammtes Erdnussbutter-Marmeladen-Sandwich!«

Bryant ließ den Gürtel schnalzen. »Pass auf, was du sagst. Du bist der Älteste. Du kennst meine Regeln.«

Mario sagte: »Gehen Sie von ihr weg!«

»Kümmer dich um deine eigenen Angelegenheiten, sonst bist du der Nächste.«

»Sie hat nichts getan!«

»Halt die Klappe, bevor ich euch beiden die Köpfe einschlage.«

»Lassen Sie Bev in Ruhe, Sie gottverdammter Tyrann!«

Bryant lachte und schlug Bev mit dem Gürtel. Ihr Kreischen schrillte mir in den Ohren. Ich stieß Mario zurück. »Bleib hier.«

Ich senkte den Kopf und stürmte los, rammte Bryant.

Bryant krachte auf das Sofa. »Du kleiner Scheißkerl!«

»Lauf, Bev, lauf!«

Beverly rappelte sich mühsam auf.

Mein Kopf wurde nach hinten gerissen. Bryant hatte eine Handvoll meiner Haare gepackt. Ich flog auf den Couchtisch zu.

*Knack.*

Ein Blitz durchzuckte meinen Schädel. Meine Hand schoss zur Seite meines Kopfes.

Ein anschwellender Strom warmen Blutes floss über meine Finger. Mario schrie. Mein Sichtfeld verengte sich, dann wurde alles schwarz.

Mit hämmerndem Kopf kam ich zu mir. Mrs. Bryant hielt meine Hand und weinte. Ihr Mistkerl von einem Ehemann sprach mit dem Arzt in der Notaufnahme. »Er ist durchs Haus gerannt. Ich habe ihm gesagt, er soll aufhören, und zack, stolpert er, schlägt sich den Kopf an und hier sind wir.«

»Sie würden sich wundern, wie viele Kinder wir hier behandeln. Kinder sind eben Kinder.«

»Ich weiß, aber auf diesen hier muss man aufpassen; er kann rücksichtslos sein.«

»Keine Sorge, er wird wieder in Ordnung kommen. Ich nähe ihn und er wird so gut wie neu sein.«

In diesem Moment schwor ich, ihm das heimzuzahlen, was er verdiente. Leute durften nicht ungestraft Monster sein …

Mario tippte mir auf den Arm. »Bist du bereit oder was?«

»Ja. Zieh deine Handschuhe an.«

Wir stiegen aus und begannen, die Ocean Avenue entlang nach Spring Lake zu laufen, obwohl Bryant normalerweise ein paar Blocks entfernt angelte. Ich hielt beim Überqueren der Straße inne. Mario sagte: »Komm schon. Bringen wir es hinter uns.«

Wir hielten ein gleichmäßiges Tempo bei. Mario sagte: »Es ist eiskalt hier draußen.«

Ein Schweißtropfen rann mir den Rücken hinunter. Ich sagte: »Der Wind macht es noch schlimmer.«

Ein Splitter Mondlicht tanzte auf dem tosenden Meer. Ich stieß Mario mit dem Ellbogen an. Er blieb stehen. Ich flüsterte und zeigte auf eine Mole. »Sieh mal, da ist er.«

»Der Bastard.«

Mit pochendem Herzen sagte ich: »Glaubst du, uns hat jemand gesehen?«

»Nein.« Er winkte mit einer Hand zu den dunklen Häusern auf der anderen Straßenseite. »Hier ist niemand.«

Wir gingen die Treppe zum Strand hinunter. Im Schatten der Promenade bewegten wir uns auf einen Dämon zu, den ich austreiben musste.

Wenige Schritte von der Mole entfernt deutete Mario an, dass wir unsere Skimasken herunterziehen sollten. Zweifel schlichen sich ein, als die Wellen gegen die Felsen schlugen. Mario flüsterte: »Schubst du ihn immer noch rein?«

Ich zwang mich zu einem Nicken. »Bist du sicher, dass er genug getrunken hat?«

»Es ist nach zwölf, er muss sturzbetrunken sein.«

Ich blieb stehen. »Er sieht aber nicht so aus.«

»Wovon redest du? Er schwankt doch.«

»Was ist, wenn uns jemand sieht?«

»Machst du einen Rückzieher?«

Ich kletterte auf die Felsen. »Nein.«

Geduckt näherten wir uns Bryant. Unser ehemaliger Pflegevater holte mit seiner Angel aus und warf sie aus.

Ich rutschte auf einem algenbewachsenen Felsen aus und griff nach meinem Knöchel. Als die Gischt über uns spritzte, flüsterte Mario: »Alles in Ordnung bei dir?«

»Ich hab ihn mir verknackst.« Es war eine leichte Verstauchung. Ich stand auf und belastete ihn. Ich täuschte eine Grimasse vor. »Ich hab ihn mir übel verdreht, wir müssen zurück.«

»Nein, du bleibst hier. Ich kümmere mich um ihn.«

»Nein. Wir können kein Risiko eingehen.«

»Keine Sorge, ich schubse den Bastard rein. Ich kann es kaum erwarten, ihn ertrinken zu sehen.«

»Nein! Ich muss das tun.« Ich zeigte hinter mein Ohr. »Er hat mir das angetan!«

Bryant drehte sich um. Bei dem Krachen der Wellen gegen die Mole konnte er unmöglich gehört haben, was gesagt wurde.

Ich sagte: »Komm schon. Lass uns von hier verschwinden.«

»Nein. Wir sind so weit gekommen. Lass mich den Scheißkerl reinschubsen. Ist mir egal, ob er mich sieht oder nicht.«

»Das ist dummes Gerede. Ich lasse mir was Besseres einfallen.«

Ich packte seinen Arm und zog ihn in Richtung Sand.

Es war eine Nacht, die ich immer noch bereute. Bryant starb ein Jahr später und nahm mir damit die Chance, den Mangel an Mut wiedergutzumachen, der mein Leben seither geprägt hat.

# 1

———

Es gibt Gerechtigkeit, und dann gibt es Wiedergutmachung – das sind zwei Paar Schuhe. Wir haben ein Justizsystem, aber selbst wenn es perfekt funktioniert, und das tut es selten, ist es unbefriedigend.

Wo bleibt die Gerechtigkeit, wenn man einen Verbrecher bis zu seinem Prozess auf freien Fuß setzt? Larry Boyd, der Mann, der meine Mutter getötet hat, war auf Kaution frei. Boyd hatte ein Vorstrafenregister. Ein langes. Ich verstehe das mit dem ordentlichen Gerichtsverfahren, aber die Waagschalen der Justiz sind aus dem Gleichgewicht. Und zwar gewaltig.

Es dauert Jahre, bis jemandem der Prozess gemacht wird. Wenn er verurteilt wird, gibt es endlose Berufungen, die die Familie des Opfers durch die Hölle gehen lassen. Und dann gibt es die Haftentlassung auf Bewährung. Jeder verdient eine zweite Chance, aber das Opfer bekommt keine zweite Chance; es wird verarscht. Schon wieder.

Und da komme ich ins Spiel. Ich bin das, was man einen »Geradebieger« nennt.

Menschen haben ein unstillbares Verlangen nach Rache. Ein tief sitzendes Bedürfnis, für einen Ausgleich zu sorgen. Es ist wahrscheinlich fest in unserer DNA verankert. Selbst wenn es nicht biologisch ist, verlangen unsere Gefühle eine Reaktion.

Die Leute wollen, dass gegen eine Ungerechtigkeit etwas unternommen wird, aber sie werden selten selbst aktiv.

Der Wunsch nach einem Ausgleich ist verständlich, aber in den meisten Fällen unmöglich. Wenn ein geliebter Mensch ermordet wird, mag es sich gut anfühlen, den Mörder zu töten, aber das bringt den geliebten Menschen nicht zurück, und man selbst landet im Gefängnis. Daher der Spruch: Die beste Rache ist eine, die zu weit gegangen ist.

Gibt es einen besseren Weg als Auge um Auge? Die Menschen, denen ich helfe, wissen, dass es einen gibt.

Sie denken jetzt an die Mafia, aber es geht nicht darum, Beine zu brechen oder Drohungen auszustoßen. Oft arbeite ich mit der Polizei zusammen, aber es gibt Dinge, die sie nicht tun können oder wollen. Es geht darum, bei der Vergeltung kreativ zu werden.

Man sagt uns, der Schlüssel zum Glück sei Akzeptanz. Akzeptiere das Leben, wie es ist, und die Menschen, wie sie sind, ohne Bitterkeit, und du wirst frei sein. Das kaufe ich nicht ab. Marcus Aurelius hat vor langer Zeit gelebt, aber er hat es auf den Punkt gebracht, als er sagte: »Gerechtigkeit ist die Quelle aller anderen Tugenden.«

Ich gebe nie etwas zu, aber ich muss manchmal in schmutzigen Gewässern schwimmen, also ist das oben Genannte vielleicht nichts weiter als eine Rechtfertigung für das, was ich tue. Und das ist für mich in Ordnung; es hilft mir, durch den Tag zu kommen.

————

DAS WEGWERFHANDY in meiner Tasche vibrierte.

»Woher haben Sie diese Nummer?«

»Mario hat sie mir gegeben.«

»Okay.«

»Spreche ich mit Mr. Beck?«

»Wer will das wissen?«

»Tom, Tom Peterson.«

»Was wollen Sie?«

»Mario sagte, Sie könnten mir helfen. Ich wurde übers Ohr gehauen.«

»Cambier Park. Beim Schild an der Eighth Street. Um zwei.«

»Ich weiß nicht, wie Sie aussehen.«

»Ich werde Sie finden.«

## 2

Ein Mann in Cargoshorts und einem grünen T-Shirt musterte unablässig die Straße. Fünfhundert Menschen saßen in Klappstühlen und füllten den Park. Ich wartete, bis die Musik vom Parkplatz herüberzudringen begann.

Die Naples Big Band spielte »This Could Be the Start of Something Big«. War das ein Omen für einen fetten Zahltag?

Peterson zuckte zusammen, als ich ihm auf die Schulter klopfte. »Mr. ... Mr. Beck?«

»Nennen Sie mich einfach Beck. Lassen Sie uns ein Stück gehen.«

»Wohin gehen wir?«

Ich deutete nach Süden. »Dorthin, wo es ruhiger ist.«

»Wohnen Sie hier in der Gegend?«

»Schöne Musik.«

»Die sind gut.«

Als wir an den Tennisplätzen vorbeigingen, sagte ich: »Warum haben Sie sich an mich gewandt?«

Er biss sich auf die Lippe. »Der Bastard hat meine Frau

umgebracht und saß nicht einen einzigen Tag im Gefängnis.«

Ich blieb vor dem Norris Center stehen. »Erzählen Sie mir alles.«

»Marilyn war auf dem Heimweg; sie kam vom Friseur in der Innenstadt, gleich hier die Straße rauf. Sie war schon fast zu Hause, als dieser Irre in sie reingekracht ist. Der Typ heißt Brett Caden.«

»Wo hat sich der Unfall ereignet?«

»Das war kein verdammter Unfall; er war betrunken. Der Bastard war total zugedröhnt.«

Ich nickte.

»Marilyn war auf der Livingston Road, und Caden ist an der Vanderbilt-Kreuzung über die rote Ampel gebrettert. Er hat sie von der Seite erwischt.« Peterson ließ den Kopf hängen. »Sie sagen, sie war auf der Stelle tot, aber woher wollen die das wissen?«

»Und der andere Fahrer?«

»Caden saß in einem dieser verdammten Tahoes. Die sollten verboten werden, so groß wie die sind.«

Ich sagte nichts.

»Er hatte kaum einen Kratzer.«

»Wurde er verhaftet?«

Er nickte. »Aber das hatte nichts zu bedeuten. Caden ist davongekommen.«

»Die Anklage wurde fallengelassen?«

»Nein, die Gerichtsverhandlung war eine Farce. Der totale Schwachsinn. Deshalb bin ich hier. Werden Sie mir helfen?«

»Ich kann nichts versprechen. Ich sehe mir die Sache an.«

Wenn Leute nicht die Ergebnisse bekamen, die sie sich

wünschten, sagten viele, das System sei manipuliert. Manchmal war es Korruption, andere Male waren sie einfach nur wütend und irrten sich. Ich interessierte mich für die Fälle, bei denen das System versagt hatte.

Als Peterson in sein Auto stieg, überquerte ich die Straße und blieb vor dem Rathaus stehen. Zigarrenrauch lag in der Luft, als ich eine Nachricht an Mario schickte: *Triff mich im Country Club.*

## 3

---

Der Parkplatz des North Naples Country Club war fast voll. Die Happy Hour begann erst in neunzig Minuten, und die Parkplatzsuche um diese Zeit war alles andere als ein Vergnügen. Ich faltete die *Florida Weekly* um einen Umschlag und stieg aus dem Wagen.

Die Besitzer des Lokals hatten einen Sinn für Humor, denn sie nannten den Laden einen Country Club. Außerdem zeigten sie auf dem Schild vor dem grünen Gebäude witzige Sprüche. Heute stand dort: »Gönn deiner Mutter eine Margarita. Du bist wahrscheinlich der Grund, warum sie trinkt.«

Das Lächeln, das der Spruch mir entlockte, verflog schnell. Es war über zwanzig Jahre her, und die Erinnerung an den Tod meiner Mutter schmerzte immer noch.

Ich schnappte mir einen Tisch neben einer Wand, die mit Nummernschildern bedeckt war. Zigarettenrauch zog von den Außenplätzen herein, die an der Route 41 lagen. Das Verlangen nach einer Zigarette war eine weitere Sache, die mit der Zeit nicht verblasst war.

Eine Kellnerin mit schwingendem Pferdeschwanz zwitscherte: »Was kann ich Ihnen bringen?«

»Einen Tito auf Eis.« Mein Bruder von einer anderen Mutter, Mario, kam gerade zur Tür herein. »Machen Sie zwei daraus.«

Mario streckte die Faust für einen Gruß aus und ließ sich auf einen Stuhl gleiten. »Wie läuft's, Beck?«

Ich nickte und schob die Zeitung in die Mitte des Tisches. Mario zog sie auf seinen Schoß. »Das war ja ein Kinderspiel.«

»Alles ist ein Kinderspiel, bis man es selbst machen muss.«

Er lächelte.

»Dieser Peterson, was hat es mit dem auf sich?«

»Er hat Kohle, besitzt eine Allstate-Versicherungsagentur an der Bonita Beach Road.«

»Wie hat er dich gefunden?«

»Ein Freund von Squire hat ihm gesagt, er soll mich anrufen.«

»Welcher Freund?«

»Immer mit der Ruhe, Beck.«

Die Kellnerin stellte unsere Drinks ab und ging.

»Je tiefer das Becken, desto mehr Ertrinkungsfälle.«

»Noch ein stoisches Zitat?«

»Das ist von mir.«

»Was für einen Preis denkst du, ihm zu nennen?«

»Habe ich noch nicht entschieden.« Geld war schön und gut, aber es war nicht die einzige Motivation.

»Es muss 'ne Menge sein. Das ist eine krasse Geschichte; der Typ, der seine Frau getötet hat, ist davongekommen.«

Ich nahm einen Schluck von meinem Wodka. »Was weißt du?«

»Du musst mit Larson reden, aber nach dem, was ich herausgefunden habe, kam der Fahrer wegen irgendeines Formfehler-Scheißes davon. Er war betrunken, sein Alkoholspiegel lag über dem Grenzwert, aber ...«

Eine Kellnerin mit einem Tablett ging an unserem Tisch vorbei. Mario sagte: »Mann, hast du das gesehen? Pabst-Bier. Ich wusste gar nicht, dass das noch hergestellt wird. Erinnerst du dich noch, als wir uns mal was von Bryant gekrallt haben?«

Ich nickte.

»Mann, wir waren, was, vielleicht zwölf? Sobald du gekotzt hast, wusste er Bescheid. Mann, hat der uns den Arsch versohlt.«

»Er brauchte nie einen Grund, um uns zu verprügeln.«

»Da hast du verdammt recht, Bruder. Hätten wir nicht zusammengehalten, hätte er einen von uns umgebracht.«

Ich fuhr mit dem Finger über die fünf Zentimeter lange Narbe hinter meinem Ohr, die unser Pflegevater mir verpasst hatte. »Nicht einmal das war genug für das Jugendamt von Jersey.«

»Deshalb mussten wir ja auch verdammt noch mal da weg.«

Ich zuckte mit den Schultern. »Ich denke immer noch an Bev. Ich hoffe, Bryant hat sie in Ruhe gelassen.«

»Keine Sorge. Mrs. Bryant hat sich um sie gekümmert. Ihr ging es gut.«

»Mrs. B hatte keine Eier in der Hose.« Sobald ich es ausgesprochen hatte, wusste ich, dass es unfair war.

»Ach, komm schon, Mann. Sie hat uns das Geld für die Flucht gegeben. Der alte Bryant muss ihr die Hölle heiß gemacht haben, als er es herausfand.«

Das stimmte, war aber nicht der Grund, warum ich die unfaire Bemerkung bedauerte. »Ich muss los.«

———

CABANA DANS HÜTTE war vom Hurrikan Ian zerstört worden, aber er vermietete immer noch Strandausrüstung unter einem Sonnenschirm am Vanderbilt Beach. Das Wasser hatte einen bräunlichen Schimmer und war für den Golf von Mexiko rau.

Ich nickte dem Aufseher mit dem Kinn zu. »Ist Larson da?«

»Jep, ist vor 'ner Stunde gekommen. Er ist an seinem üblichen Platz.«

Ich schlängelte mich durch die Menge der Strandbesucher und ging auf einen grünen Sonnenschutz am Rand des Ritz-Carlton-Strandes zu. Im Schatten versteckt, schlief Larson auf einer Chaiselongue. Ich wackelte an seinem großen Zeh.

Er riss die Augen auf. »Hey, Beck. Ich schätze, ich bin eingenickt.«

Ich lehnte mich auf dem Stuhl neben ihm zurück und sagte: »Hab dich bis zu meinem Auto schnarchen gehört.«

»Wieder ein herrlicher Tag.«

»Anfang Februar kann unbeständig sein. Aber dieser hier war unglaublich.«

»Da hast du recht.« Er lächelte. »Ich hatte noch keine Gelegenheit, den Kamin zu benutzen.«

»Das Verrückte ist, dass zwischen hier und Sarasota mehr Gaskamine verkauft werden als sonst wo im Land.«

»Das glaube ich sofort. In der Kühlbox ist Wasser, wenn du willst.«

Ich hob den Deckel und schnappte mir ein San Pellegrino. »Ist dir Poland Spring nicht gut genug?«

»Sprudelwasser ist erfrischend.«

»Früher, Ray, hast du Leitungswasser getrunken.« Larson hatte aufgerüstet, nachdem er eine riesige Summe Schmerzensgeld gewonnen hatte. Obwohl er Strafverteidiger war, hatte er irgendwie einen Mandanten an Land gezogen, der bei einem im Umbau befindlichen Walmart verletzt worden war. Das war ein fetter Zahltag; die finanzielle Sicherheit ermöglichte ihm einen zehnjährigen Dienst als Beamter im Sheriff's Office von Collier County.

»Früher? Du bist, was, neununddreißig?«

»Kommt hin.«

»Mario ist ein Jahr jünger als du?«

»Jep.«

»Ich musste neulich an dich denken. Du warst der beste Ermittler, den wir je hatten.«

Ich zuckte mit den Schultern.

»Und du hattest keine formale Ausbildung.«

»Das Leben auf der Straße wird unterschätzt.«

»Überleben ist der beste Lehrmeister.«

»Seneca sagte: ›Alles kann passieren, also erwarte alles.‹«

»Du musst dich mal entspannen. Du kannst nicht rund um die Uhr auf der Hut sein.«

Für ihn war das leicht gesagt. »Mario meinte, du weißt über Tom Peterson und den Unfall seiner Frau Bescheid.«

Er wiegte den Kopf. »Das ist ein trauriger Fall. Es gibt das Gesetz und dann gibt es die Gerechtigkeit. Es überrascht mich nicht, dass Peterson sich gemeldet hat.«

Ein Wasserball kullerte herüber. Ich ließ ihn zu einem Kind zurückprallen und sagte: »Setz mich ins Bild.«

# 4

LARSON SCHWANG DIE BEINE VON DER CHAISELONGUE. »SEIN Anwalt hat die Staatsanwaltschaft ausgetrickst. Ich bin mit seinen Taktiken nicht einverstanden, aber Puzo ist ein verdammt guter Anwalt.«

Als Anwalt musste er es ja wissen. Ich grub mit dem Fuß eine Furche in den Sand. »Puzo ist Teil des Problems.«

»Darüber lässt sich streiten. Er tut nur, was das Gesetz ihm erlaubt.«

»Mario meinte, Puzo hätte einen Formfehler ausgenutzt.«

»Cadens Blutalkoholwert war mehr als doppelt so hoch wie der erlaubte Grenzwert. Es stand außer Frage, dass er fahruntüchtig war.«

»Warum ist er dann davongekommen?«

»Puzo hat die Ergebnisse des Alkoholtests anfechten lassen. Der Landkreis hatte das Gerät nicht innerhalb des vorgeschriebenen Zeitraums neu kalibriert oder getestet.«

»Wie lange waren sie überfällig?«

»Nur einen Tag oder so nach der Frist. Der Landkreis

hat bewiesen, dass es funktionstüchtig war, und dem Richter die Testdaten vorgelegt, aber sie wurden für unzulässig erklärt.«

»Was ist mit den Nüchternheitstests vor Ort?«

Larson griff in die Kühlbox. »Puzo hat auch die angefochten. Er argumentierte, Caden sei bei den Tests durchgefallen, weil er eine Stressfraktur im linken Fuß hatte.«

»Er ist mit einem gebrochenen Fuß herumgelaufen?«

Larson zuckte mit den Schultern. »Puzo ist gerissen. Soweit ich weiß, sind Stressfrakturen auf normalen Röntgenbildern nicht zu sehen, und wenn doch, dann erst Wochen nach dem Bruch. Er hatte die Krankenakten von zwei Ärzten, die Caden behandelten. Natürlich kam Caden mit einem Gipsverband vor Gericht.«

»Glaubst du, der Bruch war echt?«

»Wer weiß? Puzo arbeitet mit einem Haufen zwielichtiger Ärzte zusammen. Vielleicht hat einer von ihnen Caden von einer Leiter springen lassen, um einen Bruch zu verursachen.«

»Meinst du, er würde so etwas tun, um begründete Zweifel zu säen?«

Larson zuckte mit den Schultern. »Das war sein Ziel, und Caden ist davongekommen.«

»Glaubst du, dass Caden schuldig war?«

»Ja, aber du weißt ja, dass es darum im Justizsystem nicht geht.«

»Aber du hast gesagt, er war über dem Grenzwert und ist betrunken gefahren.«

»Das stimmt, aber tatsächliche Schuld und rechtliche Schuld sind zwei verschiedene Dinge. Jeder gilt als unschuldig, bis seine Schuld vor Gericht bewiesen ist. Jemand kann tatsächlich schuldig, aber nicht rechtlich schuldig sein, wenn es nicht genügend Beweise gibt.«

»Und das war's dann?«

Larson breitete die Hände aus. »Puzo hat das System wie ein Virtuose ausgespielt und sein Mandant ist davongekommen.«

»Und die Familie Peterson wurde verarscht.«

Larson stand auf. »Das passiert ständig. Willst du einen Spaziergang machen?«

»Wie weit willst du gehen?«

»Pelican Bay, Richtung Norden.«

Ich griff nach einer weiteren Flasche Wasser. »Na gut, los geht's; ich habe heute noch was zu erledigen.«

Larson warf mir einen Blick zu, als wir zum Wasser gingen. »Ach ja, ich hatte vergessen, dass morgen der Sechzehnte ist.«

»Schon gut, Mann.«

»Wir sollten morgen etwas unternehmen. Willst du Kajak fahren?«

»Nein.«

»Ich komme rüber. Wir hängen zusammen ab.«

»Ich muss allein sein.«

»Ich schicke jemanden vorbei, der nach dir sieht.«

Ich trat gegen die Brandung. »Ich brauche keinen Babysitter.«

»Versprich mir, dass du es nicht übertreibst.«

Eine Welle umspülte meine Knöchel. »Das Wasser ist warm für Februar.«

———

ICH BÜRSTETE den Sand von meinen Füßen und sprang in mein Auto.

Der Publix-Parkplatz gab sein Bestes, eine Autoscooter-Bahn zu imitieren. Ich wich einer Frau aus, die zurücksetzte, und ging in den Laden.

Die Auswahl an Rosen war anständig. Ich schnappte mir zwei der am besten aussehenden Sträuße und bezahlte. Ich fuhr die 111th Street hinunter, bog in eine Zufahrtsstraße ein und parkte.

Ein Paar, das auf einer Bank saß, nickte mir zu und schenkte mir ein gezwungenes Lächeln. An dem Grabstein neben dem Grab meiner Eltern war ein verwelkter Geburtstagsballon festgeklebt.

Ich legte die Rosen auf den Sims, zündete mir eine Zigarette an und schloss die Augen. Mir Mom vorzustellen war einfacher, aber es fiel mir nicht leicht, ein Bild von Dad heraufzubeschwören. Dr. Google sagte, das läge daran, was aus ihm geworden war, nachdem meine Mutter getötet worden war.

Dad hatte schon immer gerne Tequila getrunken, doch am Boden einer Flasche fand sich nie ein Mittel gegen Trauer. Er trank sich zu Tode, aber mit einem gebrochenen Herzen war er eine leichte Beute.

Da sich niemand um mich kümmerte, wurde ich von einer Pflegefamilie zur nächsten geschoben. Ich brauchte zehn Jahre, um ihm zu verzeihen.

Wut und der Kampf ums Überleben hatten meine Fähigkeit zu denken blockiert.

Aber es war klar: Die Kugel, die meiner Mutter das Leben nahm, war auch für den Tod meines Vaters und das Chaos in meinem Leben verantwortlich. Der Mörder, Larry

Boyd, hatte abgedrückt, aber das System war für das verantwortlich, was meiner Familie zugestoßen war.

Boyd war auf Kaution frei gewesen, als er Mom erschoss. Warum war er mit einer Vorstrafe wegen schwerer Körperverletzung freigelassen worden? Er hätte auf keinen Fall auf freiem Fuß sein dürfen. Die Clowns, die New York City regierten, hatten alles verdreht; sie behandelten Kriminelle wie Opfer und ließen sie innerhalb von Stunden nach ihrer Verhaftung wieder auf die Straße, um erneut zu terrorisieren.

Die wahren Schuldigen waren die Eliten und die Gutmenschen, die Gesetze unter dem Deckmantel der Reform verabschiedeten, während der kleine Mann den Preis mit seinem Blut bezahlte.

———

»HEY, Doc, ich habe eine kurze Frage an Sie.«

»Sicher, Beck. Was haben Sie auf dem Herzen?«

»Ich muss etwas über Stressfrakturen im Fuß wissen.«

»Nun, der zweite und dritte Mittelfußknochen sind dünn und anfällig für Ermüdungsbrüche.«

»Lassen sie sich leicht feststellen?«

»Nicht besonders. Diese Brüche sind oft unsichtbare Verletzungen und zeigen nicht immer Anzeichen an der Hautoberfläche. Oft gibt es keine Blutergüsse oder Schwellungen.«

»Sind sie schmerzhaft?«

»Das können sie sein. Patienten verwechseln den Schmerz oft mit anderen Verletzungen wie einem Sehnenriss, einer Bänderdehnung oder einer Muskelzerrung.«

»Würde es das Gangbild beeinflussen?«

»Der Schmerz könnte zu einer Veränderung des Gangbilds einer Person führen.«

»Ist es möglich, sich selbst einen Ermüdungsbruch zuzufügen?«

Er blinzelte. »Meinen Sie absichtlich?«

»Genau.«

»Ich wüsste nicht, warum das jemand wollen sollte, aber sicher, man könnte von etwas herunterspringen, sagen wir, aus zwei Metern Höhe, und auf dem Teil des Fußes landen, mit dem man sich beim Gehen abstößt. Wenn man das tut, verursacht man wahrscheinlich einen Bruch.«

Wie kreativ oder korrupt war Puzo? Hatte Caden wirklich einen Bruch? Oder war es eine Ausrede, um sein Versagen beim körperlichen Teil des Nüchternheitstests zu vertuschen? Wenn er einen Ermüdungsbruch hatte, hatte Caden ihn sich dann nach dem Unfall selbst zugefügt?

Zweifellos würden Menschen alles tun, um einer Mordanklage zu entgehen, aber diese Situation erforderte Fantasie und die Hilfe von Fachleuten. Die Staatsanwaltschaft mit ihren unbegrenzten Mitteln war nicht in der Lage gewesen, die Wahrheit aufzudecken. War es mangelnder Einsatz oder die Tatsache, dass es nichts zu verbergen gab?

# 5

---

ALS TAGESLICHT DURCH DEN SPALT MEINER AUGENLIDER
sickerte, kniff ich sie fest zu und zog mir ein Kissen über
den Kopf. Das Handy auf dem Nachttisch vibrierte weiter.
Endlich hörte es auf und ich versuchte, wieder einzu-
schlafen.

Ein Rasenmäher sprang an; die Gärtner waren da.
Anstatt gegen den Soundtrack Floridas anzukämpfen,
schwang ich meine Beine aus dem Bett. Mit hämmerndem
Kopf schleppte ich mich ins Bad.

Ich kippte die Advil-Flasche, schüttete vier Tabletten
heraus und warf sie mir in den Mund. Ich trank Wasser
direkt aus dem Hahn, um sie hinunterzuspülen.

Während ich auf Linderung wartete, setzte ich mich aufs
Bett und nahm mein Handy in die Hand. Vier verpasste
Anrufe von Mario und zwei von Larson. Ich scrollte durch
meine Textnachrichten. Als ich das zweite Geburtstags-GIF
sah, wischte ich es weg und ging in die Küche.

Beim Anblick der halbleeren Flasche Tito's auf dem
Couchtisch drehte sich mir der Magen um. Ich schaltete die

Nespresso-Maschine ein. Während sie aufheizte, leerte ich einen Aschenbecher und schwor Alkohol und Tabak ab.

Der Duft des dunklen Röstkaffees hob meine Stimmung. Während ich daran nippte, vibrierte mein Handy. Es war Mario. »Hey, ist alles in Ordnung bei dir?«

»Mir geht's gut. Was gibt's?«

»Kriegst du 'ne Erkältung?«

»Nein.«

»Deine Stimme klingt so.«

»Nur müde, Mann.«

»Willst du mich später zurückrufen?«

»Warum hast du angerufen?«

»Hab einen Tipp bekommen. Über einen Bekannten.«

»Und?«

»Ein Typ namens Bert Hartmann meinte, er sei von einem Betrüger um die Hälfte seiner Ersparnisse gebracht worden.«

»Wie viel hat er verloren?«

»Dreihunderttausend.«

»Was für eine Masche?«

»Eine Investition, die den Bach runterging.«

»Wie alt ist der Kerl?«

»Sechzig.«

»Will er das Geld zurück?«

»So weit bin ich nicht gekommen. Dachte …«

Ich sah auf die Uhr der Mikrowelle. Es war halb elf. »Ruf Yushenko für mich an. Ich brauche eine Infusion, um zu hydrieren, sonst schaffe ich heute gar nichts.«

»Okay. Soll ich diesem Hartmann-Typen sagen, dass es einen Tag länger dauert?«

»Nein. Um zwei. Im ›Bean to Cup‹.«

»Okay. Ich schicke dir ein Foto von ihm.«

Yushenko schlenderte ins Behandlungszimmer. Er überprüfte den Beutel, der an einem Ständer hing. »Fühlen Sie sich etwas besser?«

»Ja, Sie können sie rausnehmen.«

»Sind Sie sicher?«

Ich nickte. »Beeilen Sie sich, Doc, ich muss wahnsinnig dringend pinkeln.«

Während er die Infusion aus meinem Arm entfernte, sagte der Arzt: »Komasaufen ist hart für Ihren Körper. Es ist extrem entzündungsfördernd, ganz zu schweigen von dem Schaden, den Sie Ihrer Leber zufügen.«

»Ich mache das nicht oft.«

»Wenn der Schaden einmal angerichtet ist, kann keine noch so gute Flüssigkeitszufuhr ihn rückgängig machen.«

Ich griff in meine Tasche, zählte fünf Hunderterscheine ab und drückte sie ihm in die Hand. »Danke, Doktor. Ihnen noch einen schönen Tag.«

Ich bog vom Bayshore Drive in eine winzige Ladenzeile ein, parkte und stieg aus. Ich bückte mich und streichelte ein braunes Fellknäuel, dessen Leine an einem Stuhl befestigt war. Die Leute waren unvorsichtig.

Der Kaffeegeruch zog mich hinein. Das »Bean to Cup« versprühte eine Atmosphäre der 1960er Jahre. Es war sich nur nicht sicher, ob es Greenwich Village oder eine kalifornische Strandstadt sein wollte. Ich bestellte eine Tasse Kaffee und musterte die Leute, die in dem kleinen Laden verstreut saßen.

Auch wenn der finstere Blick auf seinem Gesicht nicht zu dem auf seinem Führerscheinfoto passte, der mönchsartige Haarkranz tat es. Hartmann blickte in meine Richtung. Ich nickte und holte meinen Kaffee ab.

Als ich mich auf einen marineblauen Stuhl gleiten ließ, sagte Hartmann: »Freut mich, Sie kennenzulernen.«

»Ganz meinerseits. Worum geht es?«

»Hat Mario Sie nicht ins Bild gesetzt? Ich habe ihm gesagt…«

»Nichts geht darüber, es aus erster Hand zu hören.«

Er sprach mit der gedämpften Stimme eines Bestatters. »Ich wurde von einem Arschloch namens Dave Engle um dreihunderttausend Dollar betrogen. Er hat mir die Hälfte meines Geldes abgenommen. Jetzt habe ich nicht genug für den Ruhestand. Ich werde mir den Arsch abrackern müssen, bis ich achtzig bin.«

»Ich muss wissen, was passiert ist.«

Er zischte: »Er hat mich verarscht. Sagte, es sei eine gute Investition, man könne nicht verlieren und ich würde mein Geld in zwei Jahren verdoppeln.«

»Was für eine Art von Investition?«

»Irgendwas mit Stoffwechsel. Er sagte, deren Gerät würde einem während des Trainings Informationen geben und, wissen Sie, die Leistung optimieren, das war das Wort, das er ständig benutzte, die Leistung optimieren.«

»Für Sportler?«

»Nein, das war ja das Ding. Er sagte, einige Profimannschaften benutzten es bereits und seine Firma würde es auf den Massenmarkt bringen.«

»Wie heißt die Firma?«

»Core Analytics.«

Eleganter Name. »Also hat er Ihnen von dieser Gelegenheit erzählt und Sie haben investiert?«

»Ja, er sagte, es sei die Chance, von Anfang an dabei zu sein. Er sagte, das könne gar nicht schiefgehen.«

»Haben Sie die Firma überprüft?«

»Ein bisschen, aber einer meiner Nachbarn hat etwas nachgeforscht und gesagt, sie sei seriös.«

»Hat er auch investiert?«

»Ja, aber er kann es sich leisten, etwas Geld zu verlieren. Er hat einen Haufen Kohle gemacht, als er seine Firma in Michigan verkauft hat.«

»Wie viel hat er verloren?«

»Ungefähr so viel wie ich.«

»Was soll ich für Sie tun?«

»Ich will mein Geld zurück.«

»Geben Sie mir Engles Daten.«

»Du holst mir mein Geld zurück?«

Ich stand auf. »Ich schaue mir die Sache mal an.«

Ich nahm einen großen Schluck, warf den Rest meines Kaffees in den Müll und ging nach draußen. Ich bekam eine Nachricht. Larson, mein Kumpel und Anwalt, der mehr Verbindungen hatte als die Stadtwerke, wollte mich sehen. Ich sprang in meinen Wagen und fuhr nach North Naples.

Der Wachmann am Tor von Pelican Marsh winkte mich durch. Larson wohnte in den Arbors, einer von gut zwanzig Nachbarschaften in der großen Wohnanlage. Sein Haus war eines der kleineren in der Straße, hatte aber einen Wahnsinnsausblick auf einen See und den dazugehörigen Golfplatz.

Ich folgte Larson auf die Veranda, wo sich ein Ventilator träge drehte. Wir setzten uns an einen Tisch, auf dem ein

Tablett mit einem beschlagenen Krug Eistee und zwei Gläsern stand.

Ein Pelikan landete gleitend auf dem See. Ich sagte: »Du hast echt eine tolle Aussicht.«

»Das hat mich an dem Grundstück gereizt.« Er lächelte. »Gestern Abend ist eine Otterfamilie direkt hier vorbeigelaufen.«

»Das war bestimmt cool.«

»War es auch. Schenk dir ruhig ein Glas ein. Ich muss kurz einen Ordner für dich holen.«

Ich füllte zwei Gläser und nahm einen Schluck. Er war ungesüßt. Auf dem Tablett gab es nichts, um ihn genießbar zu machen.

Larson öffnete die Schiebetür und streckte die Hand aus. Er hielt zwei Päckchen Sweet'n Low darin. »Fast vergessen.«

»Danke.« Ich leerte den künstlichen Zucker in mein Glas.

Er setzte sich und legte eine Akte mit der Aufschrift Royal auf den Tisch. Der gefährliche Bandenführer hatte sich als geschickt darin erwiesen, Geld zu machen und dem Gefängnis fernzubleiben.

Larson sagte: »Wir müssen etwas wegen Royal unternehmen.«

»Was denn? Ich habe gehört, er kommt frei; er war es nicht.«

»Er ist so schuldig wie die Sünde selbst. Rocco hat die beiden Männer unter Druck gesetzt, mit denen Royal angeblich zusammen war.«

»Es war ein beschissenes Alibi?«

»Ja. Beide standen bei Royal mit jeweils über fünfzigtausend Dollar in der Kreide.«

»Royal gewährt solche Kredite. Das habe ich schon erlebt.«

Er schob mir die Akte zu. »Royal hat ihnen die Schulden erlassen, im Gegenzug dafür, dass sie aussagen, sie hätten bei Royal zu Hause zusammen *Monday Night Football* geschaut.«

Ich überflog die erste Seite. »Er hat sich ein Alibi gekauft. Hundert Riesen sind billig; Royal ist ein Wiederholungstäter.«

»Er ist ein Schläger. Das wusste ich schon immer, aber ich hätte nicht gedacht, dass er sich so weit erniedrigen und Cece angreifen würde.«

»Cece ist kein Engel, aber die arme Frau lag wochenlang im Krankenhaus. Royal ist nichts als ein Feigling.«

»Wir müssen O'Leary wissen lassen, was wir herausgefunden haben.«

»Wenn das rauskommt, wird Royal durchdrehen. Er wird mit Sicherheit um sich schlagen.«

»Ich weiß. Wir müssen äußerst vorsichtig sein.«

»Wer weiß davon?«

»Soweit ich weiß, nur Rocco.«

»Sind das meine Kopien?«

»Ja.«

Ich stand auf. »In Ordnung. Lass das meine Sorge sein.«

---

## 6

LARSONS AKTE WAR WERTVOLL, ABER WIE NUKLEARES Material bei falscher Handhabung tödlich. Besser, sie so schnell wie möglich weiterzugeben.

Ich rief an, musste aber warten; O'Leary war wegen eines Drogenhandelsfalls für Collier County vor Gericht. Als ich den Ordner aufschlug, lugte der Rand eines Fotos hervor. Ich zog drei Bilder heraus, die ich im Krankenhaus gemacht hatte und die mich in die Nacht des Überfalls zurückversetzten.

Als ich Ceces Zimmer betrat, schnappte ich nach Luft. Ceces geschwollenes Gesicht hatte begonnen, sich lila zu verfärben. Ein Auge war komplett zugeschwollen, und ihre Nase brauchte einen Magier, keinen Schönheitschirurgen.

Sie schnarchte. Ich stellte die Blumen auf ihr Betttablett. Mit einem Brodeln im Magen setzte ich mich. Wir standen uns nicht nahe, aber ich hatte eine Schwäche für sie, seit Ventura, ein befreundeter Anwalt, uns auf einer der wenigen Wohltätigkeitsveranstaltungen, die ich besucht hatte, einander vorgestellt hatte.

Ventura engagierte sich bei Youth Haven, einer Organisation, deren Mission mir am Herzen lag. Cece war eine Vorzeigeabsolventin, die ihr Leben wiederaufgebaut hatte und Selbstvertrauen ausstrahlte. Ob es gekünstelt oder echt war, spielte keine Rolle. Ich stellte der Jugendhilfeeinrichtung einen zweiten Scheck aus, nachdem ich sie vor der Schar der Spender hatte sprechen hören.

All die Fortschritte, die sie gemacht hatte, waren für die Katz, als sie sich mit Royal einließ.

Toby sprang auf die Couch. »Hey, mein Guter. Sei vorsichtig.« Die Akte fiel zu Boden und ihr Inhalt verstreute sich. Ein Bild von Royal glitt unter den Couchtisch.

Ich hob es auf und starrte es an. Royal hatte die starren Augen eines Raubtiers. Sein Hang zur Gewalt machte ihn gefürchtet, aber es bedeutete auch, dass ihn irgendwann jemand umbringen würde. So lief das eben auf der Straße. Es würde ein paar Jahre dauern, aber die Organisation, die er aufgebaut hatte, würde weitermachen. So funktionierten auch kriminelle Organisationen, aber seine jüngste Zusammenarbeit mit den Russen bedeutete, dass die Fentanyl-Krise explodieren würde.

Eines der Wegwerfhandys klingelte. Es war Detective Moreno. »Hey, Mo.«

»Yo, Beck. Ich habe Engle überprüft. Er ist sauber, keine Vorstrafen oder Zusammenstöße mit dem Gesetz.«

Es war ungewöhnlich für einen Betrüger, noch nie mit dem Gesetz in Konflikt geraten zu sein. »Was ist mit Zivilklagen?«

»Ich habe sowohl Straf- als auch Zivilregister geprüft; nichts gefunden.«

»Okay. Danke. Ich bin gerade auf dem Weg zu Engle, Ihr Timing ist also perfekt.«

»Nur eine meiner vielen Stärken.«

Ich lachte und sagte: »Genau. Vielleicht trinken wir nächste Woche was zusammen.«

»Klingt gut. Bis dann.«

Von der Airport Pulling Road aus sah man nur Wasser. Der Name von Lakeside passte wie die Faust aufs Auge. Ich umrundete den See und hielt vor einem Gebäude, das vier »Carriage Homes« beherbergte.

Die jahrzehntealte Wohnanlage hatte eine großartige Lage, aber wenn Engle ein Betrüger war, dann war er kein besonders guter. Engle brauchte zwei Klingelzeichen, bis er die Tür öffnete. An der Grenze zur Ungepflegtheit gekleidet, fragte er: »Was wollen Sie?«

Ich klappte eine Brieftasche mit einem Ausweis auf. »Ich bin von der Wirtschaftsbehörde des Staates Florida.«

»Worum geht es?«

»Sie waren am Verkauf von Anteilen an einer, einer … lassen Sie mich nachsehen«, beteiligt. Ich schlug meinen Notizblock auf. »Ah, richtig, eine Stoffwechselfirma. Ich muss zugeben, ich weiß nicht mal, was Stoffwechsel ist.«

»Das sind all die chemischen Prozesse, die in Ihrem Körper ablaufen.«

»Oh, richtig, ja. Also, was ist passiert?«

»Wir waren zu früh dran.«

»Was meinen Sie damit?«

»Das wird eine große Sache, sage ich Ihnen.«

»Aber Sie haben sie dichtgemacht. Zumindest steht das in unseren Unterlagen.«

Er runzelte die Stirn. »Habe ich. Uns ist das Geld ausgegangen. Hätte ich gewusst, dass es mehr Geld brauchen würde, hätte ich gewartet.«

»Helfen Sie mir mal auf die Sprünge. Ich bin nur ein Bürokrat. Was sollte die Firma denn machen?«

»Sie hatte eine Software, die Ihr Blut während des Trainings analysiert.«

»Während man trainiert? Wie macht man das?«

»Mit nur einem winzigen Pieks ins Ohrläppchen. Es ist schmerzlos. Wir nehmen die Probe und jagen sie durch Computer mit spezieller Software.«

»Und was sagt einem das?«

»Wie hoch Ihre Stoffwechselwerte sind, und es erstellt einen Bericht, der zeigt, wie Sie Ihr Training optimieren können. Wissen Sie, meistens strengen wir uns für den Nutzen, den wir daraus ziehen, zu sehr an.«

»Klingt nach einer tollen Idee. Ich meine, die Leute verbringen so viel Zeit im Fitnessstudio, da kann man auch gleich das machen, was funktioniert.«

»Jep, es sagt Ihnen, ob Sie mehr Aerobic- oder mehr Krafttraining machen sollen. Das ist ein echter Game-Changer. Wissen Sie, die Profis nutzen das bereits.«

»Wow. Wie viel haben Sie eingenommen?«

»Etwas mehr als zwei Millionen, aber wir hätten das Dreifache gebraucht.«

»Wie viele Investoren haben Sie bekommen?«

»Über zwanzig. Ich habe alles, was ich hatte, da reingesteckt. Ich habe versucht, es zu retten, aber ich konnte es nicht.«

»Wie viel haben Sie verloren?«

»Alles, was ich hatte, fast sechshunderttausend.«

»Autsch.«

»Das können Sie laut sagen. Und ich habe auch meine Frau verloren.«

»Sie hat Sie deswegen verlassen?«

Er nickte. »Die Hypothek auf das Haus aufzunehmen, war der Tropfen, der das Fass zum Überlaufen brachte.«

»Tut mir leid, das alles zu hören. Was werden Sie jetzt tun?«

Sein Gesicht hellte sich auf. »KI. Ich arbeite daran, ein paar Programmierer zu bekommen, wissen Sie, für Computer, Software-Leute. Wir müssen auf diesen KI-Zug aufspringen können. Alles geht in diese Richtung und wir können auf der Welle mitreiten.«

»Künstliche Intelligenz?«

»Ja. Sie sollten bei dieser Sache einsteigen. Das wird durch die Decke gehen.«

Betrüger reden nie gut. Ihre Fähigkeit ist es, gut zuzuhören, um genug Informationen zu bekommen, um jemanden hereinzulegen. »Wirklich?«

»Kein Zweifel. Von all den Dingen, von denen ich gehört habe, sagt mir mein Bauchgefühl, dass dies ein Volltreffer wird, ein Grand Slam.«

Mein Handy summte. Es war Staatsanwalt O'Leary. »Entschuldigen Sie, ich muss da rangehen.«

Ich trat hinaus in den Sonnenschein. »Hey, ich dachte, Sie wären den ganzen Tag vor Gericht.«

»Ein Zeuge war nicht aufzufinden und der Richter hat dem Antrag der Verteidigung auf Vertagung stattgegeben.«

»Wir müssen uns treffen.«

»Was ist los?«

»Wie wäre es in einer Stunde im Baker Park?«

»Das passt. Beim Grashügel?«

»Nein. Es ist zu heiß. Bei den Picknicktischen, die sind im Schatten.«

---

AUF DER GROßEN Rasenfläche spielten ein paar Teenager Fußball. Ich gestand mir ein, wie sehr ich mich in meiner Annahme geirrt hatte, dass Fußball in Amerika ein großer Zuschauersport werden würde, und verzog mich in den Schatten.

O'Leary krempelte sich die Ärmel hoch, als er näher kam. »Das muss der wärmste Februar sein, seit ich hier bin.«

»Wir haben heute fünfundachtzig Grad.«

»Muss wohl der Klimawandel sein.«

»Warum war dann der halbe Januar weit unter dem Durchschnitt?«

Er lächelte. »Der Klimawandel.«

»Eben.«

»Worum geht es?«

Ich schob die Akte, die Larson mir gegeben hatte, über den Tisch. »Royal hat sich sein Alibi gekauft.«

O'Leary ließ die Schultern hängen. Er schlug die Akte auf. »Wie sicher sind Sie sich?«

»Tausendprozentig. Rocco hat die beiden Männer dazu gebracht zuzugeben, dass sie gelogen haben. Sie steckten bis zum Hals in Schulden bei Royal.«

»Sie sind bereit, ihre eidesstattlichen Aussagen zu widerrufen?«

»Sieht so aus.«

»Wenn sie es nicht tun, wissen Sie ja, wird Royal davonkommen.«

»Machen Sie sich keine Sorgen, das wird die Sache besiegeln. Royal wird endlich von der Straße verschwinden.«

»Danke. Ich weiß nicht, wie Sie das machen, Beck.«

»Das ist meine Berufung.«

»Ich kümmere mich sofort darum.«

»Sie müssen mich, Larson und Rocco da raushalten. Sagen Sie, was immer Sie müssen, aber das hier kam nicht von uns.«

»Sie brauchen sich keine Sorgen zu machen.«

Ich stand auf. »Ich werde dafür bezahlt, mir Sorgen zu machen.«

## 7

ICH TRAT SO FEST IN DIE PEDALE, WIE ICH NUR KONNTE, UND erreichte die Hälfte der Strecke in knapp unter dreißig Minuten. Ich nahm einen Schluck aus der Wasserflasche in meinem Rucksack und kehrte um.

Als ich mit dem Radfahren anfing, hatte mir die Hitze zu schaffen gemacht. Es war schwer, auch nur ein paar Meilen zu fahren. Jetzt waren zwölf Meilen ein Kinderspiel. Ich dachte an Hartmann und das schwer verdiente Geld, das er verloren hatte. Es war eine Schande, dass Leute mit ihrer Altersvorsorge solche Risiken eingingen. Ich musste bei Hartmann und Engle noch eine Sache überprüfen, bevor ich entscheiden würde, was ich tun sollte.

Die Anschuldigung im Fall Peterson war nicht ernster geworden. Aber das Schlüsselwort war Anschuldigung. Das Treffen mit Caden würde bei der Einschätzung der Lage eine Rolle spielen. Ich radelte weiter und dachte über die Liste der Dinge nach, die ich tun musste, um alles richtig zu machen.

Ich hängte mein Fahrrad auf und ging ins Haus, um zu duschen. Als ich mich abtrocknete, knurrte mein Magen. Es war Zeit fürs Mittagessen. Ich fuhr zum Riverchase Shoppingcenter und stieg aus.

Nur ein paar Schritte entfernt saß ein Junge auf den Schultern seines Vaters. Der Vater sagte: »Was willst du machen, nachdem wir zu Mittag gegessen haben?«

»Videospiele spielen.«

»Nein, lass uns was draußen machen. Willst du in den Park gehen und Fangen spielen?«

»Ja, okay, oder Fahrrad fahren. Was willst du denn machen, Papa?«

»Ich will das machen, was auch immer du machen willst.«

Der blonde Junge war so niedlich, ich hätte mich ihnen am liebsten angeschlossen. Die Zeit verging wie im Flug – und das Zeitfenster, um Vater zu werden, schloss sich.

Neununddreißig war in der heutigen Zeit nicht alt, aber wenn die Dinge nicht schneller vorangingen, als es mir lieb war, wäre ich Mitte Vierzig, wenn ich jemals Vater werden würde.

Das späteste Alter, das ich mir selbst zugestehen wollte, war fünfzig. Die egozentrischen Hollywood-Clowns, die noch mit Siebzig Kinder zeugten, widerten mich an.

Bei unserem zweiten Date erzählte Laura, dass Al Pacino im Alter von dreiundachtzig Jahren Vater werden würde. Wir hatten herzhaft darüber gelacht. Aber für sein sechsjähriges Kind wäre es nicht lustig. Als ich die Tür zu einem Sandwichladen aufzog, fiel mir ein, dass Laura einunddreißig war, und gab meine Bestellung auf.

Sie hatte ein tolles Lachen und schien unkompliziert zu

sein. Während ich auf mein Mittagessen wartete, zog ich mein Handy heraus, um sie wegen eines weiteren Dates anzurufen. Diesmal kein Doppeldate mit Mario. Es war wichtig zu sehen, wie sie ohne Ablenkungen war.

Als mir mein Sandwich gereicht wurde, vibrierte mein Handy mit einer Textnachricht: *Es ist ein Problem aufgetaucht. Muss dich so schnell wie möglich sehen.*

Ich tippte zurück: *OK. Walmart-Parkplatz an der Immokalee.*

*Bin in fünfzehn da.*

Das Timing passte. Ich nahm mein Firehouse-Sub mit an einen Tisch, aß die Hälfte und ging über die Straße.

Ich stieg in O'Learys Wagen. »Was ist los?«

»Der Fall Royal.«

»Sag mir nicht, dass sie einen Rückzieher gemacht haben.«

»Nein, wir haben Carlton und Brown heute Morgen verhört und sie haben ihre Aussagen widerrufen. Sie hatten Angst, dass Royal sich rächen würde, also haben wir sie in Schutzhaft genommen.«

»Und?«

»Wir haben alles noch einmal überprüft, bevor wir die Widerrufserklärungen an die Verteidigung weitergaben, und da erzählte uns Bilcher, er hätte Carlton und Brown ein Angebot gemacht, als Kronzeugen auszusagen, im Austausch dafür, die gegen sie anhängigen Anklagen fallen zu lassen.«

»Er hat was getan?«

»Es war nur ein Köder, um zu sehen, ob sie die Wahrheit sagten oder nicht, als wir hörten, dass sie Royals Alibi waren.«

»Wird das zum Problem?«

»Ich fürchte ja. Die Verteidigung wird argumentieren, dass sie ihre Aussagen im Austausch für einen Deal, die Anklagen fallen zu lassen, widerrufen haben.«

Ich schüttelte den Kopf. »Royal darf nicht schon wieder davonkommen. Er hat Cece windelweich geprügelt.«

»Ich weiß das und du weißt das, aber ich fürchte, der Widerruf dieser Zeugen wird nicht ausreichen. Royals Anwälte werden Bilchers Angebot nehmen und es nutzen, um bei den Geschworenen begründete Zweifel zu säen.«

»Verdammt! Ich war mir sicher, das würde reichen.«

»Und das würde es auch, wenn Bilcher nicht losgezogen wäre und sie geködert hätte.«

»Du weißt, wie selten es ist, jemanden dazu zu bringen zuzugeben, dass seine Aussage Schwachsinn war?«

»Ich weiß. Es tut mir leid. Ich hatte keine Ahnung. Was du uns geliefert hast, war Gold wert, aber dieses Mal wird es nicht reichen.«

»Du bist sicher, dass Royals Anwälte die Widerrufe zerpflücken werden?«

»Kein Zweifel. Der Richter wird sie vielleicht nicht einmal als Beweismittel zulassen.«

»Meine Güte. Ich kann es nicht fassen.«

»Ich weiß, es ist verrückt, das zu fragen, aber gibt es noch irgendetwas, das du tun kannst, um uns zu helfen?«

»Ich weiß es im Moment nicht. Ich muss das Ganze überdenken. Vielleicht gibt es etwas, das ich ausgraben kann.«

»Der Prozess ist nächste Woche.«

»Nichts geht über ein bisschen Druck.«

»Es tut mir leid, aber es ist, wie es ist.«

»Wir müssen hier vorsichtig sein. Wenn Royal Wind von

meiner Beteiligung bekommt, wird er mit allem, was er hat, hinter mir her sein.«

»Keine Sorge, ich habe nichts darüber gesagt, woher ich die Info habe.«

Ich stand auf. »Ich melde mich.«

---

## 8

DER MALER KAM GERADE AUS MEINEM HAUS. ICH HIELT neben seinem Lieferwagen an und ließ das Fenster herunter. »Hallo. Sind Sie fast fertig?«

»Wir sind fertig, Mr. Beck. Wir haben heute den Rest der Zierleisten gemacht.«

»Sonst muss nichts mehr gestrichen werden?«

»Nein. Der Auftrag ist erledigt.«

Ich öffnete die Wagentür und sagte: »Großartig.«

»Vorsicht, die Fußleiste im Hauptschlafzimmer ist noch nass. Geben Sie ihr ein paar Stunden.«

»Sicher.« Ich hielt ihm zwei Hundertdollarscheine hin. »Hier, das ist für Sie.«

»Das ist nicht nötig, Sir.«

»Ich weiß. Ich wollte mich nur dafür bedanken, dass Sie da waren, als ich Sie gebraucht habe.«

Das Geld verschwand in seiner Tasche. »Danke.«

Es hatte vier Monate gedauert, mein Haus nach dem Hurrikan Ian wieder in Ordnung zu bringen. Das war besser als bei den meisten; viele Häuser in Park Shore befanden sich noch in verschiedenen Phasen der Renovierung. Ich hatte den Bauunternehmer von meinem Freund Larson, einem Anwalt, bekommen, und man musste seine Kontakte pflegen.

Ein gummiartiger Geruch schlug mir entgegen, als ich hineinging. Ich öffnete eine Schiebetür und feuchte Luft stürmte herein. Während ich den glänzenden See überblickte, klingelte es an der Tür. Mario war da.

»Sind die Maler fertig?«

»Ja, alles, was übrig ist, ist der Geruch.«

»Das ist Terpentin. In einer Stunde ist der weg.«

»Hör zu, ich war gerade bei O'Leary. Es gibt ein Problem.«

»Mit Royal?«

Ich brachte Mario auf den neuesten Stand und sagte, dass wir etwas ausgraben müssten.

»Verdammt. Das habe ich nicht erwartet.«

»Seneca sagte: ›Wer das Kommen von Schwierigkeiten erwartet hat, nimmt ihnen die Macht, wenn sie eintreten.‹«

»Ich schätze schon.«

»Du schätzt schon? Denk mal darüber nach. Wenn du vorbereitet bist und alle Alternativen bedacht hast, hast du den Überraschungseffekt eliminiert und kannst rational damit umgehen, wenn etwas passiert.«

»Du stehst echt auf diese alten Philosophen.«

»Die wussten, wovon sie sprachen.« Aber einer ihrer Ratschläge, »Man kann Mut oder Bequemlichkeit wählen, aber nicht beides haben«, saß mir mehr im Nacken als mein eigener Schatten.

»Heute sind die Zeiten anders.«

»Die Prinzipien sind zeitlos.«

»Die hatten damals nicht mal Strom. Was wussten die schon vom Leben in einer modernen Gesellschaft?«

»Wie wäre es mit der Bedeutung von Gerechtigkeit? Sie sagten, sie sei die wichtigste Tugend. Was wir tun, um sie für andere zu erlangen, ist wichtig.«

Er zuckte mit den Schultern. »Ich bin nicht wie du. Es fühlt sich gut an, dieses Zeug zu machen, aber am Ende des Tages geht es mir ums Geld.«

»Geld, Geld, Geld …«

»Was? Ist Geld nicht wichtig?«

»Ich betrachte die Suche nach Gerechtigkeit als meine Pflicht gegenüber anderen und der Gesellschaft im Allgemeinen.«

»Ja, ja, wie auch immer. Was muss bei Royal getan werden?«

»Etwas, das beweist, dass sein Alibi Blödsinn ist.«

»Vielleicht kann ich herausfinden, wo Royal war.«

»Nein. Er ist zu aalglatt. Konzentrier dich auf Carlton und Brown. Wenn wir beweisen können, dass sie nicht bei Royal waren, als der Übergriff stattfand, werden die Geschworenen ihre Widerrufe abkaufen.«

»Ich werde mich um sie kümmern.«

»Du musst besonders vorsichtig sein.«

»Ich bin immer vorsichtig.«

»Das hier ist anders. Wenn Royal davon Wind bekommt, wird er hinter uns her sein.«

»Keine Sorge. Außerdem wird er hinter den Kerlen her sein, die sich gegen ihn gewendet haben.«

»Ich höre, sie stehen unter Schutzhaft.«

»Royals Arm reicht weit.«

»Ich weiß. Hör zu, wir haben nicht viel Zeit; der Prozess ist nächste Woche.«

»In Ordnung, ich sehe mal, was ich tun kann.«

»Ich zähle auf dich.«

Er stand auf. »Wir werden sehen. Ich rufe an, wenn ich etwas habe.«

»Nicht *wenn*, du *musst* etwas finden.«

Mario legte den Kopf schief. »Habe ich dich jemals im Stich gelassen?«

Hatte er. »Diesmal ist es eine große Sache.«

»Das war es auch, uns Ausweise zu besorgen.«

Er brachte immer das zur Sprache, was er getan hatte, um uns aus dem Pflegeheim zu schleusen. »Ich weiß, aber das war anders.«

Mario klopfte eine Zigarette aus einer Packung. »Ich liefere, wenn es drauf ankommt.«

Ich hielt mich davon ab, nach einer Zigarette zu fragen. »Okay. Und vergiss nicht, das muss geheim bleiben. Niemand darf wissen, dass wir dahinterstecken.«

»Habe ich verstanden. Hey, wie stehst du zu Peterson? Er hat mich zweimal angerufen.«

»Typen wie Peterson machen mich fertig. Sie haben nicht den Mumm, irgendetwas zu tun, aber sobald sie mit mir reden, erwarten sie ein Wunder.«

»Reg dich ab. Du weißt doch, wie das läuft.«

»Und wie ich das weiß.«

»Peterson hat Geld, und was seiner Frau passiert ist, ist ein verdammter Albtraum.«

»So scheint es.«

»Was soll ich ihm sagen?«

»Dass ich der Sache nachgehe und schaue, was ich über diesen Typen Caden herausfinden kann, aber mach ihm keine Versprechungen.«

———

IM MERCATO WAR VIEL LOS, was mich zwang, in der letzten Reihe des Parkplatzes zu parken. Als ich die Hauptstraße gegenüber dem Bravo überquerte, fiel mein Blick auf einen Mann in schmutzigen Jeans und mit einer Baseballkappe. Er beobachtete Kinder, die auf dem Kunstrasen spielten.

Ich blieb an der Ecke stehen, verwarf aber die Möglichkeit, dass er ein Kind entführen würde. Es waren zu viele Leute unterwegs.

Hartmann saß im Schatten des Narrative Coffee Roasters und schaufelte sich etwas in den Mund. Er bohrte seinen Löffel in einen Berg Eiscreme, als ich mich ihm gegenüber setzte.

Er sagte: »Davon solltest du dir auch eins holen, die machen das hier am besten.«

»Ich esse nichts Süßes.«

Seine Augenbrauen schossen in die Höhe. »Was? Wie kannst du nur?«

Es hatte keinen Sinn, darauf zu antworten.

Hartmann legte seinen Löffel ab. »Hast du dir diesen Schwindler angesehen?«

»Ich habe mir Engle angesehen.«

»Gut. Wann bekomme ich mein Geld zurück?«

»Die Firma, in die du investiert hast, ist pleitegegangen. Du wirst nichts zurückbekommen.«

Hartmann erstarrte. »Er hat meine ganzen Ersparnisse gestohlen.«

»Du hast dich einfach nicht informiert.«

»Wovon redest du? Engle hat mich reingelegt.«

»Und wie hat er das gemacht?«

»Ich habe es dir doch erzählt. Er sagte, diese Stoffwechselsache sei eine todsichere Sache. Sagte, ich würde mein Geld in einem Jahr verdreifachen. Der Mistkerl hat die ganze Zeit gelogen.«

Zuvor hatte er gesagt, er hätte gehofft, sein Geld zu verdoppeln. »Hast du irgendwelche Nachforschungen angestellt?«

»Was meinst du damit?«

»Hast du die Lage der Firma, den Markt, ihr Potenzial und die mit der Investition verbundenen Risiken überprüft?«

»Viele Leute haben investiert …«

»Hast du irgendetwas von dem, was Engle gesagt hat, überprüft?«

Seine Schultern sackten in sich zusammen. »Ich habe ihm vertraut.«

»Warum?«

Er zuckte nur schweigend mit den Schultern.

»Du warst gierig.«

»Nein, nein, das stimmt nicht. Er hat mich betrogen.«

»Engle ist ein Träumer, kein Betrüger.«

»Er ist ein Schwindler. Ich will mein Geld zurück.«

»Da kann ich nichts machen.«

»Aber ich brauche das Geld. Das ist alles, was ich habe.«

Ich stand auf. »Darüber hättest du nachdenken sollen, bevor du es beim Roulette auf eine Zahl setzt.«

»Wo gehst du hin? Ich habe diesen Kerl, Mario, bezahlt. Du musst mir helfen.«

»Du hast einen Fehler gemacht – einen großen. Du hättest dich besser informieren sollen.« Ich trat einen Schritt zurück.

Er sagte: »Warte. Ich gebe dir die Hälfte von dem, was du von Engle zurückholst.«

Ich drehte mich um. »Hör zu, du hast es vermasselt. Sieh zu, dass du daraus lernst.«

---

## 9

EIN WEITERES VIERTEL, DAS VON IANS STURMFLUT SCHWER
getroffen wurde, war Conners am Vanderbilt Beach. Die
meisten Häuser in der direkt an der Bucht gelegenen
Gemeinde an der Vanderbilt Drive waren überflutet
worden. Unversehrt geblieben war das hochgelegene,
eindrucksvolle Haus, das Brett Caden sein Zuhause nannte.

Brett war kinderlos und hatte sich vor zwei Jahren von
seiner zweiten Frau scheiden lassen. Ich fuhr an seinem
modernen Haus an der Küste vorbei. Für einen einzigen
Mann war es riesig. Ich fuhr bis zum Ende der kurzen
Straße, die an der Bucht endete, und drehte um.

Als ich langsam wieder die Straße hinauffuhr, öffnete
sich Cadens Tür. Er trat heraus und ging die Treppe hinunter. Ich hielt ein Haus weiter an.

Mit etwas, das wie eine Flasche Heineken aussah, in der
Hand ging Caden zu seinem Briefkasten. Er war leer. Er
nahm einen Schluck und blickte in meine Richtung.

Ich streckte meine Hand aus, rollte vor und hielt an
seinem Haus an. »Schickes Haus, das Sie da haben.«

Das Einzige, was Cadens Statur eines College-Quarterbacks beeinträchtigte, war ein kleiner Bauchansatz. »Ja, habe ich selbst entworfen.«

»Sie sind Architekt?«

Er nahm einen Schluck Bier. »Nein. Ich meine, rein technisch musste ich einen beauftragen, aber der Grundriss und die Aufrisse waren alles meine Ideen.«

»Sie müssen ja kreativ sein.«

»So schwer ist das nicht.«

»Haben Sie durch Ian keine Schäden erlitten?«

Er fuhr sich mit einer Hand durch sein rabenschwarzes Haar und sagte: »Null.«

»Wow. Sie hatten ein gutes Timing, mit der Anhebung des Hauses und so.«

»Das habe ich meilenweit kommen sehen. Man sagte mir, ich müsse es nicht so hoch bauen, aber ich wusste, dass es uns früher oder später erwischen würde.«

Bauvorschriften und Zoneneinteilungen gaben die Höhen vor, nicht die Hellsichtigkeit von irgendjemandem. »Nun, Sie haben ganze Arbeit geleistet. Es sieht so aus, als ob sogar Ihre Garage erhöht ist. Ist da Wasser reingekommen?«

Er spottete. »Sie sagten, ich würde Geld zum Fenster rauswerfen, wenn ich die Garage anhebe, aber ich bin ein Autonarr und wollte meine Schätze in Sicherheit wissen.«

»Kluger Schachzug. Welche Art von Autos mögen Sie?«

»Wenn sie nicht Italienisch sprechen, fahre ich sie nicht.«

Ich lachte. »Ein Kumpel von mir liebt sie auch. Was haben Sie denn?«

»Ein paar Lamborghinis, den Countach und den Aventador; drei Ferraris, einen Aperta, einen 788 GTS und einen

F8 Spider; und um in der Stadt herumzufahren, habe ich einen Maserati, das Quattroporte-Modell.«

Er sprach eine andere Sprache, aber es bedeutete, dass es sich um Premium-Modelle handelte. Meine Kontakte hatten mir gesagt, dass Caden teure Autos mochte, aber das war übertrieben. »Schick. Mein Freund hat einen Lambo, einen Ferrari und einen Haufen anderer. Er versucht, mich zu überreden, auch einen zu kaufen.«

»Warum nicht? Man kann sein Geld nicht mit ins Grab nehmen.«

»Ich weiß.«

»Es macht Spaß, sie zu fahren, aber ich genieße es auch, sie einfach nur in meiner Garage anzusehen. Sie verstauben nicht in der Garage, ich fahre sie. Unterm Strich sind sie Kunstwerke.«

»Das sind sie auf jeden Fall.«

Seine manikürten Hände waren gut darin zu zeigen, wie großartig er war. »Und ich verliere nie Geld mit ihnen. Tatsächlich habe ich jeden für mehr verkauft, als ich dafür bezahlt habe.«

»Mein Kumpel hat dasselbe gesagt. Wissen Sie, das Gespräch mit Ihnen hat mir vielleicht den letzten Stoß gegeben.« Es wäre eine auffällige Steigerung gegenüber meinem Audi A5.

»Nur zu. Sie werden es nicht bereuen. Vertrauen Sie mir, Sie werden Ihr Leben lang nicht mehr davon loskommen.«

»Sie haben wahrscheinlich recht. Manchmal gehe ich mit meinem Freund zu Rallyes und jeder hat mehr als einen Wagen. Da gibt es alle möglichen Autos. Einige habe ich noch nie zuvor gesehen. Fahren Sie da auch hin?«

»Früher schon, aber im letzten Jahr war ich ziemlich

eingespannt. Ich muss da wieder einsteigen.« Der Unfall und der Prozess hatten seine Zeit restlos aufgefressen. »Wer weiß? Vielleicht sehe ich Sie bei der nächsten in meinem neuen Schlitten.«

»Abgemacht.« Ich streckte meine Hand aus. »Mein Name ist Beck.«

»Brett Caden, freut mich, Sie kennenzulernen.«

»Ganz meinerseits. Man sieht sich.«

Ich hielt an der Vanderbilt Drive an, öffnete das Handschuhfach, nahm ein Wegwerfhandy heraus und rief Mario an.

»Hey, ich bin gerade Caden über den Weg gelaufen.«

»Wie ist er so?«

»Wenn man das Wort ›selbstgefällig‹ im Wörterbuch nachschlagen würde, wäre ein Bild von ihm daneben.«

Mario kicherte. »So schlimm, was?«

»Ich brauche eine Kopie des Protokolls von Cadens Prozess.«

»Kein Problem. Ich kümmere mich darum.«

»Danke.«

»Bist du morgen Vormittag da?«

»Hast du was über Royal?«

»Noch nicht, aber ich habe da was am Laufen.«

»Die Zeit wird knapp.«

»Bist du da?«

»Ich muss los.«

Ich würde meinen Quasi-Bruder Mario nie vergessen; er hatte uns aus der Hölle der Pflegefamilien geholt, bevor wir zu alt für das System wurden, aber er stellte zu viele Fragen.

Ich wählte eine andere Nummer. Anwaltsassistent Larson meldete sich noch vor dem zweiten Klingeln. »Was gibt's?«

»Ich werde Ihnen ein Gerichtsprotokoll schicken.«

»Wen betreffend?«

»Den Kerl, über den wir am Strand gesprochen haben.«

»Okay.«

»Können Sie es sich ansehen, sobald Sie es bekommen?«

»Wird gemacht.«

»Gut. Es wird in einer Stunde bei Ihnen im Postfach sein.«

»Ich werde darauf achten.«

»Wenn ich gegen sechs vorbeikomme, passt Ihnen das?«

»Sicher. Ich kann ein paar Steaks auf den Grill werfen.«

»Schon gut. Ich kann nicht bleiben.«

»Ach, kommen Sie schon. All die Jahre, die wir zusammenarbeiten, und Sie sind noch nie zum Grillen geblieben.«

»Wir sehen uns später.«

---

## 10

MELISSA LARK WOHNTE IM BEAR'S PAW COUNTRY CLUB. ICH fuhr durch die alte Nachbarschaft und hielt vor einem braunen Gebäude.

Frau Lark war dünn und blass. War sie krank oder brauchte sie dringend eine Dosis Vitamin D, die die Sonne kostenlos spendete?

»Kommen Sie rein. Möchten Sie einen Kaffee? Ich habe gerade eine Kanne aufgesetzt.«

Ich schätzte sie auf etwa sechzig. »Nein, danke.«

Neue Arbeitsplatten aus Granit konnten nicht darüber hinwegtäuschen, dass die Wohnung dringend renovierungsbedürftig war. Wir setzten uns an einen Glastisch mit einem Delfin als Fuß.

»Mario hat mir von Ihrem Hund erzählt, aber ich möchte, dass Sie mir alles erzählen, was vorgefallen ist.«

Sie runzelte die Stirn. »Ich vermisse Frannie wirklich sehr. Ohne sie fühlt sich die Wohnung so leer an.«

»Was ist mit ihr passiert?«

Ihre Augen verengten sich. »Tommy, mein Ex, er hat sie umgebracht.«

»Sind Sie sich da sicher?«

»Da habe ich nicht den geringsten Zweifel. Frannie wurde direkt krank, nachdem er vorbeikam, um seine blöden Baseballkarten zu holen. Welcher erwachsene Mann sammelt schon Baseballkarten?«

»Erzählen Sie mir von Ihrem Hund.«

»Frannie hat sich übergeben, also habe ich sie in die Gulf Shore Tierklinik gebracht. Der Tierarzt sagte, sie sei vergiftet worden und man könne nichts mehr tun. Ich musste sie ... einschläfern lassen.« Ihre Augen füllten sich mit Tränen und sie tupfte sie mit einer Serviette trocken. »Entschuldigen Sie.«

»Schon gut. Ich weiß, dass das schwer ist.«

»Haben Sie einen Hund?«

Ich nickte. »Toby, er ist ein Pudel-Terrier-Mischling.«

»Oh. Der klingt ja süß. Wie lange haben Sie ihn schon?«

»Warum glauben Sie, dass es Ihr Ex war, der sie vergiftet hat?«

»Frannie ist nie allein nach draußen gegangen. Sie war immer an der Leine. Ich meine, sie kann nichts gefressen haben. Das hätte ich doch gesehen.«

»Was ist mit stehendem Wasser? Manchmal enthält das Bakterien, die für Hunde tödlich sind.«

»Das dachte ich zuerst auch, aber als ich nach Hause kam, wollte ich den Müll rausbringen, und meine Freundin Lisa rief an, als ich gerade auf dem Weg zur Garage war, wo die Mülltonne steht. Als ich den Deckel abnahm, schwang ich den Müllbeutel hinein und ließ mein Handy direkt mit in den Müll fallen. Es rutschte an der Seite entlang nach ganz unten. Ich musste also hineingreifen. Ich schob zwei Säcke beiseite, und dann sah ich es.«

»Das Handy?«

»Nein, eine Schachtel Rattengift. Tommy hat versucht, sie zu verstecken, und er wäre fast damit durchgekommen.«

»Hat der Tierarzt gesagt, was seiner Meinung nach die Todesursache war?«

»Als ich die Schachtel fand, rief ich sofort dort an und fragte, ob es Rattengift sein könnte. Der Tierarzt sagte, es sei höchstwahrscheinlich, wenn nicht sogar definitiv das, was sie getötet hat.«

»Und die Mülltonne mit dem Gift war in Ihrer Garage?«

»Ja.«

»Wer hat sonst noch Zugang dazu?«

»Zur Garage? Niemand, nur ich. Wer sollte sonst in meiner Garage sein?«

»Hatten Sie noch andere Besucher?«

»Nein, nur Tommy war da. Er muss es gewesen sein. Er mochte Frannie noch nie.«

»Ihr Ex ist ein schwacher Mann.«

»Wie bitte?«

»Geben Sie mir seine Adresse und wo er arbeitet.«

Sie holte einen Block, notierte die Informationen und reichte mir den Zettel.

»Was ist Ray's on the Bay?«

»Ein Restaurant.«

»Was macht Ihr Ex dort?«

»Es gehört ihm.«

»Hmm.«

»Was?«

»Hat er irgendwelche Partner?«

»Nicht mehr. Er hat sie mit dem Geld ausbezahlt, das ich ihm für meine Hälfte dieser Wohnung zahlen musste.«

Ich stand auf. »Okay.«

»Wie hoch ist Ihr, äh, Honorar dafür?«

»Das geht auf mich.«

»Wirklich? Warum?«

»Was Ihr Ex getan hat, war widerlich.«

Sie verzog das Gesicht. »Was werden Sie mit ihm machen?«

»Das kann ich nicht sagen.«

»Ich, ich, äh, ich will nicht, dass er verletzt wird, verstehen Sie?«

»Überlassen Sie das mir.«

»Woher weiß ich, dass Sie etwas getan haben?«

»Sie werden es merken.«

## 11

ICH WURDE LANGSAMER UND DRÜCKTE AUF DEN
Garagentoröffner. Laura sagte: »Das ist ein schönes Haus.
Ich bin beeindruckt. Wie lange wohnst du schon hier?«

»Ein paar Jahre.«

»Weißt du, wir sind jetzt seit, äh, zwei Monaten zusammen, und das ist das erste Mal, dass du mich zu dir einlädst.«

»Es ist einfacher, auszugehen.«

»Aber du hast gesagt, du kochst gern.«

Ich griff nach hinten und holte eine Whole-Foods-Tüte hervor. »Kannst du die letzte nehmen?«

»Kein Problem.«

Ich stellte die Einkäufe auf die Arbeitsplatte. »Ich schmeiße schon mal den Grill an, ich verhungere.«

»Soll ich Wasser für den Hummer aufsetzen?«

»Nein. Ich werde sie grillen. Räum alles in den Kühlschrank, was da reingehört.«

Die Zündung klickte ein Dutzend Mal, bevor der Grill

ansprang. Ich klappte den Deckel herunter, sah einem Golfer beim Abschlag zu und ging zurück ins Haus.

»Wollen wir draußen essen? Es ist so schön.«

»Klar. Wie du möchtest.«

Laura war unkompliziert und pflegeleicht. »Wie ich möchte?«, lächelte ich.

Sie stemmte eine Hüfte in die Seite. »Sei kein böser Junge.«

Ich beugte mich zu ihr. »Gibt es denn eine andere Art?«

»Ich dachte, du verhungerst.«

Mein Handy summte, als ich sagte: »In mehr als nur einer Hinsicht.«

Sie entwand sich mir, als ich den Anruf entgegennahm. Es war Mario. »Hey, ich wollte dich nur wissen lassen, dass ich dir geschickt habe, was du wolltest.«

»Okay, danke.«

»Willst du später noch was trinken gehen?«

»Geht nicht, Laura ist hier.«

»Wow. Bei dir geht's ja voran, was?«

»Tschüss, Mario.«

Ich steckte das Telefon ein und Laura fragte: »Wie lange bist du schon mit Mario befreundet?«

»Schon lange.«

»Seid ihr zusammen aufgewachsen?«

»Sozusagen.«

»Was meinst du damit? Entweder seid ihr es oder nicht.«

»Wo hast du die Hummerschwänze hingelegt?«

»In den Kühlschrank.«

Ich öffnete den Kühlschrank und sagte: »Hol das Olivenöl. Es ist in der Speisekammer. Und Paprika und Knoblauchsalz. Die sind in der Gewürzschublade, neben der Spülmaschine.«

»Noch nie hat ein Mann für mich gekocht.«

Sie stellte die Flaschen ab, während ich die Schale aufschnitt. »Du wärst eine gute Küchenhilfe. Hol eine kleine Schüssel unter dem Herd hervor und gieß etwas Olivenöl hinein. Da sollte auch ein Pinsel sein.«

»Wo hast du vorher gewohnt?«

»An ein paar Orten.«

»Wo denn?«

»Streu etwas Paprika und Knoblauchsalz in das Öl.«

Ich bestrich die Hummerschwänze mit dem Öl und ging hinaus auf die Terrasse. Nachdem ich sie auf den Grill gelegt hatte, kam ich zurück ins Haus. Laura stand im Wohnzimmer und hielt ein gerahmtes Bild in der Hand.

Ich sagte: »Sei vorsichtig damit.«

»Ist das deine Mutter?«

Ich nahm ihr das Bild aus der Hand. »Ja.«

»Sie war wunderschön. Ist sie gestorben?«

*Nein, Mama ist nicht gestorben – sie wurde ermordet.* Ich nickte.

»Das tut mir leid. Wann?«

»Vor langer Zeit.«

»Als du ein Baby warst?«

»Ich will nicht darüber reden.«

»Das muss schwer gewesen sein. Standet ihr euch sehr nahe?«

»Hast du mich gehört, oder was?«

»Warum bist du deswegen so empfindlich? Es ist gut, über solche Dinge zu reden.«

Mit dem Bild in der Hand stürmte ich nach draußen. »Hol mir einen Teller für die Schwänze.«

Den Tisch abzuräumen war einfacher, als die dicke Luft zu vertreiben. Während sie die Spülmaschine einräumte, sagte Laura: »Ich habe von dieser neuen Serie auf Netflix gehört. Sie soll total verzwickt sein. Willst du sie ansehen?«

»Ich muss für die Arbeit noch ein paar Dokumente lesen.«

»Warum kannst du das nicht morgen machen?«

»Es ist wichtig. Wir haben eine Deadline.«

»Du redest nie über deinen Job. Was machst du?«

»Sicherheit.«

»Für wen?«

»Darüber kann ich nicht reden.«

»Du redest nicht über deine Familie, nicht über deinen Job –«

»Ich muss arbeiten. Ich kann das jetzt nicht.«

»Jetzt? Du willst nie –«

»Komm schon, Laura. Ich habe Geschäftliches zu erledigen.«

»Schön. Wenn du die Dinge so handhaben willst, dann gehe ich.«

»Wie kommst du nach Hause?«

»Ich bestelle mir ein Uber.«

»Hier sind meine Schlüssel, nimm mein Auto. Ich melde mich später bei dir.«

»Nein. Ich nehme ein Uber.«

Als sie nach ihrer Handtasche griff, sagte ich: »Gut, dann nimm ein Uber. Mach, was du willst.«

―――――

NACHDEM ICH EIN Passwort eingegeben hatte, holte ich einen Fob hervor und generierte einen Authentifizierungscode. Ich loggte mich in mein VPN ein und navigierte zu ProtonMail. Marios E-Mail war die einzige im Posteingang des anonymen E-Mail-Dienstes. Im Anhang befand sich das Prozessprotokoll von Caden.

Die Staatsanwaltschaft präsentierte drei Zeugen und bewies damit, dass es sich um Mr. Cadens Fahrzeug handelte, das mit dem Auto von Mrs. Peterson kollidiert war. Dann bauten sie den Fall darauf auf, dass Caden betrunken war, als sich der Unfall ereignete.

Staatsanwalt Klein befragte den festnehmenden Beamten, Tom Haber, gut fünfzig Seiten lang und zog so methodisch die Schlinge um Cadens Hals zu.

Schließlich sagte er, er habe keine weiteren Fragen, und William Puzo, Brett Cadens Anwalt, übernahm:

KREUZVERHÖR
DURCH WILLIAM PUZO

»Officer Haber, Sie waren der Erste, der auf den unglücklichen Unfall reagierte, in den mein Mandant und Mrs. Peterson verwickelt waren?«

»Ja, Sir.«

»In Ihrer Aussage sagten Sie, dass Sie sich Mr. Caden näherten, sobald die Rettungssanitäter eintrafen, um Mrs. Peterson zu versorgen.«

»Das tat ich.«

»Sie haben ausgesagt, dass er bei seinem Auto stand.«

»Ja.«

»War das, weil er nicht versucht hat, Mrs. Peterson zu helfen?«

»Nein, ich habe ihm gesagt, er solle dort bleiben.«

»Also hat Mr. Caden Ihre Anweisungen befolgt und geduldig gewartet, während die Ersthelfer sich um Mrs. Peterson kümmerten? Nicht, weil er gefühllos oder ,neben sich' war, wie der Staatsanwalt, Klein, unterstellte.«

»Ja.«

»Als Sie sich Mr. Caden Minuten später näherten, wie Sie zuvor ausgesagt haben, was haben Sie getan?«

»Ich habe ihn befragt und genau beobachtet, während er Nüchternheitstests durchführte.«

»War er kooperativ?«

»Ja.«

»Und wie hat Mr. Caden bei diesen Tests abgeschnitten?«

»Er ist sowohl beim Gehen auf einer geraden Linie als auch beim Stehen auf einem Bein durchgefallen.«

»Was war mit dem Aufsagen des Alphabets?«

»Diesen Test habe ich nicht durchgeführt.«

»Warum?«

»Nachdem er bei den körperlichen Tests durchgefallen war, war es an der Zeit, einen Atemalkoholtest durchzuführen.«

»Und hat Mr. Caden sich geweigert, einen zu machen?«

»Nein.«

»Danke, Officer Haber. Keine weiteren Fragen. Der Zeuge steht Ihnen zur Verfügung.«

ERNEUTE BEFRAGUNG

STELLVERTRETENDER BEZIRKSSTAATSANWALT ANDREW KLEIN

»Danke, Officer Haber. Welchen Wert ergab der Atemalkoholtest, den Sie in der Nacht des Unfalls bei Mr. Caden durchgeführt haben?«

»0,27.«

»Und der zulässige Grenzwert liegt bei?«

»0,10.«

»Würden Sie sagen, dass Mr. Caden stark beeinträchtigt war?«

EINSPRUCH

WILLIAM PUZO

»Einspruch. Die Frage zielt auf eine Mutmaßung ab.«

GERICHT

»Stattgegeben.«

STELLVERTRETENDER BEZIRKSSTAATSANWALT ANDREW KLEIN

»Officer Haber, gilt ein Blutalkoholwert von 0,27 als Fahren unter Alkoholeinfluss?«

»Ja.«

»Danke, das ist alles, was ich habe. Wenn die Verteidigung keinen Einspruch hat, möchten wir das Gericht um eine kurze Unterbrechung bitten.«

»Wir haben keine Einwände.«

Nachdem die Sitzung wieder aufgenommen wurde, geschah nichts Interessantes mehr und die Anklage schloss ihre Beweisführung ab. Und die schien verdammt solide zu sein.

Ich wusste, dass Puzo die Kohlen aus dem Feuer geholt hatte, aber ungeachtet des juristischen Ausgangs interessierte mich, ob Caden schuldig war.

Ich las weiter.

## 12

DIE VERTEIDIGUNG TRITT AN

WILLIAM PUZO: »Die Verteidigung ruft Lieutenant Robert Baxter in den Zeugenstand.«

DER GERICHTSSCHREIBER: »Heben Sie Ihre rechte Hand.«

Baxter wurde vereidigt, und ich stellte mir vor, wie Puzo in seinem Anzug aus Haifischhaut zum Zeugen schlenderte.

LIEUTENANT ROBERT BAXTER

Als Zeuge der Verteidigung für Brett Caden geladen, wurde er nach ordnungsgemäßer Vereidigung wie folgt vernommen und sagte aus:

DIREKTBEFRAGUNG
DURCH WILLIAM PUZO

»Lieutenant Baxter, was sind Ihre Zuständigkeiten im Sheriff's Office von Collier County?«

»Nun, ich habe mehrere; heutzutage muss jeder mehr als nur eine Aufgabe übernehmen.«

»Insbesondere in Bezug auf Ihre Pflichten bei der

Verwaltung der Ausrüstung, die von den Männern und Frauen des Sheriff's Office von Collier County im Außendienst verwendet wird.«

»Nun, ich bin für einen Teil der Ausrüstung verantwortlich, die die Abteilung verwendet.«

»Und würde das auch Alkoholtestgeräte umfassen?«

»Ja.«

»Gehört dazu auch das spezielle Gerät, das Officer Haber benutzte, um Mr. Caden zu testen?«

»Das tut es.«

»Diese Maschinen sind empfindlich, nicht wahr?«

»Ja, das sind sie.«

»Und Alkoholtestgeräte müssen regelmäßig gewartet werden.«

»Ja. Sie müssen regelmäßig neu kalibriert werden.«

»Und wie regelmäßig ist das?«

»Einmal im Monat.«

»Lieutenant Baxter, würden Sie sich dieses Dokument ansehen, gekennzeichnet als A 17? Erkennen Sie es wieder?«

»Ja.«

»Bitte erklären Sie das Dokument den Geschworenen.«

»Nun, es ist eine Neukalibrierungs- und Inspektionsbescheinigung für ein Alkoholtestgerät.«

»Und was bescheinigt das Zertifikat?«

»Dass das Gerät neu kalibriert wurde und in einwandfreiem Zustand ist.«

»Und welches Datum trägt die Bescheinigung?«

»28. August.«

»Hier ist eine weitere Neukalibrierungs- und Inspektionsbescheinigung, gekennzeichnet als A 18. Bitte vergleichen Sie die Seriennummern auf beiden.«

»Es ist dieselbe Nummer.«

»Also ist dies eine weitere Bescheinigung für dasselbe Alkoholtestgerät?«

»Ja.«

»Und welches Datum trägt diese Bescheinigung?«

»4. Oktober.«

»Hier ist das Beweisdokument der Staatsanwaltschaft P 14. Es ist Officer Habers Bericht. Bitte sagen Sie dem Gericht, ob die Seriennummer auf dem Alkoholtestgerät, das er benutzte, mit denen auf den beiden Bescheinigungen übereinstimmt.«

»Sie stimmen überein.«

»Handelt es sich also bei allen drei Dokumenten um dasselbe Gerät?«

»Ja.«

»Was war das Datum des Unfalls, um den es in diesem Verfahren geht?«

»30. September.«

»Vor wenigen Augenblicken haben Sie ausgesagt, dass diese Geräte einmal pro Monat überprüft werden. Wurde das fragliche Gerät im September überprüft?«

»Nein.«

»Der Florida Administrative Code 11 D-8.006(1) verlangt, dass ein Inspektor einer Polizeibehörde mindestens einmal pro Kalendermonat spezifische regulatorische Inspektionen an allen beweissicheren Atemalkohol-Testgeräten durchführen muss. Ist Ihnen diese Vorschrift bekannt?«

»Ja.«

»Die Tatsache, dass das Gerät, das zur Feststellung, ob Mr. Caden unter Alkoholeinfluss fuhr, verwendet wurde, nicht regelmäßig gewartet wurde, macht es völlig unzuverlässig, nicht wahr?«

»Nein. Wir waren nur ein paar Tage überfällig. Mit diesem Gerät war alles in Ordnung.«

»Einspruch, Euer Ehren. Ich möchte das Gericht bitten, dies aus dem Protokoll zu streichen.«

RICHTER WILKINS: »Stattgegeben. Meine Damen und Herren Geschworenen, Sie haben die letzte Aussage von Lieutenant Baxter zu ignorieren.«

PUZO: »Danke, Euer Ehren. Nun, Lieutenant Baxter, mit einem einfachen Ja oder Nein: Wurde das bei Mr. Caden verwendete Alkoholtestgerät gesetzeskonform gewartet?«

»Nein.«

»Danke. Die Verteidigung stellt den Antrag, die Ergebnisse des Alkoholtests als Beweismittel nicht zuzulassen.«

RICHTER WILKINS: »Dem Antrag wird stattgegeben. Meine Damen und Herren Geschworenen, Sie müssen den vom Staat Florida vorgelegten Bericht über den Alkoholtest ignorieren.«

»Danke, Euer Ehren. Die Verteidigung stellt den Antrag, die Anklage mangels Beweisen abzuweisen.«

RICHTER WILKINS: »Ich möchte beide Anwälte in meinem Richterzimmer sehen. Die Sitzung ist unterbrochen.«

Ich stand auf und streckte meinen Rücken. Es war nicht endgültig, aber die Chancen, dass das Gerät eine Fehlfunktion hatte, weil es ein paar Tage über die vorgeschriebene Neukalibrierung hinaus war, waren gering. Es mag ein wenig ungenau gewesen sein, aber Cadens Wert war hoch. Selbst wenn er halbiert worden wäre, war er immer noch fahruntüchtig.

Ich las den Rest des Protokolls und notierte mir einen Namen zur weiteren Überprüfung. Das wäre der entscheidende Faktor sein, ob ich mich für Tom Peterson einsetzen würde.

## 13

ICH BOG AUF DEN GOLDEN GATE PARKWAY AB. EINE MEILE
später bog ich rechts auf den Parkplatz der Center Point
Community Church ab. Mario stand neben seinem Wagen.

Er stieg ein und wir fuhren wieder los. Ich fragte: »Der
Royal-Prozess beginnt in zwei Tagen. Wirst du was haben?«

»Hör auf, dir Sorgen zu machen, ich hab die Sache im
Griff.«

»Wird es denn ausreichen?«

»Du wirst es lieben.«

»Hast du sichergestellt, dass man es nicht zu uns
zurückverfolgen kann?«

»Ich habe mich um alles gekümmert.«

»Wie viel wird mich das kosten?«

Er schnaubte verächtlich. »Na, wer stellt denn jetzt zu
viele Fragen?«

Das Grinsen auf seinem Gesicht verschwand angesichts
des finsteren Blicks, den ich ihm zuwarf. »Setz dich mit
Peterson in Verbindung und sag ihm, mein Honorar wird
dreihunderttausend betragen. In bar.«

»Wow, dreihundert?«

»Genau. Ich hecke einen ausgeklügelten Plan aus und der wird viel mehr kosten als sonst.«

»Mehr, als die Wilson-Sache gekostet hat?«

»Beinahe das Doppelte davon.«

»Wow.«

»Wir sind fast da.«

Der Santa Barbara Boulevard war menschenleer.

Mario sagte: »Wann haben die denn diese Apartment-häuser gebaut?«

»Mehrfamilienhäuser schießen wie Pickel über Nacht aus dem Boden.«

Ich bog auf einen Schotterweg ab und Mario sagte: »Wirst du mir jetzt endlich verraten, was dieser Kerl getan hat?«

»Er hat den Hund seiner Ex-Frau umgebracht.«

»Was?«

»Er hat ihn mit Rattengift vergiftet.«

»Das ist echt ein krankes Schwein.«

»Allerdings.«

»Was hast du vor?«

»Das wirst du früh genug erfahren.«

Der Anhänger hüpfte, während wir uns durch ein Wald-stück schlängelten. Unsere Scheinwerfer erhellten ein Wohnmobil. Als wir vor der verwitterten Behausung zum Stehen kamen, fragte Mario: »Wer wohnt hier?«

Ich stieg aus und griff eine Handvoll Schotter. »Komm mit.«

Ein Hund bellte, als wir uns dem hellblauen Wohnmobil näherten. Seine Tür schwang auf. Mit einer Taschenlampe in der Hand sagte ein Mann in einem Grateful-Dead-T-Shirt und abgeschnittenen Jeans: »Wie geht's, mein Bester?«

Wir gaben uns alle einen Faustgruß. »Gut, Billy. Hast du alles fertig?«

»Folgt mir. Es ist hier hinten.«

Ein Gehege voller Hühner regte sich. Er leuchtete nach vorn. Eine große Kiste, mit einer Decke abgedeckt, stand auf einem Picknicktisch.

Ich schnupperte in die Luft. Billy spottete: »Da riechst du nichts.«

»Ich hoffe, du hast recht.«

»Haltet es so ruhig wie möglich und lasst es abgedeckt, bis ihr so weit seid.«

»Okay. Ist es in Ordnung, wenn wir hier hochfahren, um es zu verladen?«

»Klar doch.«

Mario sagte: »Was ist da drin?«

»Fahr den Anhänger zurück.«

Mario ging weg und Billy sagte: »Was hast du denn damit vor?«

»Was kriegst du von mir?«

»Vierhundert, wenn du es zurückbringst. Wenn nicht, zwei Riesen.«

»Warum so viel?«

»Höchstwahrscheinlich wird es sterben, wenn es nicht dorthin zurückkommt, wo es hergekommen ist.«

Ich zählte ein Bündel Hunderter ab. »Wir bringen es zurück, aber hier sind tausend. Sorg dafür, dass du dich bedeckt hältst.«

»Immer, mein Bester.«

Wir luden die Kiste auf den Anhänger und stiegen ins Auto. Ich fuhr langsam vor. »Es ist zwei Uhr. Wir sollten in zwanzig Minuten da sein.«

»Wo? Wo zum Teufel fahren wir hin und was schleppen wir da mit uns herum?«

»Nach Ray's on the Bay.«

»Der Laden auf den Isles of Capri?«

Ich nickte und bog auf den Collier Boulevard ab.

»Tony arbeitet doch da, oder?«

»Mhm.«

»Was –«

»Hör auf mit den Fragen.«

Ich schaltete die Scheinwerfer aus und fuhr eine Straße entlang, die auf beiden Seiten von Wasser gesäumt war. Ray's on the Bay lag am Ende auf einem Halbkreis aus Land. Ich parkte bei einer Ansammlung von Mangroven, griff nach einer Sporttasche vom Rücksitz und stieg aus.

Mario sagte: »Hat der Laden einen Alarm oder Kameras?«

»Keinen Alarm. Tony hat die Kameras ausgeschaltet und eine Tür offengelassen.«

Ich zerrte an der ersten Schiebetür und sie glitt auf. Ich warf Mario eine Tüte mit Plastikkleidung zu und sagte: »Zieh das an.« Wir zogen die gummiartige Kleidung an und setzten Gesichtsmasken auf. »Sei vorsichtig mit der Kiste.«

»Aber –«

»Tu einfach, was ich sage.«

Als wir die Kiste trugen, verlagerte sich das Gewicht darin ständig. Wir setzten sie im Restaurant ab. Ich sagte: »Stell dich nach draußen und sei bereit, die Schiebetür zuzumachen, sobald ich draußen bin. Du musst schnell sein.«

Ich schaute über meine Schulter. Mario war in Position. Ich ergriff den Griff der Kistentür und zog sie und die

Decke in einer schwungvollen Bewegung weg. Ich rannte nach draußen und Mario knallte die Tür zu.

»Heilige Scheiße! Ein verdammtes Stinktier?«

Das Säugetier schnüffelte zwischen den Hockern, die an der Bar aufgereiht waren.

Ich griff in meine Tasche und holte den Schotter heraus. »Schieb sie auf und zu, sobald ich geworfen habe.«

Ich warf eine Handvoll in die Nähe des Stinktiers, und es huschte auf eine Servierstation zu und versprühte einen Gestank nach faulen Eiern. Ich warf die restlichen Steine. »Das sollte reichen.«

Mario kicherte: »Das ist eine unserer besten Aktionen, die wir je gemacht haben.«

»Mit Mutter Natur legt man sich nicht an.«

»Den Geruch werden die monatelang nicht da rauskriegen.«

»Vier bis sechs Monate, wenn sie Glück haben. Hol die Tasche vom Anhänger.«

Mario schaute in die Tasche. »Was zum Teufel ist das?«

»Honig, Erdnussbutter, Brot, Zeug, das Stinktiere gerne fressen.«

»Wollen wir es draußen lassen, um es rauszulocken?«

»Nein, leg es in die Kiste und warte, bis es wieder gefangen ist.«

»Auf keinen Fall. Lass einfach die Tür offen und lass uns von hier verschwinden.«

Ich sagte: »Das können wir nicht. Das Stinktier wird sterben, wenn es nicht in seiner gewohnten Umgebung ist.«

»Was bist du jetzt, ein Ranger?«

»Leg das Futter in die Kiste.«

Er atmete tief durch und trat ein. Ich tat dasselbe und holte ein Stück Papier aus meiner Tasche. Mario warf den

Inhalt der Tasche in die Kiste und ich legte den Zettel auf die Bar. Wir eilten nach draußen und schoben die Tür hinter uns zu.

Keuchend fragte Mario: »Was hast du auf den Tresen gelegt?«

»Eine Nachricht für den Besitzer.«

»Was stand drauf?«

»Ein Zitat von Seneca: ‚Alle Grausamkeit entspringt der Schwäche.‘«

Er schüttelte den Kopf. »Schau mal, das Stinktier geht wieder rein.«

Ich unterdrückte meinen Drang zu feiern und sagte: »Lass uns ihn einsperren und den kleinen Kerl zu Billy zurückbringen.«

---

## 14

Es war nach 14:00 Uhr, Zeit für meinen nachmittäglichen Koffeinschub. Ich füllte ein Glas mit Eiswürfeln und legte eine Kapsel in die Nespresso-Maschine. Als der Kaffee zu tropfen begann, rief Mario mich über einen Brenner an.

»Hey, beeil dich. Mach die Nachrichten an.«

»Die Nachrichten?«

»Ja, *WINK*. Schnell, bevor du es verpasst. Es kommt gleich. Ruf mich zurück.«

Ich drückte auf die Fernbedienung und schaltete den lokalen Sender ein. Sie kamen gerade aus einer Werbepause zurück.

Die Nachrichtensprecherin lächelte. »Hier ist die ungewöhnliche Geschichte, die wir Ihnen versprochen haben.« Ein Bild von Ray's on the Bay füllte den Bildschirm. Jetzt war es an mir zu lächeln.

»Als der Besitzer eines beliebten Restaurants auf den Isles of Capri heute Morgen zur Arbeit kam, wurde er von einem überwältigenden Gestank begrüßt. Das Ray's on the

Bay hatte in der Nacht Besuch, und es war kein zahlender Kunde. Es war ein Stinktier.«

»Im Moment ist unklar, wie sich das kleine Tier Zutritt verschafft hat, doch während es dort war, versprühte es im Lokal sein Markenzeichen, den unangenehmen Geruch.«

»Unsere Melissa Carthage hat vor wenigen Augenblicken mit dem Besitzer gesprochen.«

Eine junge Dame in einem weißen Oberteil lächelte in die Kamera. »Ich bin hier bei Tom Lark, dem Inhaber von Ray's on the Bay. Mr. Lark, Sie hatten heute Morgen eine ziemliche Überraschung.«

Während der Besitzer sprach, fuhr ich mit dem Zeigefinger über die Narbe hinter meinem Ohr.

»Das hatten wir in der Tat. Ich wusste, dass etwas nicht stimmte, sobald ich aus dem Auto stieg.«

»Wegen des Geruchs?«

»Ja, diesen Gestank kann man nicht überriechen.«

»Haben Sie eine Ahnung, wie das Stinktier in Ihr Restaurant gelangen konnte?«

»Wir wissen nicht, wie es sich hereingeschlichen hat, aber wir haben eine Schädlingsbekämpfungsfirma beauftragt, alle Löcher zu stopfen, durch die es sich gequetscht haben könnte.«

»Wie es Stinktiere nun mal tun, hat es einen starken Geruch hinterlassen. Wie lange wird es dauern, bis die Gäste es wieder wagen zurückzukommen?«

Er erwähnte weder den Zettel noch den Kies, den wir geworfen hatten, um das Tier zu erschrecken. Würde er eins und eins zusammenzählen und sein Verhalten ändern?

Lark sagte: »Man hat uns gesagt, es könnte drei bis sechs Monate dauern, aber ich habe einen Sanierungsbetrieb beauftragt, der sein Bestes tun wird, um diesen Zeitrahmen zu verkürzen.«

»Das ist eine lange Zeit, um geschlossen zu haben.«

»Das ist es. Nach dem Hurrikan Ian hatten wir nur etwa zehn Tage zu. Wenn es länger als zwei Monate dauert, müssen wir vielleicht dauerhaft schließen.«

»Hätten Sie jemals erwartet, dass so etwas passieren würde?«

»Auf keinen Fall. Wir hatten noch nicht einmal einen Alligator auf dem Grundstück. Es ist kaum zu glauben, welchen Schaden ein Stinktier anrichten kann. Ich sage Ihnen, ein Restaurant zu führen, ist schon schwer genug, ohne sich auch noch um Wildtiere sorgen zu müssen. Ich meine, wie bereitet man sich auf so etwas vor?«

Als die Nachrichten zurück zur Studiomoderatorin schalteten, platzte ich vor Lachen. Gab es Stinktiere im alten Rom? So oder so, nicht einmal Seneca hätte vorhersagen können, was wir inszeniert hatten.

Ich rief Mario zurück. »Hey.«

»Hast du es gesehen?«

»Ja. Mann, das war einfach herrlich. Meinst du, der Mistkerl hat die Verbindung hergestellt?«

»Ich denke schon, aber so oder so, die hier schafft es in die Top Ten.«

»Das hat sich wirklich gut angefühlt. Ich hoffe nur, er ist nicht gezwungen, für immer zu schließen.«

»Warum? Er hat es verdient.«

»Ja, aber die Leute, die dort arbeiten, hatten nichts mit dem zu tun, was dieser Idiot getan hat.«

»Da hast du recht. Hey, Susan und ich gehen heute Abend zu Tower of Power. Sie hat zwei Karten übrig. Wollt ihr mitkommen, du und Laura?«

»Äh, ich glaube nicht.«

»Warum nicht? Du liebst Tower of Power.«

»Wir hatten einen kleinen Streit.«

»Na und? Ruf sie an und bügel die Sache wieder aus.«

»Ich weiß nicht. Sie wird mir zu anhänglich.«

»Oh. Ich dachte, du hättest gesagt, sie wäre cool.«

»Das ist sie auch, aber wir brauchen eine Pause oder so. Was ist mit dieser Freundin von Susan, die mit den langen blonden Haaren?«

»Welche?«

»Das Mädchen, das in der Hautarztpraxis arbeitet.«

»Woher weißt du, dass Karen dort arbeitet? Lässt du dir Botox spritzen?«

»Ja, klar. Frag sie mal, ob sie mitkommen will. Ich will nicht das fünfte Rad am Wagen sein.«

»Das wird eine großartige Show.«

»Lass es mich wissen.«

»Mach ich.«

Ich nahm mein normales Handy und überprüfte meine Nachrichten. Nichts von Laura. Ich tippte ihr eine: *Hey, wie geht's dir?*

Ich starrte auf den Bildschirm und hoffte auf eine schnelle Antwort. Nichts kam an. Ich versuchte, an dem emotionalen Hoch der Stinktier-Episode festzuhalten, aber es war, als würde man versuchen, Wasser in den Händen zu halten.

Als ich meinen Eiskaffee austrank, klingelte das Telefon. Ich schnappte es mir. »Hallo?«

Eine Baritonstimme brüllte: »Wenn dir dein Leben lieb ist, kümmerst du dich um deinen eigenen verdammten Kram.«

»Was?«

»Du hast mich gehört.«

»Wer ist da?«

*Klick.*

Ich drückte auf Wahlwiederholung; es war eine private Nummer mit der Ansage, dass die Mailbox nicht eingerichtet war.

Gab es eine Möglichkeit, das zurückzuverfolgen? Ich würde meine Kontakte bei den Strafverfolgungsbehörden um Hilfe bitten, aber bevor ich diesen Anruf tätigte, durchforstete ich mein geistiges Rolodex. Von all den Aufträgen, die ich in den letzten paar Monaten bearbeitet hatte, hätte niemand der Beteiligten so ausgeholt.

Ich erstarrte. Außer einem.

Hing das mit unserer Suche nach etwas zusammen, das Royal für lange Zeit hinter Gitter bringen würde? Einschüchterung war sein Stil, und wenn das nicht funktionierte, ließ er Gewalt folgen.

Aber wir waren vorsichtig gewesen, das waren wir immer. Unser Netzwerk hatte nie undichte Stellen. Larson hatte diese Teflon-Art an sich, und ich hatte von ihm gelernt und Mario gezwungen, den gleichen mehrschichtigen Ansatz zu verfolgen.

Meine Schultern entspannten sich. Wir hatten Royal bereits verpfiffen. Die Informationen waren weitergegeben worden. Der Anrufer sagte, wir sollten uns aus seinen Angelegenheiten heraushalten. Vielleicht wusste Royal nicht, dass wir etwas in die Hände bekommen hatten. Er hatte seine Finger überall im Spiel, aber mein System hatte sich als wasserdicht erwiesen.

Ich spürte, wie ich lächeln musste. Letzte Woche war ich bei Trader Joe's einkaufen. Als ich nach einer Packung Müsli griff, hörte ich meinen Namen.

»Bist du das, Beck?«

Es war meine alte Nachbarin von nebenan, als ich noch in Kensington wohnte. »Hey, wie geht es dir, Marilyn?«

Sie runzelte die Stirn. »Ich schlage mich so durch.«

»Ist alles in Ordnung?«

»Meine Schwester, Genna, erinnerst du dich an sie?«

»Natürlich. Wir haben uns ein paar Mal getroffen.«

»Sie hat deinen Toby geliebt. Wie geht es ihm?«

Sie hatte auf meinen Hund aufgepasst, wenn ich über Nacht verreist war. »Es geht ihm großartig. Und was ist mit deiner Schwester?«

»Sie ist vor ungefähr zwei Monaten verstorben.«

»Das tut mir so leid. War sie krank?«

»Magenkrebs. Es wurde schlimm, aber jetzt hat sie keine Schmerzen mehr.«

»Es ist nie einfach, mit einem Verlust umzugehen.« Und das wusste ich.

»Nein, ist es nicht, und was es noch schlimmer macht, ist der Streit um ihren Nachlass. Und es ist nicht so, als hätte sie viel Geld gehabt.«

»Oh nein. Das klingt übel. Was ist los?«

»Mein Bruder Frank hat Genna, bevor sie gestorben ist, dazu gebracht, ein neues Testament zu unterschreiben, das mich im Grunde ausschließt. Ich brauche das Geld nicht, aber es wurmt mich einfach.«

Frank war ein Wichtigtuer. »Ist das kurz vor ihrem Tod passiert?«

»Oh ja, ungefähr eine Woche vorher. Eine Pflegerin hat es mir erzählt, und als ich Genna fragte, sagte sie, sie wolle nicht mehr kämpfen.«

»Hat deine Schwester Schmerzmittel bekommen?«

Marilyn nickte. »Ja. Sie brauchte starke Dosen, um die

Schmerzen unter Kontrolle zu halten, und manchmal reichte selbst das nicht aus. Es war sehr schwer, sie leiden zu sehen.«

»Das tut mir wirklich leid. Wenn du mir die Bemerkung erlaubst, du hast ein Recht darauf, das Testament, das sie unterschrieben hat, für ungültig erklären zu lassen.«

»Wie meinst du das?«

»Dadurch, dass deine Schwester Schmerzen hatte und Schmerzmittel nahm, war sie nicht bei klarem Verstand, um eine so wichtige Entscheidung zu treffen.«

»Er hat sie manipuliert.«

»Mag sein, aber so oder so ist es nicht richtig, und du solltest das nicht auf sich beruhen lassen.«

»Was kann ich tun?«

»Lass mich einen guten Freund anrufen. Er ist auf Erbrecht spezialisiert. Ich mache einen Termin für dich aus.«

Das Unbehagen, das Marilyn auslöste, als sie ihre Arme um mich schlang, überkam mich wieder.

Ich zuckte mit den Schultern und das schlechte Gefühl ließ nach. Der Anruf musste von ihrem Bruder sein, dem Großmaul Frank. Das neue Testament war für nichtig erklärt worden. Marilyn hatte ihr Erbe bekommen und Frank war stinksauer auf mich.

## 15

---

MIT EINER BASEBALLKAPPE ÜBER EINER BLONDEN PERÜCKE mit Pferdeschwanz zog ich die Tür auf. Ein Hauch von Lysol lag in der Luft. Der gesamte Gerichtssaal stand, als der Richter zu seinem Stuhl trottete.

Niemand drehte sich um, als ich in die letzte Reihe schlüpfte. Als die Leute auf ihre Plätze zurückkehrten, entdeckte ich den glänzend schwarzen Schopf von Nathan Royal. Eingezwängt zwischen zwei Anwälten in blauen Anzügen, ließ Royals hellgrauer Anzug keinen Zweifel daran, wer der Angeklagte war.

Hinter der Staatsanwaltschaft saß die Frau, die Royal beinahe zu Tode geprügelt hatte. Mit zurückgezogenen Schultern wie ein Marine brachte Cece Garner mich dazu, meine Verkleidung fallen zu lassen, während der Protokollführer dem Richter einen Stapel Papiere überreichte.

Royal war wie ein Mafiaboss der alten Schule: Er erteilte niemandem, der ein Verbrechen für ihn beging, direkte Befehle. Dass er seine Wünsche durch mehrere Ebenen von Mitarbeitern filterte, war ein wichtiger Grund, warum

Royal der Strafverfolgung entging. Royal als aalglatt zu bezeichnen, wäre so, als würde man fließende vulkanische Lava als warm beschreiben.

Als ich für Larson arbeitete, war ich Royal über den Weg gelaufen. Larson hatte mich vor ihm gewarnt, aber während eines schwierigen Auftrags, bei dem es um geschmuggelten Schnaps ging, lieferte Royal entscheidende Informationen. Er war auch bei einem anderen Job hilfreich gewesen, aber als ich seinem inneren Zirkel immer näherkam, schwoll ein unbehagliches Gefühl zu Abscheu an. Wenn Royal etwas wollte, wurden Grenzen nicht überschritten, sondern ausgelöscht.

Das erste Schlüsselerlebnis ereignete sich vor einem Jahrzehnt. Eddie Harris, ein Schläger und Geldeintreiber für Royals Kredithaigeschäft, wurde verhaftet, weil er dem Sohn eines Mannes, der mit seinen Zahlungen im Rückstand war, das Bein gebrochen hatte.

Es war ein glasklarer Fall, der Harris für mindestens zehn Jahre hinter Gitter bringen würde. Zwei Wochen, bevor der Prozess gegen Harris begann, wurde der zehnjährige Sohn des Richters von der Straße in einen Lieferwagen gezerrt.

Man spekulierte, dass es jemand war, über den der Richter geurteilt hatte. Einen Tag vor Prozessbeginn wurde der Junge in der Nähe von Babcock Ranch unversehrt freigelassen. Royals Bande wurde verdächtigt, aber es gab keine Beweise für eine Festnahme.

Während des Prozesses traf der Richter mehrere fragwürdige Entscheidungen zugunsten von Harris, und der Jugendliche, dem das Bein gebrochen worden war, machte einen olympiareifen Rückzieher, als es darum ging, Harris als Angreifer zu identifizieren. Der Fall gegen Harris zerfiel, und er wurde für nicht schuldig befunden.

Die dreiste Einschüchterung zwang den Bezirk, die Sicherheitsvorkehrungen für Richter und ihre Familien zu erhöhen.

Harris war heute nicht im Gerichtssaal, aber Royal hatte zwei Reihen mit seinen Leuten gefüllt. Ein übergroßer Schläger, der hinter Royal saß, stand auf und musterte die Anwesenden. Das Einzige, was noch alberner gewesen wäre als dieser Berg von einem Mann mit tätowierter Stirn in einem teuren Anzug, wäre gewesen, wenn er ein Tutu getragen hätte.

Er überflog den hinteren Teil des Saales, hielt inne und sah mich direkt an. Ich hielt seinem Blick stand. Seine Augenbrauen zuckten nach oben. Ich kannte dieses Ungetüm nicht. Kannte er mich?

Er setzte sich und flüsterte dem Mann neben ihm etwas zu. Der Richter räusperte sich, und der Gerichtsdiener rief zur Ordnung.

Der Staatsanwalt sagte: »Euer Ehren, darf ich vortreten?«

»Ja.«

Mit gedämpfter Stimme überreichte der Staatsanwalt dem Richter mehrere Dokumente. Nachdem er sie gelesen hatte, blickte der Richter zu Royal und seinen Anwälten. »Mr. Temple, bitte treten Sie vor.«

Royals Anwalt tat, wie ihm geheißen. Sekunden später warf er die Hände in die Luft. Mit Kopien des Widerrufs eilte der Anwalt zurück zu seinem Tisch.

Royal schüttelte den Kopf, als sein Anwalt ihn darüber informierte, dass sein Alibi angefochten wurde. Einer von Royals Männern beugte sich über die Absperrung und fragte Royal, was los sei. Der Gerichtsdiener befahl ihm, sich zu setzen, während Royal sagte, die Zeugen würden lügen.

Eine Welle von Flüchen und rachsüchtigen Versprechungen führte zu einem Hammerschlag. »Ruhe! Ruhe, oder ich lasse Sie hinauswerfen!«

Der Raum wurde still und der Richter sagte: »Wir werden den normalen Verlauf dieses Verfahrens unterbrechen, da dem Gericht eine wesentliche Frage zur Kenntnis gebracht wurde.«

Staatsanwalt Jenkins sagte: »Die Staatsanwaltschaft ruft Jeremiah Carlton in den Zeugenstand.«

Die hinteren Türen des Gerichtssaals öffneten sich, und eine Wache eskortierte Carlton in den Zeugenstand. Der Zeuge hielt den Kopf gesenkt, während er den Gang entlangging. Eine Kaskade von Zischlauten brach aus, als Carlton den Bereich vor dem Richterpult betrat.

Der Hammer knallte. »Dies ist Ihre letzte Warnung!«

Nachdem er ordnungsgemäß vereidigt worden war, starrte Carlton auf seine Hände. Jenkins reichte ihm ein Blatt Papier. »Mr. Carlton, ist das Ihre Aussage?«

»Ja.«

»Sie verstehen, dass Sie mit diesem Widerruf Ihre frühere Aussage über den Aufenthaltsort von Mr. Royal in der Nacht, in der Cece Garner brutal geschlagen wurde, für nichtig erklären. Ist das richtig?«

»Ja.«

»Sagen Sie dem Gericht, wo Mr. Royal war, als Ms. Garner angegriffen wurde.«

»Weiß ich nicht. Ich war nicht bei ihm.«

»Wo waren Sie?«

»Ich und Sean, wir waren bei mir zu Hause.«

»War Mr. Royal dort, bei Ihnen?«

»Nein. Ich weiß nicht, wo er war.«

»Warum haben Sie ursprünglich gesagt, Sie wären bei Mr. Royal gewesen?«

Carlton zuckte mit den Schultern. »Royal meinte, er bräuchte einen Gefallen.«

»Mr. Royal hat Sie gebeten, für ihn zu lügen, um ihm ein Alibi zu verschaffen?«

»Wir kennen uns schon lange … Ich wollte nur 'nem Bruder helfen.«

»Werden Sie Ihre Aussage noch einmal ändern?«

Er schüttelte den Kopf. »Nee. Das war's, Mann.«

»Keine weiteren Fragen. Ihr Zeuge.«

Temple klopfte Royal auf den Unterarm, bevor er aufstand. »Mr. Carlton, Sie, und ich möchte hinzufügen, Mr. Brown, haben in der Zeugenaussage, die Sie vor einem Tag in eben diesem Zeugenstand gemacht haben, detaillierte und spezifische Informationen geliefert. Wie können Sie erwarten, dass die Geschworenen Ihnen jetzt glauben?«

»Weil's die Wahrheit ist, Mann.«

»Leute sagen oft Dinge, die sie nicht so meinen, um eine Gegenleistung zu erhalten. Ist das nicht wahr, Mr. Carlton?«

»Einspruch.«

»Stattgegeben.«

»Erlauben Sie mir, die Frage neu zu formulieren. Mr. Carlton, was hat man Ihnen als Gegenleistung für die Änderung Ihrer Aussage angeboten?«

Carlton sah zu Jenkins, der nickte. »Sie haben mich aus der Klemme geholt.«

»Aus welcher Klemme?«

»Na ja, wir sind wegen Dealens hochgenommen worden.«

»Und die Staatsanwaltschaft hat zugestimmt, die Anklage gegen Sie im Gegenzug für Ihre neue Aussage fallen zu lassen?«

»Japp, und sie holen mich hier raus.«

»Hier raus? Was bedeutet das?«

»Sie wissen schon, dieses Zeugenschutzding.«

Temple lächelte. »Gibt es noch etwas, womit der Staat Sie bestochen hat?«

»Einspruch. Die Staatsanwaltschaft wird beweisen, dass keine Bestechung im Spiel war und Mr. Carlton im Austausch für seine Aussage Schutz angeboten wurde, da er um sein Leben fürchtet.«

»Abgelehnt. Sie werden bei der erneuten Befragung die Gelegenheit haben, das klarzustellen. Fahren Sie fort, Mr. Temple, aber achten Sie auf Ihre Wortwahl.«

»Mr. Carlton, Meineid ist ein Verbrechen. An Ihrer Stelle würde ich mir den Deal, den Sie gemacht haben, noch einmal gut durch den Kopf gehen lassen. Geben Sie zu, dass Sie Ihre Aussage nur geändert haben, um Ihre eigene Haut zu retten, und dass Ihre ursprüngliche Aussage über den Aufenthaltsort von Mr. Royal die Wahrheit war. Sind Sie dazu bereit?«

Er schüttelte den Kopf. »Nein.«

»Warum nicht?«

»Wie ich schon sagte, es ist die Wahrheit.«

Temple wandte sich an die Geschworenen. »Man kann jemandem wie Mr. Carlton oder seinem Komplizen, Mr. Brown, nicht trauen. Die beiden haben ein langes Vorstrafenregister, und wie das Sprichwort sagt, würden sie ihre eigene Mutter verkaufen, um nicht ins Gefängnis zu müssen. Mr. Carlton hat seine Aussage im Austausch für einen Deal mit dem Staat geändert – und zwar für einen verdammt guten. Ich habe keine weiteren Fragen, aber ich werde einen Antrag stellen, die neueste Version der Aussagen von Mr. Carlton und Mr. Brown für unzulässig zu erklären.«

Richter Wilkins sagte: »In Anbetracht der Wahrscheinlichkeit, dass die Aussage durch das Angebot der Staatsanwaltschaft beeinflusst wurde, wird das Gericht die Sitzung vertagen, um diese Aussage ernsthaft zu prüfen. Die Verhandlung wird für eine Stunde unterbrochen.«

Jenkins stand auf. »Euer Ehren, die Staatsanwaltschaft wird beweisen, dass die Motivation von Mr. Carlton tatsächlich rein war, auch wenn es eines kleinen Anstoßes bedurfte.«

»Sparen Sie sich das für Ihren Schriftsatz auf, Herr Kollege.« Wilkins schlug mit dem Hammer auf den Tisch. »Die Sitzung ist vertagt.«

Ich saß fassungslos da, während Royals Handlanger sich gegenseitig auf die Schulter klopften. Royal würde damit durchkommen. Schon wieder.

---

## 16

DER GERICHTSVOLLZIEHER BRÜLLTE: »ERHEBEN SIE SICH bitte für den ehrenwerten Syd Wilkins.«

Wilkins ließ sich auf seinem Stuhl nieder, während die Anwesenden ihre Plätze einnahmen. Er sagte: »Ich habe beschlossen, die Verhandlung fortzusetzen.«

Ein aufkommendes Murmeln wurde durch einen Hammerschlag unterbunden. »Mr. Jenkins, rufen Sie Ihren nächsten Zeugen auf.«

»Die Staatsanwaltschaft ruft Yakov Dubnik auf.«

Die Türen des Gerichtssaals öffneten sich und ein kleiner Mann in einem braunen Hemd und einer Khakihose wurde zum Zeugenstand begleitet. Nachdem er vereidigt worden war, bat Jenkins ihn, seinen Namen zu buchstabieren und seine Adresse anzugeben. Dubniks osteuropäischer Akzent war zu hören, als er antwortete.

»Was machen Sie beruflich, Mr. Dubnik?«

»Ich bin Mechaniker bei Home Tech. Wir reparieren Haushaltsgeräte, wie zum Beispiel Kühlschränke.«

»Bitte sprechen Sie langsam, mein Herr.«

»Okay, okay.«

»Mr. Dubnik, haben Sie noch andere Jobs?«

»Ich fahre für Uber und Lyft, um mir etwas dazuzuverdienen.«

»Und wann fahren Sie für diese?«

»Drei Nächte pro Woche: Montag, Mittwoch und Donnerstag.«

»Um welche Zeiten fahren Sie an diesen Tagen normalerweise?«

»Von sieben bis Mitternacht.«

»Haben Sie während dieser Stunden viele Fahrgäste?«

»Manchmal, aber wenn es ruhiger wird, liefere ich Essen aus.«

»Über die Uber-App?«

»Ja, das nennt sich Uber Eats. Die zahlen nicht viel, aber man bekommt meistens Trinkgeld.«

»Ich interessiere mich für die Essenslieferungen, die Sie gemacht haben. Haben Sie eine Aufzeichnung der Lieferungen vom 1. Mai 2023?«

»Ja.«

»Wer erstellt das Protokoll?«

»Uber. Es ist im Berichtsabschnitt, unter ›Verdienste‹.«

»Und was enthält dieser Bericht?«

»Ähm, von welchem Restaurant ich abgeholt habe, an wen es ging und, äh, wie hoch mein Anteil am Geld war.«

»Und der Tag?«

»Oh ja, habe ich vergessen; er enthält auch den Tag und die Uhrzeit.«

»Wer erstellt diesen Bericht?«

»Uber.«

Jenkins ging zum Tisch der Anklage und hob zwei Blätter Papier auf. Er ließ eines auf den Tisch der Verteidigung fallen und näherte sich dem Zeugenstand. »Mr. Dubnik, können Sie dem Gericht sagen, was dieses Dokument ist?«

»Ja, das ist das Uber-Protokoll vom ersten Mai.«

»Das Protokoll für welchen Fahrer?«

»Oh, für mich. Es enthält die Abholungen, die ich in dieser Nacht gemacht habe.«

»Erzählen Sie dem Gericht von der dritten Essensabholung, die Sie in der Nacht des ersten Mai gemacht haben.«

Er strich über das Dokument. »Ähm, um 20:37 Uhr habe ich bei Sushi Thai Too an der Airport Pulling Road abgeholt und es zur 104. Straße 312 gebracht.«

»In Naples?«

»Ja.«

»Um wie viel Uhr sind Sie an der Adresse in der 104. Straße angekommen?«

»Acht Uhr einundfünfzig abends.«

Jenkins wandte sich den Geschworenen zu. »Das Haus, zu dem Mr. Dubnik geliefert hat, ist von demselben Mr. Carlton gemietet, der bereits zuvor ausgesagt hat.«

Temple erhob sich. »Einspruch. Nur weil Essen geliefert wurde, heißt das nicht, dass Mr. Carlton dort war.«

»Abgelehnt.«

Jenkins wirbelte herum. »Ja, das ist wahr, eine Lieferung an sich beweist nichts.« Er hob eine Fernbedienung vom Tisch der Staatsanwaltschaft. »Jedoch, wie Sie auf dem Monitor sehen werden, können wir beweisen, dass Mr. Carlton dort war.«

»Einspruch. Wir haben keine Möglichkeit zu überprüfen, ob dies manipuliert wurde.«

Richter Wilkins sagte: »Abgelehnt. Das kann später

überprüft werden. Ich lasse es zu. Fahren Sie bitte fort, Mr. Jenkins.«

»Mr. Dubnik, benutzen Sie eine Kamera, wenn Sie für Uber fahren?«

»Ja. Immer. Naples ist sicher, aber man weiß nie, mit wem man es zu tun hat, und wenn man in einen Unfall gerät, kann sie beweisen, wer schuld war.«

»Danke.«

»Oh, und ich spare auch Geld bei der Versicherung.«

»Das ist gut, und wo ist die Kamera?«

»Ich habe zwei, eine auf dem Armaturenbrett und eine in der Nähe meines Rückspiegels, die den Rücksitz und die Heckscheibe abdeckt.«

»Danke. Bevor ich das hier abspiele, möchte ich die Geschworenen daran erinnern, dass diese Aufnahme um 20:49 Uhr beginnt, als Mr. Dubnik in die Einfahrt des Hauses in der 104. Straße 312 fuhr, und der Clip um 20:52 Uhr endet, als er zurücksetzte. Mr. Royal wird beschuldigt, Ms. Garner in derselben Nacht um 20:45 Uhr an einem Ort angegriffen zu haben, der mindestens zwanzig, wenn nicht dreißig Minuten entfernt ist.«

Der Monitor leuchtete auf und Jenkins drückte auf Play. Die Motorhaube eines silbernen Autos, dessen Scheinwerfer den Weg wiesen, fuhr in eine Einfahrt. Jenkins hielt das Video an. »Über der Garage ist die Adresse des Hauses sichtbar. Machen wir weiter.«

Das Auto hielt an und zehn Sekunden später erschien Dubnik, der zwei Tüten trug. Er klopfte an die Tür und sie öffnete sich. Die Aufnahme hielt wieder an. »Lassen Sie mich heranzoomen. Sie können sehen, dass es sich tatsächlich um Mr. Carlton handelt und dass es 20:50 Uhr ist.«

Die Aufnahme lief langsam weiter. Ein weiterer Mann

trat ins Bild und Jenkins hielt sie wieder an. »Das, meine Damen und Herren, ist Mr. Brown.«

Er trat an den Zeugenstand heran. »Mr. Dubnik, können Sie uns sagen, warum beide Männer zur Tür kamen?«

»Der erste Kerl hatte kein Geld für ein Trinkgeld, also kam der andere Mann und gab mir einen Zehn-Dollar-Schein.«

Jenkins lächelte. »Sehr nett von ihm. Können Sie nun sagen, was sie im Haus gemacht haben?«

»Ich bin nicht sicher, aber am Fernseher sah es so aus, als ob sie ein Videospiel spielten.«

»Lassen Sie mich den Rest der Aufnahme abspielen.«

Dubnik ging zu seinem Auto, und eine Minute später setzte es aus der Garage zurück.

Jenkins sagte: »Wir werden das noch einmal abspielen, und obwohl der Staat angeboten haben mag, die gegen die Herren Brown und Carlton anhängigen Anklagen fallen zu lassen, dokumentiert dieses Video zweifellos, dass sie nicht bei Mr. Royal waren, als der Angriff auf Ms. Garner stattfand.«

»Einspruch.«

»Abgelehnt.«

Jenkins lächelte. »Lassen Sie mich zum Abschluss noch hinzufügen, was den Schutzgewahrsam betrifft, den der Staat den Herren Carlton und Brown gewährt hat: Dies geschah aus Angst um ihr Leben. Sie beide bestanden als Bedingung darauf, endlich die Wahrheit zu sagen.«

Zuzusehen, wie sich die Schlinge um Royals Hals zuzog, hätte mir eigentlich ein gutes Gefühl geben sollen. Stattdessen keimten Zweifel in mir auf. Ich tat mein Bestes, sie nicht zu gießen, und ging zum Ausgang, während ich mir einredete, dass ich es bei dem Versuch, Royal ans Messer zu liefern, nicht übertrieben hatte.

Mit den Händen an der Tür hörte ich etwas, das wie mein Name klang. Ich drehte mich um. Einer von Royals Männern richtete seinen Zeigefinger auf mich. Sein Daumen stand kerzengerade nach oben und ahmte eine Pistole nach.

## 17

ICH GING AN YABBA VORBEI UND BOG IN DEN SUGDEN PLAZA ein. Mit dem Rücken zu Ocean Prime setzte ich mich auf den Mauervorsprung und musterte die Menschenmenge am Nachmittag. Kinder umringten einen Mann, der Luftballons zu Figuren formte und alle zwei Minuten einen Zehn-Dollar-Schein von einem Elternteil einstrich.

Mario ließ sich neben mich gleiten. »Hier ist ja was los.«

Ich flüsterte: »Von wem hast du die Information?«

»Wovon redest du?«

Ich flüsterte: »Royal.«

»Das habe ich mir selbst zusammengereimt.«

»Wie?«

»Indem ich mit unzähligen Kontakten gesprochen habe. Ich bekam mit, dass Carlton und Brown mit einem anderen Kerl abhingen, und habe ihn aufgespürt.«

»Wen?«

»Troy Center. Carlton ist mit dem Kerl aufgewachsen.«

»Arbeitet er für Royal?«

»Nein. Er ist Mechaniker bei Tuffy's.«

»Er war an dem Abend bei Carlton zu Hause?«

»Jep. Ich habe ihn gefragt, was sie gemacht haben, und als er sagte, dass sie bei Sushi Thai Too bestellt hatten, habe ich den Fahrer mithilfe der Aufnahmen der Überwachungskamera des Restaurants ausfindig gemacht.«

»Wem hast du davon erzählt?«

»Niemandem.«

Ich verdrehte die Augen.

»Ehrlich. Ich habe nichts gesagt.«

Zischend sagte ich: »Royal weiß, dass wir es waren.«

»Bist du sicher?«

»Tausendprozentig.«

Mario schnaubte verächtlich. »Der wird für lange Zeit weggesperrt.«

»Mag sein, aber er wird sich an denen rächen, die ihn dorthin gebracht haben.«

»Entspann dich. Er wird hinter Gittern sein. Wann ist die Urteilsverkündung?«

»Weißt du eigentlich, wie naiv du klingst?«

»Was meinst du? Ich habe gehört, er kommt ins Florida State Prison hoch nach Jacksonville.«

»Royals Arm reicht weit.«

»Er hat Wichtigeres zu tun. Sei nicht paranoid.«

»Da irrst du dich gewaltig. Royal wird Zeit haben, darüber zu grübeln, wer ihn dorthin gebracht hat.«

»Ist ja gut. Was willst du tun?«

»Ich habe eine Idee.«

Nachdem ich ihm meinen Plan dargelegt hatte, sagte Mario: »Das wird wahrscheinlich funktionieren.«

»Denke ich auch.« Ich stand auf. »Legen wir los.«

»Warte mal kurz.«

»Was?«

»Peterson sagte, es sei kein Problem, dreihundert Riesen zu zahlen.«

»Gut.«

»Wir hätten mehr verlangen sollen. Ich hab dir doch gesagt, dass der steinreich ist.«

»Werd nicht gierig. Seneca sagte: ‚Nicht wer wenig hat, sondern wer mehr begehrt, ist arm.‘«

»Jetzt geht das schon wieder los.«

»Es ist wahr. Und jetzt kümmer dich um die Royal-Sache.«

———

Dr. Bernie Schwartz hatte seine Praxis in dem hohen Bürogebäude an der Ecke Vanderbilt Beach Road und Tamiami Trail. Ich betrat das grünglasige Gebäude und überprüfte das Verzeichnis. Es war gefüllt mit Anwaltskanzleien und Versicherungsgesellschaften.

Die einzige Arztpraxis war Schwartz Podiatry. Die einzige Person in seinem Wartezimmer, eine Frau, stand am Tresen und sprach mit der Dame dahinter.

Als ich mich anmeldete, bat die Frau um einen Termin an einem Freitag und die Dame antwortete, dass Dr. Schwartz nur dienstags Sprechstunde habe. Ich konnte mich nicht erinnern, gesehen zu haben, dass Schwartz eine weitere Praxis hatte.

Die Frau buchte ihren nächsten Termin und ging. Eine Minute später wurde ich in ein kleines Untersuchungszimmer geführt. Schwartz kam schwungvoll in den Raum und streckte mir die Hand entgegen. »Mr. Beck, freut mich, Sie kennenzulernen.«

»Guten Tag, Herr Doktor.«

»Was fehlt Ihnen denn?«

»Mein Fuß. Er tut weh. Manchmal ist alles in Ordnung, aber dann bekomme ich ganz plötzlich einen stechenden Schmerz.«

»Sehen wir uns das mal an.« Er deutete auf den mit Papier bedeckten Untersuchungstisch. »Setzen Sie sich und ziehen Sie Ihren Schuh aus.«

Ich hustete, während ich meinen Schuh aufband.

Er zog Handschuhe an und sagte: »Rutschen Sie etwas zurück.«

Es kitzelte mich im Hals, aber ich unterdrückte einen Husten.

Er rollte einen Hocker heran und begann, meinen Fuß abzutasten. »Irgendwelche Schmerzen?«

»Nein. Oh, da ist es.«

Er fuhr mit einem Finger über den Bereich vor meinen Zehen. »Von außen ist nichts sichtbar. Machen wir mal eine Röntgenaufnahme. Ich bin gleich zurück.«

Er schob einen Wagen in den Raum. »Stellen Sie sich hier drauf.« Er klickte zweimal und justierte das Gerät über meinem Fußrücken. »Stillhalten.« Zwei weitere Klicks.

»Wir werden sehen, was los ist. Gott sei Dank sind Röntgenaufnahmen heutzutage digital.«

Er blickte auf den Bildschirm. »Seit wann haben Sie das?«

»Seit etwa zwei Wochen. Als ich vom Gabelstapler abstieg, dachte ich nur: Autsch!«

»Das ist bei der Arbeit passiert?«

»Ja, da habe ich es zum ersten Mal bemerkt. Wieso? Was ist es?«

»Es ist schwer zu sagen, aber ich würde auf eine Stressfraktur tippen.«

»Sie meinen, so was wie einen gebrochenen Knochen in meinem Fuß?«

»Ja, diese Art von Frakturen sind Haarrisse in den Knochen Ihres Fußes.«

»Das kann ich nicht glauben. Und auf dem Röntgenbild sieht man nichts?«

»Das ist nicht ungewöhnlich.«

»Wow. Wer hätte das gedacht?«

»Die meisten Leute wissen das nicht. Aber sagen Sie mal, steigen Sie oft von dem Gabelstapler auf und ab?«

Ich hustete und sagte: »Klar, bestimmt fünfzigmal am Tag.«

»Klingt nach einer wiederholten Belastung.«

»Könnte sein. Ich meine, ich springe ja oft rauf und runter.«

»Wir sollten Sie auf Osteoporose untersuchen. Das könnte der Grund sein, warum Sie dafür anfällig sind.«

»Was können Sie dagegen tun?«

»Nun, diese Art von Verletzungen heilt mit der Zeit von selbst, vorausgesetzt, Sie verschlimmern die Sache nicht.«

»Also kann ich nichts tun?«

»Das ist eine berufsbedingte Verletzung. Ich rate Ihnen, Ihren Arbeitgeber dafür zur Verantwortung zu ziehen.«

»Das verstehe ich nicht.«

Er öffnete eine Schreibtischschublade und reichte mir eine Karte. »Das ist ein Anwalt, mit dem ich zusammenarbeite. Er kann Ihnen helfen, eventuelle Lohnausfälle geltend zu machen, plus eine nette Abfindung als Ausgleich für Ihre Schmerzen und Ihr Leid.«

»Ein Anwalt?«

»Ja. Sein Büro ist gleich den Flur runter. Ich kann arrangieren, dass er Sie sofort empfängt.«

»Aber ...«, setzte ich an und bekam einen kleinen Hustenanfall. Schwartz kramte in seiner Tasche und bot mir eine Lutschtablette an. Eher hätte ich einen Brownie von Snoop Dogg genommen. »Schon gut.«

»Wir stellen Ihnen ein Rezept für Krücken aus. Ich möchte nicht, dass Sie den Fuß belasten. Wenn Sie können, legen Sie ihn hoch; das hilft, Schwellungen zu reduzieren.«

»Aber er ist nicht geschwollen.«

Er öffnete die Tür. »Gehen Sie zu Mr. Stein und kommen Sie nächsten Dienstag wieder zur Nachuntersuchung.«

»Dienstags passt bei mir nicht.«

»Tut mir leid, ich habe nur einmal pro Woche Sprechstunde.«

»Nur einmal die Woche? Warum?«

»Die Tätigkeit als Gutachter bei Gerichtsverfahren macht heutzutage den Großteil meiner Praxis aus.«

Nachdem ich einen Termin ausgemacht hatte, den ich nicht einhalten würde, ging ich zu meinem Auto. Schwartz und die Anwälte, mit denen er zusammenarbeitete, waren keinen Deut besser als die Schmerzkliniken, die Opioidrezepte ohne jegliche medizinische Grundlage ausstellten.

Es bestand nicht der geringste Zweifel daran, dass Dr. Schwartz eine Stressfraktur erfunden hatte, um Brett Caden freizubekommen.

---

## 18

EIN STROM VON AUTOS ERGOSS SICH AUF DEN FLAMINGO Island Flea Market in Bonita. Ich zwängte mich zwischen zwei riesigen Blumenkübeln hindurch und gelangte auf einen unbefestigten Zufahrtsweg. Der Töpferstand war so mit Waren vollgestopft, dass ich mich fragte, wie hier überhaupt jemand etwas kaufen konnte.

Die Sonne brannte durch die Baseballkappe, die ich trug. Im Hauptzelt herrschte reges Treiben. Es war schwer auszumachen, wer einkaufte, wer nur stöberte oder wer einfach nur nach einer Beschäftigung suchte.

Der Geruch von Zimt zog mich zu einem Tisch, an dem Räucherstäbchen und Kerzen verkauft wurden. Ich spürte ein Klopfen auf meiner Schulter; es war Detective Moreno.

»Planst du eine Séance?«

Wir gingen den Gang entlang, vorbei an einem Stand, der Matratzen verkaufte. »Ich glaube nicht an so was.«

»Ich auch nicht, aber was glaubst du, was passiert, wenn wir tot sind?«

»Ich fürchte, nichts.«

»Kein Himmel oder Hölle?«

»Ich glaube, das Beste, was wir hoffen können, ist, dass unser Geist in etwas anderes oder ein anderes Universum übergeht.«

»Irgendwo da draußen muss es Leben geben.«

»Wahrscheinlich schon, aber ob wir nach dem Tod dorthin gelangen, ist bestenfalls fraglich.«

»Machen wir das Beste aus der Zeit, die wir haben.«

»Jep. Hör zu, wir brauchen Hilfe mit Royal. Ich glaube, er weiß, dass wir diejenigen waren, die die Informationen für seine Verurteilung besorgt haben.«

»Was brauchst du?«

»Ein paar unmissverständliche Hinweise, die auf einen oder zwei seiner Leute deuten.«

»Ein Ablenkungsmanöver, damit es wie ein Insider aussieht?«

Ich nickte. »Es gibt zwei Typen, denen du das anhängen solltest: Rico Sanchez und Bobby Cash. Sie stehen beide Carlton und Brown nahe.«

»Ich kenne sie. Sie leiten den Prostitutionsring für Royal.«

»Genau. Statte ihnen ein paar Besuche ab; sorge dafür, dass jeder sieht, wie du mit ihnen redest. Es muss so aussehen, als hätten sie Royal verpfiffen.«

»Kein Problem. Das können wir machen.«

»Ich hoffe, das bringt ihn von unserer Fährte ab.«

»Sollte es.«

»Ja, wenn ihm nicht jemand Informationen zusteckt.«

»Im Sheriff's Office?«

»Ja.«

»Auf keinen Fall.«

»Sei dir da mal nicht so sicher. Royal hat fast zwanzig Jahre lang Geld verteilt.«

»Das kaufe ich dir nicht ab.«

»Oh doch? Erinnerst du dich an Cortez?«

»Er war ein Einzelfall und ein Anfänger.«

»Und diese Zivilistin oben in der Verwaltung?«

Er stemmte die Hände in die Hüften.

Ich sagte: »Ich versuche nur klarzumachen, dass Royal eine Menge Seelen gekauft hat.«

»Ja.«

»Bitte erzähl niemandem, der es nicht unbedingt wissen muss, was du tust.«

Wir trennten uns. Ich schlängelte mich durch die Stände und machte auf dem Absatz kehrt. Eine Gestalt mit einem Strohhut duckte sich weg. Ich ging zurück, konnte aber niemanden sehen. Ich entdeckte einen Stand, der Bücher verkaufte, ging hin und tat so, als würde ich stöbern.

Als ich nach einem Buch auf der linken Seite des Tisches griff, kam ein anderer Mann in mein Blickfeld. Er sah mich direkt an. Er wandte den Blick ab. Ich kaufte zwei Taschenbücher und ging zum Parkplatz.

Ich bog auf die Bonita Beach Road ab und schickte an der ersten Ampel eine SMS an Mario. Mit den Augen im Rückspiegel fuhr ich nach Westen und bog links auf den Tamiami Trail ab.

Nachdem ich mehrere Meilen nach Süden gefahren war, bog ich in ein Einkaufszentrum ein und parkte. Ich beobachtete die Einfahrt. Nichts erschien verdächtig.

Marios BMW fuhr vor. Ich stieg aus und ging in Richtung Five Guys.

Wir nahmen unsere Burger mit an einen Tisch mit Blick

auf den Eingang. Ich sagte: »Ich bin mir ziemlich sicher, dass ich verfolgt wurde.«

»Was?«

Ich erzählte ihm, was auf dem Flohmarkt passiert war. Er biss in seinen Burger und tupfte sich mit einer Serviette das Kinn ab. »Du bist paranoid.«

»Hör zu, ich muss mich vor niemandem rechtfertigen, okay? Ich versuche dir nur zu sagen, dass wir auf der Hut sein müssen.«

»Bin ich doch.«

Ich spottete: »Dein Gesicht klebte an deinem Handy, als du hierhergelaufen bist.«

»Glaub mir, ich bin in Alarmbereitschaft. Aber ich muss sagen, ich glaube nicht, dass Royal einen Scheiß tun wird. Er hat bestimmt den Kopf voll, Mann. Sein Strafmaß wird in zwei Tagen verkündet.«

»Wir sollten für ein paar Tage aus der Stadt verschwinden.«

»Ich dachte, wir wären uns beide einig, dass die Flucht vorbei ist.«

»Das ist keine Flucht, das ist vorausschauend.«

Er nahm noch einen Bissen und murmelte: »Nenn es, wie du willst.«

»Ich passe auf dich auf, auf uns beide. Wenn wir zusammenhalten, klappt es immer.«

»Ich weiß, Bruder. Aber Royal hat dich paranoid gemacht.«

»Aus gutem Grund. Du weißt, wozu er fähig ist.«

»Morden ist nicht seine Art.«

»Verstümmeln aber schon. Ich möchte mein süßes Aussehen behalten.«

Er kicherte: »Hat Karen dich so genannt? Süß?«

Das hatte sie. »Ich weiß nicht.«

»Wirst du sie wiedersehen?«

Werde ich nicht. »Vielleicht.«

»Solltest du. Sie hat Susan erzählt, dass sie dich wirklich mag.«

»Sind wir hier in der Grundschule oder was?«

»Erinnerst du dich, als du scharf auf Sabrina warst?«

Sie war die einzige Sechstklässlerin mit Brüsten. »Bleiben wir beim Thema. Ich fahre für ein paar Tage hoch nach St. Pete.«

»Wirklich?«

»Du solltest mitkommen. Ich meine, nimm dir ein eigenes Zimmer und so.«

»Wir können es uns teilen, wie in alten Zeiten.«

»Ich bekomme schon Platzangst, wenn ich nur an unser altes Schlafzimmer denke.«

»Welches?«

Ich sagte: »Das bei den Mahoneys. Das war kein Schlafzimmer, das war eine verdammte Besenkammer.«

»Amen. Wie lange waren wir dort?«

»Zwei Jahre.«

»Kleines Zimmer hin oder her, das kannst du nicht mit der Zeit bei Bryant vergleichen. Was für ein abgefuckter Kerl der war.«

»Weißt du, manchmal wünschte ich, er wäre nicht tot. Ich würde es dem Mistkerl gern heimzahlen.«

Mario sagte: »Wir hatten die Chance. Aber du hast Nein gesagt. Das wäre ...«

»Verschwindest du jetzt aus der Stadt oder nicht?«

»Ich muss darüber nachdenken. Ich und Susan gehen morgen Stehpaddeln.«

»Das kannst du auch in St. Pete.«

»Wir wollten eigentlich mit einem anderen Pärchen gehen.«

Ich stand auf. »Egal. Aber sag nicht, ich hätte dich nicht gewarnt.«

Er folgte mir zur Tür hinaus. »Ich verstehe schon, was du meinst, aber mein Bauchgefühl sagt mir, dass alles gut gehen wird.«

»Sich auf sein Bauchgefühl zu verlassen, ist einfach nur faul. Es ist nichts als eine Vermutung, eine, die von Gefühlen beeinflusst wird. Wenn du deine Arbeit machst, musst du dich nicht auf dein Bauchgefühl verlassen.«

## 19

EIN SCHWARZER ESCALADE FUHR AN DEN BORDSTEIN. EIN paar Türen schwangen auf. Drei Schränke stiegen aus. Einer der Männer klopfte an die verbliebene Tür, und Royal stieg aus. Royal und seine Handlanger schritten in die Cheetah's Lounge.

Zwei Frauen in G-Strings räkelten sich auf der Bühne. Royal und seine Männer gingen in den hinteren Bereich des Clubs.

Einer seiner Jungs hielt die Tür auf, und Royal trat ein und sagte: »Trommel die Jungs zusammen. Wir haben was zu tun.«

»Willst du den Club dichtmachen?«

»Nein. Was ist denn mit dir los? Wir müssen so tun, als wäre alles normal.«

»Sorry, hab nicht nachgedacht.«

»Denk nicht nach. Das Denken übernehme ich hier.«

»Wen soll ich holen?«

»Pluck, Fat Man, Nino und Griff.«

»Geht klar.«

Royal saß in einem hochlehnigen, roten Ledersessel. In einem Halbkreis saßen vier Männer, die er seit der Mittelschule kannte. Royal drehte an seinem Daumenring und sagte: »Es wird hart werden, wenn ich eine Weile von der Bildfläche verschwinde.«

Pluck stand Royal so nahe, wie dieser es irgendjemandem gestattete. »Mach dir keine Sorgen, Bruder, wir haben das im Griff. Keiner wird in dein Revier eindringen.«

Royal nickte langsam. »Ich weiß nicht, wie lange es dauern wird, aber ich komme wieder.«

»Wir werden warten, Mann. Und was auch immer du brauchst, wenn du drinsitzt, du kriegst es.«

Nino, dem eine lila Narbe über eine Wange lief, sagte: »Verdammt richtig, was auch immer du willst, ich kümmere mich darum.«

Royal schnitt das Ende einer Zigarre ab. »Ich weiß, dass ihr mir alle den Rücken freihaltet, aber das hier wird anders sein.«

Fat Man, dessen Bauch den größten Teil seiner Oberschenkel bedeckte, sagte: »Wovon redest du?«

Royal zündete die Zigarre an und nahm einen Zug. »Ich kann es nicht sagen. Ihr werdet es erfahren, wenn es so weit ist. Also, haltet die Füße still und macht nichts Dummes. Verstanden?«

»Uh-huh.«

»Pluck hat das Sagen, während ich weg bin. Ich will kein Widerwort oder so was. Wir müssen zusammenhalten.«

Die Männer gaben sich einen Faustgruß.

Royal sagte: »Wenn ihr euch um die Geschäfte kümmert, bleiben wir an der Spitze und ihr werdet alle richtig Geld verdienen.«

»Haben wir verstanden, Boss. Du musst dir keine Sorgen machen.«

»Eine Sache, um die ihr euch kümmern müsst, ist, wer mich verpfiffen hat. Ich traue niemandem außerhalb dieses Raumes. Irgendeine Plaudertasche hat mir die Scheiße eingebrockt, und wir müssen diesem Mistkerl die Flügel stutzen.«

Nino sagte: »Ich fühle mit dir, Bruder.«

»Es ist Zeit, dass wir die Dinge wieder geradebiegen. Macht Druck und spürt den Mistkerl auf.«

Fat Man sagte: »Weißt du, einer von den Jungs aus der Eighth Street, er sagte, dass dieser Typ, Mario, der mit Beck zusammenarbeitet …«

Royal beugte sich vor. »Was hat er gesagt? Dass Beck mich verraten hat?«

»Nichts dergleichen, aber er sagte, dass dieser schmierige Arsch Mario zu viele Fragen gestellt hat.«

Griff, der zum ersten Mal sprach, sagte: »Carlton und ich, wir sind dicke. Wenn Mario uns gefickt hat, wird er es mir sagen.«

Pluck sagte: »Bist du dir da sicher, Griff? Carlton ist keine Quasselstrippe.«

Griff ließ die Fingerknöchel knacken und sagte: »Überlass das mir, er wird plappern wie ein verdammter Feuerwehrschlauch.«

Pluck wandte sich an Royal. »Du hast Geschäfte mit Beck gemacht. Glaubst du, er hat dich verraten?«

»Nein, aber nichts überrascht mich. Niemand hat mehr Loyalität.«

»Wenn er es war, werden wir es herausfinden und ihm sein verdammtes Herz rausreißen.«

Royal hob eine Hand. »Wenn es Beck ist, will ich ihn lebend.«

»Wovon redest du? Wenn dieser Bastard uns die ganze Scheiße eingebrockt hat, muss er brennen!«

»Alles zu seiner Zeit. Diese Mistsau kann nützlich sein. Er kennt alle da oben.«

Pluck sagte: »Der Boss hat recht. Niemand wird erledigt, bis Royal es sagt. Verstanden?«

»Bist du sicher, Boss? Wenn rauskommt, dass wir lockerlassen, wird die Straße denken, dass wir weich geworden sind.«

Pluck sagte: »Dann zeigen wir ihnen, dass wir es nicht sind.«

Royal stand auf. »Also gut, Jungs. Wir sehen uns, wenn wir uns sehen.«

Die Männer begannen, den Raum zu verlassen, und Royal sagte: »Pluck, bleib noch kurz hier.«

Pluck schloss die Tür. »Du brauchst dir keine Sorgen zu machen, ich werde sie im Zaum halten.«

»Sie werden unruhig werden.« Mit der Zigarre im Mund schritt er im Zimmer auf und ab. »Du musst rücksichtslos sein. Wenn jemand abdriftet, schlag ihn nieder, und zwar hart.«

»Die werden mir keinen Scheiß erzählen. Diese Brüder sind loyal.«

»Hör mir zu. Die Leute werden es auf uns absehen. Damit können wir umgehen, aber wenn es von innen kommt, werden wir nicht standhalten. Also halt die Augen offen, selbst wenn du schläfst.«

»Ich hab das im Griff.«

Royal öffnete seine Arme, und die Männer umarmten sich. »Ich weiß, dass du das hast.«

Royal löste sich aus der Umarmung und sagte: »Hör zu, ich werde dich morgen brauchen.«

»Klar, Mann. Was ist los?«

»Ich brauche dich früh. Triff mich unten am Yachthafen, fünf Uhr morgens.«

»Was? Fünf Uhr?«

»Genau, also lass heute Abend den Alkohol weg. Du musst auf Zack sein.«

»Kein Problem. Das ist verdammt früh. Was ist los?«

»Das wirst du morgen früh sehen, und sei pünktlich.«

»Okay, keine Sorge.«

»Vergiss nicht, die Schlüssel für dein Boot mitzunehmen.«

»Okay.«

»Gut. Und jetzt geh und jag die Dreckskerle, die mich verkauft haben.«

## 20

LARSON STARRTE AUF DEN HORIZONT, ALS ICH AUF IHN zuging. »Hey, Ray.«

»Beck, wie geht's dir?«

»Gut. Ist schon eine Weile her, dass ich Vanderbilt Beach so ruhig gesehen habe.«

»Gott sei Dank. Ich mag es wirklich, wenn die Schneevögel wieder nach Hause fliegen.«

»Der Verkehr ist dann kein so großes Problem mehr.«

»Ja, und man kommt in die Restaurants rein.«

»Aber ohne die Teilzeit-Einwohner hätten wir nicht all die vielen Restaurants, die wir haben.«

»Guter Punkt.«

»Du weißt, ich bin kein Strandtyp, aber heute, wow, das ist ein Tag für die Top Ten.«

Larson sagte: »Allerdings. Lass uns einen Spaziergang machen.«

Ich streifte meine Flip-Flops ab und wir gingen zur Wasserlinie.

Wir kamen an ein paar Kindern vorbei, die beim Skimboarden waren, und Larson zeigte darauf. »Schau mal. Da draußen sind ein paar Seekühe.«

»Wo?«

»Links vom Paddleboarder, ungefähr fünfzig Yards weiter draußen.«

»Ja, ich sehe sie. Das sind schon verrückt aussehende Dinger. Wie ein Nilpferd oder so was.«

»Tatsächlich sind sie mit Elefanten verwandt.«

»Elefanten?«

»Ja, sie benutzen ihre Lippen wie ein Elefant seinen Rüssel, um Nahrung aufzunehmen.«

»Sie treiben einfach wie eine riesige Seekuh im Wasser herum.«

»Das sieht nur so aus, weil sie ihren Hals nicht beugen können, aber sie können doppelt so schnell schwimmen wie ein olympischer Schwimmer.«

»Was bist du, ein Botaniker?«

»Botaniker studieren Pflanzen. Du meinst einen Meeresbiologen.«

»Ich kann nicht glauben, dass ich die Wörter verwechselt habe.«

»Das passiert den Besten.«

»Hör zu, ich muss so viel wie möglich über Puzo herausfinden.«

Larson blieb stehen. »Du willst ihn dir vornehmen?«

»Er ist ein Arschloch, das es anderen Mistkerlen ermöglicht, das System auszunutzen.«

»Ohne Zweifel, aber er kann gefährlich sein.«

»Gefährlicher als Royal?«

»Punkt für dich. Sei einfach vorsichtig, okay?«

»Was weißt du?«

»Zunächst einmal ist Puzo ein guter Anwalt. Einer der

besten in Südwest-Florida.«

»Ich suche nach Dreck, nicht nach Lobeshymnen.«

»Ich will dir nur ein umfassendes Bild geben. Abgesehen davon, dass er die Regeln dehnt, gab es ein paar Gerüchte. Puzo feiert gerne, auf eine unauffällige Art, aber man hat mir gesagt, dass er gerne Kokain nimmt, wenn er in weiblicher Gesellschaft ist.«

»Das habe ich noch nie gehört. Wie verlässlich ist die Information?«

Larson hob die Augenbrauen. »Habe ich dir jemals falsche Informationen gegeben?«

»Okay, okay.«

»Es gab sogar eine Geschichte, bei der ich aber nicht alle Details bestätigen kann, wonach er einen Tipp über eine Razzia bei einem Kokaindealer bekam, den er vertreten hatte, und dann zum Haus des Mannes fuhr. Als er gerade in sein Auto stieg, um zu gehen, fuhr die DEA vor.«

»Was ist passiert?«

»Sie haben den Laden durchsucht, aber nichts gefunden. Der leitende Agent glaubt, dass Puzo die Drogen rausgeschmuggelt hat.«

»Das ist ein gefährlicher Schachzug für jemanden wie Puzo. Warum sollte er so etwas tun?«

»Es ist nicht so riskant, wie es scheint. Er hätte behauptet, er wollte die Drogen zusammen mit seinem Klienten übergeben, um zu versuchen, einen besseren Deal für den Drogenhändler auszuhandeln.«

»Ziemlich gerissen.«

»Und wie. Puzo ist dafür bekannt, die Regeln zu dehnen oder zu brechen. Sie haben ihn nur noch nicht erwischt. Erinnerst du dich an den Fall Rudolph?«

»Ja, aber abgesehen von dem, welche anderen sollte ich mir ansehen?«

»Erinnerst du dich an den McKenzie-Prozess? Das war ungefähr zu der Zeit, als du bei uns angefangen hast.«

»Der Typ mit dem Foodtruck, dessen Frau ermordet wurde?«

»Genau der. Der Sheriff war sich sicher, dass McKenzie sie getötet hat, aber sein Partner, der ein wichtiger Zeuge war, änderte seine Geschichte. Ursprünglich sagte er, er habe sie streiten sehen und dass die Frau, als er sie das letzte Mal lebend sah, bei McKenzie war.«

»Oh ja. Der Partner ist direkt nach seiner Aussage verschwunden, richtig?«

»Ja, und zehn Jahre später, fast auf den Tag genau, kauft er sich ein großes Haus am Strand im Panhandle.«

»Er wurde bezahlt?«

»Vielleicht. Bisher nur Gerüchte. Sie haben die Finanzunterlagen von beiden durchforstet, aber nichts Verdächtiges gefunden. Aber vergiss nicht, Puzo legte großen Wert darauf, in bar bezahlt zu werden.«

»Bargeld. Das ist interessant.«

»Puzo wurde von einem Klienten geprellt. Der Kerl hatte Geld, und es wurde von der Regierung eingefroren. Er gab Puzo einen Scheck, aber sie verloren den Prozess und das Geld, das den Scheck deckte, wurde beschlagnahmt.«

»Puzo wurde also sitzengelassen?«

»Jep, das führte dazu, dass er auf Bargeld bestand.«

»Dem sollte man nachgehen. Was ist mit seiner Familie?«

»Geschieden, zwei Kinder, die bei seiner Ex leben.«

»Lebt er in den Moorings?«

»Nein, Puzo wohnt in Port Royal, aber sein Haus wird renoviert.«

»Schaden durch Hurrikan Ian?«

»Schwer zu sagen. Ich habe gehört, es war nicht so schlimm, aber Puzo hat sich mit der Versicherungsgesellschaft angelegt und eine fette Abfindung von ihr herausgeschlagen. Es ist ein älteres Haus und er macht eine Komplettrenovierung.«

»Anwälte ruinieren den Immobilienmarkt für Hausbesitzer.«

»Ohne Zweifel. Zu viele überhöhte Forderungen treiben die Prämien für alle in die Höhe.«

Ich nickte. »Haben sie mit Puzos Umbau angefangen?«

»Ja. Er wohnt nicht dort.«

»Ich bin sicher, es ist ein schönes Haus.«

»Weißt du, ich war noch nie dort, aber man hat mir erzählt, dass es einen großen, in Beton eingelassenen Safe hat, in dem er sein Bargeld aufbewahrt.«

Wir hatten also doch etwas gemeinsam.

## 21

DAS MONDLICHT SPIEGELTE SICH AUF DEM SCHWARZEN Wasser. Royal holte zwei Benzinkanister aus seinem Kofferraum und ging den Pier hinunter. Er stellte sie auf die Badeplattform seines Bootes, der *Royal's Flush*.

Er eilte zu seinem Wagen zurück und warf sich eine Reisetasche über die Schulter. Mit der linken Hand hob er einen Koffer auf und mit der rechten einen weiteren Benzinkanister.

Royal stellte die Benzinkanister in das Cockpit seines Bootes und brachte den Koffer unter Deck. Er öffnete den Schrank unter der Steuerkonsole, nahm seinen Strohhut heraus und setzte sich in den Kapitänssessel.

Ein paar Lichter durchbrachen die Dunkelheit. Royals Blick folgte den Scheinwerfern zu einem Parkplatz neben seinem Fahrzeug. Es war Pluck, der sich zu Royals Boot begab und an Bord kletterte.

Er beäugte die Benzinkanister und sagte: »Gehen wir Hochseeangeln?«

Royal lächelte. »Du schon, aber ich bin der Fang.«

»Wovon redest du?«

»Steig in dein Boot und folge mir. Und ohne Positionslichter.«

»Du machst mir Angst.«

Royal trat ein paar Schritte zurück und winkte Pluck herbei, der ihm folgte. Royal senkte seine Stimme. »Du bist mein wichtigster Mann. Das weißt du.«

»Keine Frage, Royal. Ich stehe hinter dir.«

»Auf keinen Fall gehe ich in den Knast. So viel Schutz wir auch haben, ich bin der dicke Fisch, und wenn mir irgendjemand ein Messer reinrammt, wird er befördert und ich bin ein toter Mann.«

»Niemand wird dich anrühren.«

»Das Risiko kann ich nicht eingehen.«

»Was ist dein Plan?«

»Eine Weile untertauchen, bis ich die Dinge klären kann. Die Scheiße ist einfach alles zu schnell über mich hereingebrochen. Ich hatte es im Griff, bis … wie auch immer, wir müssen los.«

»Wohin?«

»Folge mir. Und keine Lichter.«

Pluck stieg auf sein Boot, startete die kabinenlose Sea Ray und beobachtete, wie Royal aus seiner Box manövrierte. Pluck warf seine Festmacherleinen auf den Steg und schob den Gashebel nach vorn.

Royal überblickte die Gegend, während er durch die langsam zu befahrende Zone fuhr. Als er die Estero Bay erreichte, beschleunigte er. Er blickte über seine Schulter in die Dunkelheit. Plucks Boot war schwer zu erkennen, aber es war das einzige Wasserfahrzeug in Sicht.

Pluck folgte Royal in den Golf von Mexiko. Royal hielt auf Südwestkurs. Eine Meile vor der Küste verlangsamte er.

Er warf einen Fender über die Seite und bedeutete Pluck, längsseits zu kommen.

Als Pluck die Seite von Royals Boot ergriff, fiel sein Blick auf die Benzinkanister. Bevor er danach fragen konnte, begann Royal, sich auszuziehen. Pluck fragte: »Was ist los?«

Royal schloss die Kabinentür auf und ging unter Deck. »Mach fest und komm an Bord.«

Während er sich ein neues Hemd aus seinem Koffer anzog, streckte er den Kopf nach oben. »Komm hier runter und hilf mir.«

Pluck stieg hinunter. »Wer zum Teufel ist das?«

»Ein Obdachloser. Er wird mein Doppelgänger sein.«

»Was?«

»Wir werden es so aussehen lassen, als wäre mein Boot explodiert, und er wird ich sein. Du musst zu O'Brien gehen – und überlass das niemand anderem –, du musst ihm sagen, dass er bestätigen soll, dass die zahnärztlichen Unterlagen mit meinen übereinstimmen.«

»Gerissen, Mann. Das ist echt gerissen.«

»Wenn sie das Boot finden, erzähl ihnen, du hättest gesehen, wie ich allein rausgefahren bin, und sag, ich wollte einen letzten Tag auf dem Wasser.«

Plucks Lächeln erstarb. »Aber wo wirst du dich verstecken?«

»Du wirst es wissen, wenn es nötig ist. Ich rufe an, wenn es sicher ist.«

»Aber wohin bringe ich dich?«

»Marco Island.«

»Marco ist kein guter Ort, um sich zu verkriechen.«

»Ich bleibe nicht.«

»Du solltest nach Mexiko gehen. Dort kannst du unter-tauchen.«

Royal sagte: »Vielleicht mache ich das. Komm schon. Hilf mir, ihn an Deck zu tragen und ihm meine Kleider anzuziehen.«

Dann kletterten sie an Bord von Plucks Boot. Royal kniete sich auf die Sitzbank und Pluck setzte sich ans Steuer. Die Nase des Bootes hob sich aus dem Wasser, als Pluck den Gashebel ganz nach unten drückte. Royal hielt sich an der Reling fest. »Beweg dich, Mann. Es wird gleich explodieren.«

Pluck blickte über seine Schulter. »Keine Sorge, Mann.«

»Weiterfah–«

*BUMM!*

»Scheiße, da geht's hoch.«

*BUMM!*

»Das ist der zweite Kanister. Lass uns von hier abhauen.«

Vier Stunden später betrat Royal einen verlassenen Teil von Lower Sugarloaf Key. Er ging am Highway A1A entlang und lief eine Meile zu dem Haus, das er gemietet hatte.

Royal schloss die Tür des bescheidenen Hauses und riss sich die Dreadlock-Perücke vom Kopf. Er legte zwei Wegwerfhandys, die er in Bonita aktiviert hatte, auf den Nachttisch, zog seine Hose aus und schnallte die Kniebandage ab, die er getragen hatte, um ein Hinken sicherzustellen.

Royal ließ sich auf das Bett fallen und beugte sein Bein. Während er den Plan durchging, sich bedeckt zu halten und die Entwicklungen zu beobachten, bevor er über seinen nächsten Schritt entschied, schlief er ein.

---

## 22

Nur drei Häuser vom Strand entfernt war das auf Larsons Namen gemietete Airbnb größer als nötig. Er war auch ein Freund davon, Überraschungen auszuschließen, und wollte vielleicht den Anschein erwecken, dass ich nicht allein war.

Ich gab Toby ein Leckerli, steckte mein Handy und das Wegwerfhandy für Mario ein und machte mich auf den Weg zu einem Spaziergang im Sand. Eine sanfte Brise, zuckerweißer Sand und Wasser, das eher an die Karibik als an den Golf erinnerte, waren die richtige Medizin für meine Nerven.

Anstatt meine Flip-Flops im Sand liegen zu lassen, trug ich sie in der Hand, weil ich hoffte, noch einen Happen zu essen zu bekommen. Es hatten sich eine Menge Leute am Strand eingerichtet, aber es war nicht überfüllt. Ich ging nach Norden und erspähte das Schild von Woody's Waterfront.

Laura und ich waren in einem Woody's Waterside gewesen. Ich fragte mich, ob sie denselben Besitzer hatten, und sah auf mein Handy. Sie hatte sich immer noch nicht gemeldet. Schnell verwarf ich den Gedanken wieder, sie anzurufen, und redete mir ein, dass ich mich bedeckt halten musste. Mein Magen knurrte.

Da ich keine weiteren Erinnerungen an eine Beziehung, die auf der Kippe stand, wollte, ging ich an Woody's vorbei und steuerte auf ein Lokal namens 82 Degrees Grill zu.

Am Pool zupfte ein Gitarrist die Saiten und sang einen Country-Song zu einem Playback. Ich nahm die Treppe, die zu einer Dachterrassenbar mit einem fantastischen Blick auf den Golf führte. Was auch immer sie servierten, hier oben musste es besser schmecken.

Mein Blick fiel direkt auf den St. Peter's Burger. Bei zweiundzwanzig Dollar sollte es aber besser auch das versprochene Wagyu-Rindfleisch sein. Während ich überlegte, ob ich auf den Speck oder den Käse verzichten sollte, vibrierte mein Wegwerfhandy.

Ich hielt einer herankommenden Kellnerin einen Finger hoch, eilte in eine entfernte Ecke und antwortete: »Hey, Mario.«

»Wo bist du?«

»Oben in St. Pete. Kommst du?«

»Du kannst deine Sachen packen und zurückkommen.«

»Ich hab dir doch gesagt, ich …«

»Du wirst es nicht glauben.«

»Was?«

»Royals Boot ist in die Luft geflogen. Er war drauf.«

»Was?«

Mein Handy klingelte. Als ich es herausholte, sagte Mario: »Royal ist tot.«

Ich sagte: »Warte mal kurz. Larson ruft mich auf der

anderen Leitung an.« Ich sagte Larson, dass ich mich wieder bei ihm melden würde.

»Das war Larson. Er hat die Nachricht gehört.«

»Mann, ich fass es nicht. Wie stehen die Chancen?«

»Du weißt, dass ich nicht spiele. Bist du sicher, dass er es war?«

»Jep, er ist heute Morgen mit seinem Boot rausgefahren. Ein Nachbar hat gesagt, sie hätten ihn im Dunkeln losfahren sehen, und ein Zeuge hat ihn am Jachthafen gesehen.«

»Er war allein?«

»Soweit ich weiß.«

»Ich weiß nicht, das ist zu praktisch. Er war einen Tag von der Urteilsverkündung entfernt. Es fühlt sich einfach …«

»Es war sein Boot. Ich habe den Namen auf dem Heck des Bootes in den Nachrichten gesehen. Wie viele Leute haben schon ein Boot namens *Royal's Flush*?«

Ich sah zu den Bildschirmen über der Bar: nichts als Sport. »Ich fahre zurück zum Haus. Ich rufe dich später an.«

Ob Royal nun wirklich tot war oder nicht, essen musste ich trotzdem. Ich bestellte den Burger zum Mitnehmen.

Mit einer Einkaufstüte, in der mein Essen war, verließ ich das Restaurant und drückte die Wahlwiederholung auf meinem Handy. »Entschuldige. Ich war am Telefon mit Mario.«

»Hat er dir von Royal erzählt?«

»Ja, es wirkt surreal. Ich weiß nicht, ob ich es glauben soll. Glaubst du, er ist es wirklich?«

»Sieht ganz so aus. Es war auf jeden Fall sein Boot und die Küstenwache hat eine Leiche geborgen. Sie war stark verbrannt, aber man hat mir gesagt, sie passt zu Royals Statur eines Linebackers.«

Es gab nicht viele Leute von Royals Größe. »Wann ist das passiert?«

»Jemand hat es gegen sieben Uhr gemeldet, vor Lover's Key.«

»Gibt es Zeugen?«

»Der Park ist wegen Ian immer noch geschlossen, aber ein paar Boote in der Gegend haben den Rauch gesehen und sind hingefahren, um nachzusehen, was los war.«

»Glaubst du, es war Selbstmord?«

»Das ist eine verdammt harte Art zu sterben. Und sie ist nicht narrensicher.«

»Ich weiß, aber ich versuche nur, du weißt schon, das Ganze zu verstehen.«

»Wir müssen abwarten, wie seine Bande reagiert, aber ich glaube nicht, dass du dir über ihn noch Sorgen machen musst.«

»Ich bleibe trotzdem für ein paar Tage hier.«

»Wie du meinst, wird ein kleiner Urlaub.«

»Was passiert jetzt mit dem Prozess?«

»Sie werden ihn verschieben und sobald sie eine Sterbe-urkunde haben, wird er wegen Todes des Angeklagten eingestellt.«

»Royal kommt schon wieder davon, was?«

Larson lachte. »Ich bin sicher, das war nicht die Art, wie er es geplant hätte.«

»Ich rufe dich später an.«

Ich riss die Einkaufstüte auf und öffnete die Klappe der Box. Der Burger war gut. Keine zweiundzwanzig Dollar gut, aber er traf genau den richtigen Punkt.

Ich stopfte mir eine Pommes in den Mund, klappte

meinen Laptop auf und loggte mich in mein VPN ein. Ich tippte »Bootsexplosion in Lee County« in die Suchleiste. Oben auf dem Bildschirm erschienen ein paar Videos. Ich klickte auf das von Fox 8 News.

Vor einem Hintergrund aus Sand sagte eine Reporterin: »Heute früh explodierte direkt vor der Küste des Lover's Key State Park ein Boot. Hier sind Aufnahmen von unseren Augen am Himmel.«

Das wummernde Geräusch eines Helikopterrotors war der Soundtrack zu einer Luftaufnahme einer schwarzen Rauchwolke, die von einem Boot aufstieg.

»Die Küstenwache reagierte auf die Explosion und zog die verkohlte Leiche eines Mannes aus dem Wrack. Das zweiundvierzig Fuß lange Boot war auf einen Nathan Royal aus Bonita Springs registriert, und es wird angenommen, dass er bei dem Unfall ums Leben kam. Das Boot wurde zu einer Anlage geschleppt, wo die Ursache für die Explosion ermittelt werden soll.«

Ich wählte die Nummer von Detective Moreno. »Hey, Mo.«

»Wie geht es dir, Beck?«

»Hast du gehört, was mit Royal passiert ist?«

»Jep. Verrückt, was?«

»Kannst du ein paar deiner Kumpel in Lee County anrufen und sicherstellen, dass er es wirklich ist?«

Er kicherte. »Du hast Royal ganz schön zu einem Mythos aufgebaut, was?«

»Ich will nur auf Nummer sicher gehen.«

»Ich glaube nicht, dass er von den Toten aufersteht.«

»Warten wir mal ab, was die Ermittlungen ergeben.«

»Sie haben eine gute Marineeinheit in Lee.«

»Gibt es irgendwelche Jungs aus Lee County, die auf Royals Gehaltsliste stehen?«

»Wenn es allgemein bekannt wäre, dass ein Polizist bestechlich ist, wäre er längst weg vom Fenster.«

»Ich weiß, aber was ist mit irgendwelchen Gerüchten?«

»Moment mal, Beck. Wir beide hätten das doch gewusst, oder? Ich verstehe gar nicht, warum du dir so einen Kopf machst.«

»Mein Bauchgefühl.« Ich bereute, dass es nichts Handfestes war, aber so war es nun mal. »Es fühlt sich einfach komisch an. Weißt du, das Timing und dass er allein war.«

»Hey, wer weiß? Royal war da draußen mit zusätzlichen Benzinkanistern, vielleicht wollte er über den Golf nach Mexiko übersetzen.«

»Vielleicht. Er war gern auf dem Wasser, aber Mexiko scheint mir doch etwas weit hergeholt.«

»Ja? Erinnerst du dich an den Fall in Lee County, dieses Ekelpaket Slaton? Er hat sich siebenundzwanzig Jahre lang in Mexiko versteckt, bis sie ihn letztes Jahr geschnappt haben.«

Daran erinnerte ich mich. »Schon gut. Behalt es einfach im Auge, okay?«

---

## 23

ICH VERBAND MICH MIT MEINEM VPN, ÖFFNETE GOOGLE Earth und navigierte zu Floridas Panhandle. Es war erstaunlich, alle möglichen Informationen waren nur einen Klick entfernt. Vor etwa einem Jahr hatte ich ein Auto mit dem Google-Logo gesehen, das mit einer Kamera auf dem Dach herumfuhr. Aber das war alles. Benutzen sie Satelliten, um das Aussehen von allem zu erfassen?

Es gab kilometerlange Küstenabschnitte. Wunderschöne, goldene Strände. Wie konnte man Puzo drankriegen? Das Ziel war, ihm die Zulassung zu entziehen. Beweise zu finden, dass Puzo einen Zeugen dafür bezahlt hatte, seine Aussage zu ändern, wäre ein großer Schritt nach vorn.

Die grasbewachsenen, erhöhten Dünen von Inlet Beach erinnerten mich an die Strände in South Carolina. Als ich heranzoomte, war es da, das Haus von Bill McKenzie, dem Imbisswagenbesitzer, der des Mordes an seiner Frau beschuldigt wurde. Es stand auf Stelzen, ein Footballfeld vom glitzernden Golf von Mexiko entfernt.

Das zweistöckige Haus war von der Witterung vergraut.

Die Sonne und das Salz ließen alles älter aussehen, auch die Menschen.

Obwohl es 1980 gebaut worden war, war es neu für McKenzie. Den Steuerunterlagen zufolge hatte er es vor zwei Jahren gekauft und eine halbe Million für das Haus bezahlt.

Man konnte den Zahlen im System nicht trauen; es könnte ein Fehler vorliegen oder, was wahrscheinlicher war, hätte er mit Puzos Geld den Kauf mit einem Koffer voller Bargeld aufstocken können.

Wenn man sich das bescheidene Haus und die umliegenden Häuser ansah, passte die halbe Million, die McKenzie bezahlt hatte, zum Wert anderer Transaktionen zu dieser Zeit.

Eine halbe Million für ein Haus am Strand schien ein Schnäppchen zu sein, besonders im Vergleich zu Südflorida. Wenn man nicht gerade einen Parkplatz suchte, kam man in Miami oder Naples für diese Summe nicht in die Nähe des Salzwassers.

McKenzie, der nie wieder geheiratet hatte, fuhr ein fünf Jahre altes Auto und aß bei Denny's. Wenn Puzo ihm einen Batzen Geld gegeben hatte, um seine Aussage zu ändern, zeigte McKenzie eine mönchische Zurückhaltung.

Ich schloss den Browser, lehnte mich zurück und schloss die Augen. Puzos Beharren darauf, in bar bezahlt zu werden, hatte ihn sicherer gemacht, aber hatte es vielleicht auch eine Schwachstelle geschaffen?

Seinen Geldvorrat anzugreifen, war nicht ideal. Ihm die Zulassung zu entziehen, war verheerender; er würde seinen Lebensunterhalt verlieren und dabei in Ungnade fallen. Oder doch nicht? Wenn Puzo genug Geld auf der hohen Kante hätte, wäre der Einkommensverlust bedeutungslos.

Wenn ich keinen Skandal aufdecken konnte, der ihm die Zulassung kostete, würde sich der Fokus auf seinen Bargeldbestand verlagern. Ich nahm ein Wegwerfhandy und rief Mario an.

»Hey, was geht, Beck?«

»Puzo. Er renoviert sein Haus in Port Royal.«

»Okay, und was hat das damit zu tun?«

»Finde heraus, wer die Arbeiten ausführt. Sieh nach, ob wir einen Subunternehmer dazu bringen können, einen von uns einzustellen.«

»Du willst da rein?«

»Genau.«

»Das sollte nicht allzu schwer sein. Jeder Bauunternehmer sucht nach Arbeitskräften.«

»Gib mir Bescheid.«

»Ich bringe dich morgen rein. Garantiert.«

Ich nahm mein normales Handy und gab den Passcode ein. Keine Nachrichten. Laura war stur. Mom nannte Dad immer stur. Es war eine freundschaftliche Neckerei, auf die er mit den Worten antwortete: »Wenn du nicht für etwas einstehst, fällst du auf alles herein.«

Im Alter von acht Jahren war das ein schwer zu verstehendes Konzept, aber er nahm sich die Zeit, es mir zu erklären. So würde ich meine Kinder auch erziehen, falls ich jemals welche haben sollte. Ich würde sie nicht kleinmachen, so wie Bryant es getan hatte.

Als Idiot bezeichnet zu werden, tat immer noch weh, besonders das eine Mal, als Bryant – vor den Kindern aus der Nachbarschaft – sagte, ich sei dümmer als ein Türknauf. Er packte meinen Arm und hob mich vom Boden hoch, weil ich eine Kaffeedose in den Kühlschrank gestellt hatte, wie meine Mom es immer tat.

Damals war es unmöglich zu verstehen, aber Bryant vertuschte seine eigenen Unzulänglichkeiten, indem er auf den kleinsten Fehlern anderer herumhackte. Die Demütigungen, die er regelmäßig über Mario, Bev und mich ausschüttete, hatten eine nachhaltige Wirkung. Sie schwelten direkt unter der Oberfläche, und darüber zu reden war das Letzte, was ich wollte.

Wie erklärt man, dass man mehr wie ein Sklave als ein Familienmitglied war? Bryant ließ uns alle möglichen Arbeiten machen. Schmutzige, ekelhafte Arbeiten, wie eine Toilette mit bloßen Händen zu entstopfen, die Fische ausnehmen zu müssen, die er gefangen hatte, und andere Dinge, von denen wir keine Ahnung hatten und für die wir trotzdem beschimpft wurden. Keiner der Pflegeväter war wie Dad, aber Bryant war ein Monster.

Der Verlust beider Eltern führte automatisch zu einer Beratung. Die Sozialdienste meinten es vielleicht gut. Vielleicht hatten sie zu viele Fälle, aber der Versuch zu vermitteln, dass es in der Pflegefamilie ein Problem gab, war unmöglich. »Gib dem Ganzen mehr Zeit« war das Mantra. Mario und ich kamen weg, aber die arme Bev blieb zurück.

Ein funktionierendes System, besonders eines zum Schutz von Kindern, würde es niemals zulassen, dass jemand wie Bryant das Sorgerecht für ein Kind erhält. Die Frustration und der Schmerz, die er verursachte, hatten meine ersten Rachegedanken hervorgerufen.

Die Idee, die Rechnung zu begleichen, wuchs, nachdem Mario und ich Bryants Tyrannei entkommen waren. Nach Jobs als Tellerwäscher in einem Diner in Philly erzählte uns ein Kellner von einer Fischverarbeitungsanlage an der Delaware Bay. Das Geld war besser, und nach zwei

Monaten ließ die Sorge ums Überleben nach, aber wie sich herausstellte, nicht für lange.

Der zwanzig Jahre alte Ford Focus, den wir für achthundert Dollar zusammengekratzt hatten, verschaffte uns ein gewisses Maß an Mobilität. Unser erster Ausflug war ein Wochenendtrip nach Assateague Island, einer Barriereinsel vor den Küsten von Maryland und Virginia.

Wir schlugen unser Zelt auf und machten uns auf, die abgelegenen Teile der Insel zu erkunden. Ein Rudel Wildpferde fesselte unsere Aufmerksamkeit, bis ich einen einsamen Angler entdeckte. Er saß auf einem schmalen Landstreifen, der sich über dem Wasser erhob.

Es war diese Sichtung, die sich zu einer Besessenheit entwickelte. Es gab einen Weg, Bryant zu töten und es wie einen Unfall aussehen zu lassen.

Am Montagmorgen schien Mallory, der Vorarbeiter in der Fischfabrik, es auf mich abgesehen zu haben. Er machte mir schon seit Wochen die Hölle heiß. Er sah zu, wie ein paar Arbeiter uns nach unserem Wochenende fragten. Fünf Minuten vor Arbeitsbeginn bellte er uns an, an die Arbeit zu gehen.

Ich nahm meine Position am Band ein, und Mallory stellte sich hinter mich. Er schrie mich an und fing an, mich mit seinem verdammten Stock zu stoßen. Es war nicht schwer zu erkennen, dass das kein gutes Ende nehmen würde. Aber ich hätte nie gedacht, dass wir wieder auf der Flucht sein würden und ich unter meinem zweiten Vornamen bekannt werden würde.

## 24

Ich fuhr auf den Parkplatz des Moorings Beach Park. Es war Privatgelände, aber nachts überwachte niemand den Parkplatz. »Komm, Toby. Gehen wir eine Runde spazieren.«

Vielleicht lag es am Wasser oder an der extralangen Leine, die ich nachts benutzte, aber Toby tobte herum, als hätte er den Schlüssel zur Süßigkeitenschublade. Wir gingen in Richtung Doctor's Pass. Man konnte das Wasser an die Küste schwappen hören. Ich blickte hinaus. Keine Boote, aber am Ende der Mole stand ein Mann.

Die Leine ruckte. Ich war wie erstarrt stehen geblieben. »Tut mir leid, mein Junge. Lass uns nach Hause gehen.«

Toby wollte davon nichts wissen. Er zerrte mich mit sich, während ich versuchte, die Erinnerung an meinen Versuch, Bryant zu töten, zu verdrängen.

Die Stoiker sagten, Reue sei, wenn vergangene Ereignisse unser gegenwärtiges Leben aufzehren. Das ergab Sinn, aber es machte die Sache nicht einfacher. Mein Handy klingelte. Es war Mario.

»Hey, was machst du gerade?«

»Ich gehe mit Toby spazieren. Was gibt's?«

»Ich wollte nur bestätigen, dass für morgen alles klargeht. Ich schicke dir die Adresse per SMS.«

»Danke.«

———

DER LASTWAGEN HOLPERTE Puzos Einfahrt hinauf. Sogar die Pflastersteine wurden erneuert. Der Fahrer setzte bis zu einer Garage für drei Autos zurück und stellte den Motor ab. Er schnappte sich ein Klemmbrett vom Armaturenbrett und sagte: »Die anderen sind gerade vorgefahren. Schnapp dir ein paar Jungs und lad die Schränke in der Garage ab. Denk dran, die Ware getrennt zu halten. Das meiste ist für die Küche, aber es gibt auch einige Einheiten für die Badezimmer, die Bar und die Einbauschränke.«

Wir sprangen aus dem Wagen, und er entriegelte die Hecktüren. Ich sagte: »Wir sollten die Schränke für die oberen Bäder vielleicht schon mal nach oben bringen. Das macht es für die Monteure einfacher.«

»Wenn du Bock hast, die Dinger hochzuschleppen, nur zu. Solange der Bauleiter die Ladung abzeichnet, bin ich fein raus.«

Zwei von uns hoben eine lange Kiste auf und gingen zur Garage. Als wir die Kiste absetzten, kamen zwei weitere Arbeiter mit weiteren Schränken herein. Ich sagte: »Hey, wie läuft's?«

»Ganz gut. Bist du neu hier?«

»Jep. Habe gerade erst angefangen.«

»Mann, ist das heute eine Hitze.«

»Jep. Sie haben gesagt, wir sollen einen Teil davon nach oben bringen.«

»Das ist doch Blödsinn. Darum kümmern sich die Monteure.«

»Ich sage nur, was der Kerl gesagt hat. Nachdem wir noch ein paar reingetragen haben, gehe ich mal rein und sehe mich um. Hier arbeiten eine Menge Leute; vielleicht können wir ihnen sagen, dass wir im Weg wären.«

»Gute Idee.«

Der Fahrer saß in seiner klimatisierten Kabine und daddelte auf dem Handy, während wir den Lkw ausluden. Ich schlüpfte ins Haus. Ein paar Elektriker standen auf Leitern und installierten LED-Leuchten. Die neuen Böden aus weißer Eiche waren mit Läufern abgedeckt. Mein Blick fiel auf eine geschwungene Treppe mit Eisengeländer.

Ich nahm die Stufen zwei auf einmal und erreichte den Treppenabsatz in Sekundenschnelle. Von hier aus konnte man nicht nur den größten Teil des Hauptbereichs überblicken, sondern hatte auch einen Blick auf das Wasser dahinter. Als ein Boot vorbeifuhr, wanderten meine Gedanken zu Royal und der Explosion. Ein Hämmern holte mich zurück in die Gegenwart, und ich ging auf eine Doppeltür zu.

Sie führte ins Hauptschlafzimmer, dem wahrscheinlichsten Ort für einen Safe. Zwei Männer verlegten Fliesen im Hauptbadezimmer. Ich ging in den Kleiderschrank. Er war größer als jedes Schlafzimmer, in dem ich als Kind geschlafen hatte. Der Bodenbelag war intakt. Ich klopfte die Wände ab. Keine doppelten Wände.

Der zweite Kleiderschrank war kleiner. Hier war kein Platz für einen Safe. Ich eilte über den Flur in ein anderes Schlafzimmer und wurde nicht fündig. Auf dieser Etage gab es noch zwei weitere Zimmer.

Das nächste Schlafzimmer hatte einen Blick auf die Einfahrt. Ich ging in den Kleiderschrank. Da war sie, die glänzende Tür des Safes. Er hatte ein elektronisches Tastenfeld. Der Safe war ein Barska und neu. Als ich das Tastenfeld berührte, erwachte es zum Leben und blinkte rot.

Meine Schultern sanken. Es war ein biometrischer Safe. Die neue Generation von Safes war schwer zu knacken. Konnte man ihn irgendwie hacken? Ich schrak zusammen.

»Was machen Sie hier?«

»Oh, ich sehe mich nur um. Wir lagern die Schränke zwischen, und ich dachte mir, wir könnten ein paar in diesem Schrank unterbringen.«

Er war einer der Maurer. »Haben Sie versucht, den zu öffnen?«

»Nein. Natürlich nicht.«

Er lächelte. »Gehen Sie wieder an Ihre Arbeit. Und stellen Sie hier nichts rein.«

»Sicher«, sagte ich und deutete, »im Hauptkleiderschrank macht es mehr Sinn.«

Als ich die Treppe hinunterging, war mir klar, dass ich wohl oder übel ins Schwitzen kommen und noch einen Haufen Kisten würde schleppen müssen, bis ich eine Krankheit vortäuschen und ein Uber rufen konnte.

## 25

NACHRICHTEN ZU SCHAUEN, WAR ETWAS, DAS ICH VERMIED. Man war nichts weiter als ein Zootier, dem das vorgeworfen wurde, was sie für richtig hielten. Aber die Art und Weise, wie die Leute in meinem Umfeld die Story über Royal aufsogen, ließ mich durch die Kanäle zappen.

Bilder des geschwärzten Bootes waren überall im Fernsehen und im Internet. Innerhalb weniger Stunden hatte die Presse eins und eins zusammengezählt und die Geschichte als Selbstmord verkauft, um einer sicheren zwanzigjährigen Haftstrafe zu entgehen.

Royal war achtunddreißig. Wenn er es geschafft hätte, hinter Gittern nicht mit einem Messer abgestochen zu werden, wäre er bei seiner Entlassung fast sechzig. Selbstmord war eine überzeugende Alternative, aber warum nicht eine Handvoll Pillen schlucken?

Stattdessen erschien es sinnvoller, dass Royal vor der Urteilsverkündung geflohen war. Wie viel Benzin würde man brauchen, um den Golf von Mexiko zu überqueren? Ich fing an, Karten der Gegend zu googeln. Hatte er versucht, nach Norden, nach Alabama, zu gelangen? Ich war mir ziemlich sicher, dass er Familie im Cotton State hatte.

Ein Landstreifen, bekannt als Isla Mujeres, lag direkt vor der Küste von Cancún. Mit dreihundertfünfzig Meilen war es die kürzeste Entfernung nach Mexiko und weg von der amerikanischen Justiz. Die Antworten darauf, wie lange es dauern würde, gingen weit auseinander, aber so oder so war es mit dem richtigen Boot eine machbare Reise. Und Royals Boot war das richtige.

Ich betrachtete Bilder von Royals Schiff, wie es von der Küstenwache geschleppt wurde. Etwas fiel mir ins Auge. Es sah aus wie ein roter Benzinkanister. Ich zoomte heran. Es war einer.

Ich lehnte mich zurück. Royal hatte sich bei dem Versuch zu fliehen in die Luft gesprengt. Wie? Der Gangster mochte Zigarren. War eine Zigarre zur Feier des Tages sein Verhängnis geworden? Es würde sich gut anfühlen, eine Bestätigung dafür zu haben, dass er tot war.

Ich zog mein Wegwerfhandy heraus und rief Mario an. Es ging die Mailbox ran. Ich hinterließ eine Nachricht und ging mit dem Hund spazieren. Als Toby gerade sein Geschäft verrichtete, fuhr ein roter Ferrari vorbei und ließ den Motor aufheulen, um sicherzustellen, dass jeder ihn sah.

Während ich aufhob, was Toby hinterlassen hatte, wanderten meine Gedanken zu Caden. Das Grundgerüst des Plans stand. Die Ablenkung durch Royal war in den Hintergrund getreten und es war an der Zeit, auszuarbeiten, was wegen Caden zu tun war.

Ich leinte Toby ab, gab ihm einen Milk-Bone und wählte Larsons Nummer. »Hey, wo bist du?«

»Am Strand. Was gibt's? Hast du was Neues zu Royal?«

»Nein. Aber ich glaube, er war vielleicht auf der Flucht, als das Boot explodierte.«

»Wahrscheinlich. Er hatte zusätzliche Benzinkanister an Bord. Vielleicht war er auf dem Weg nach Mexiko.«

»Vielleicht, aber ich glaube, es könnten auch die Bahamas gewesen sein. Das ist eine Strecke von unter dreihundert Meilen.«

»Das ist weniger als nach Cancún.«

»Genau, und von den Bahamas aus hätte er sich von Insel zu Insel bewegen können, die alle ihre eigenen Strafverfolgungs- und Regierungsbehörden haben.«

»Guter Punkt.«

»Und wenn er es in die Dominikanische Republik geschafft hätte, die haben kein Auslieferungsabkommen mit den USA.«

»Wirklich?«

»Ja, ich bin überrascht, dass du das nicht wusstest.«

Larson sagte: »Mit siebenundachtzig hat Michelangelo gesagt, dass er immer noch lernt. Wenn das für ihn gut genug ist, ist es das auch für mich.«

»Er war schon was Besonderes. Hast du mal seine Biografie gelesen?«

»Ja, vor ein paar Jahren. Ich glaube nicht, dass es je wieder einen wie ihn gegeben hat.«

Ich sagte: »Vielleicht Elon Musk.«

»Vielleicht. Er hat noch vierzig Jahre Zeit, um aufzuholen.«

»Sie interessieren sich beide für ein breites Spektrum an Themen.«

»Ich frage mich, ob Musk irgendeiner Art von künstlerischem Ausdruck nachgeht.«

Ich hatte gelesen, dass er zeichnete. »Ich glaube, er skizziert.«

»Cool.«

»Hör zu, ich brauche einen Gefallen.«

»Klar. Worum geht's?«

»Ich muss mir deinen Ferrari leihen.«

Larson zögerte. »Wofür?«

»Ich muss an Caden rankommen.«

»Was willst du tun, ihn beeindrucken?«

»Nicht wirklich. Er ist ein Autonarr und das könnte der Türöffner sein.«

Larson atmete schwer aus. »Na gut, aber versprich mir, dass du gut auf sie aufpasst.«

Ich lachte. »Es ist eine ›Sie‹?«

»Versprich es mir.«

»Keine Sorge, ich werde sie kaum fahren.«

»Ich habe sie jetzt zwei Jahre und niemand sonst ist sie je gefahren.«

»Danke, Kumpel.«

»Gern geschehen, aber dies scheint ein guter Zeitpunkt zu sein, dich um einen Gefallen zu bitten.«

»Na toll, jetzt kommt's.«

»Es ist nichts Großes und sie ist bereit zu zahlen.«

»Von wem redest du?«

Larson gab mir eine kurze Zusammenfassung und ich sagte: »Okay, ich rede mit ihr. Gib mir ihre Kontaktdaten.«

Ich notierte sie mir und sagte: »Ich bin bald wieder in der Stadt. Ich werde sie treffen, dann vorbeikommen und das Auto abholen.«

———

Während ich über den Parkplatz der Galleria Shoppes at Vanderbilt kreiste, bereute ich, Larson versprochen zu haben, die Frau mit dem Problem zu treffen.

Samstagmorgens fand dort ein Bauernmarkt statt, was eine gute Tarnung bot. Es waren mehr Leute da, als ich erwartet hatte. Hatte der bewölkte Himmel die Leute dazu getrieben, sich andere Aktivitäten zu suchen?

Ich parkte bei Angelic Desserts und ging auf ein Meer von weißen Zelten zu. Anna Barone war Ende sechzig. Klein und grauhaarig, trug sie ein dunkelblaues Kleid und flache Schuhe.

Ich trat neben sie. »Anna?«

»Ja. Mr. Beck?«

»Lassen Sie uns ein Stück gehen. Haben Sie schon gefrühstückt?«

Sie hinkte. »Ja, ich esse jeden Morgen eine Grapefruit, aber eine Tasse Kaffee würde ich nehmen.«

»Wie wäre es mit dem Poached? Wir können uns draußen einen Tisch suchen.«

»Perfekt.«

Ich holte zwei Kaffee und wir setzten uns. »Erzählen Sie mir, was los ist.«

Sie runzelte die Stirn. »Nun, mein ganzes Leben lang war ich aktiv und habe mein Bestes getan, um so fit wie möglich zu bleiben.«

»Das ist Ihnen gelungen.«

Sie schnaubte. »Nicht seit meiner Hüftoperation.«

»Hat es Sie zurückgeworfen?«

»Nicht die eigentliche Operation, aber das hier.« Sie streckte ihren Fuß aus. »Der Chirurg hat es vermasselt, weshalb ich jetzt einen Fallfuß habe.«

»Haben Sie wegen eines Kunstfehlers geklagt?«

»Obwohl ich auf das Geld nicht angewiesen bin, habe ich es getan. Aber der Richter hat die Klage abgewiesen.«

Ich wusste es, fragte aber trotzdem. »Was wollen Sie?«

Barone stellte ihren Kaffee ab, beugte sich vor und zischte: »Mich rächen.«

## 26

Toby sprang vom Bett und weckte mich. Es lag nicht daran, dass er an sein Hundeklo gewöhnt war, dass ich im Bett blieb. Ich machte meinen Kopf frei und konzentrierte mich auf William Puzo. Er musste für seine Rolle in dem Caden-Peterson-Desaster bezahlen.

Die Frage war nur, wie. Die einfache Antwort wäre gewesen, ihm eine Abreibung zu verpassen, aber die Taktiken des organisierten Verbrechens waren simpel; sie verschafften zwar eine vorübergehende Genugtuung, aber kein Vergnügen. Darum ging es mir nicht.

Ich schob den Gedanken beiseite, den schmierigen Anwalt ins Krankenhaus zu befördern, und ließ die Ideen einfach kommen und gehen. Es war eine seltsame Art des Brainstormings – oder technisch gesehen eher Gehirn-Nieselns.

Der finanzielle Aspekt sickerte immer wieder durch. Gab es einen Tresorknacker, der wusste, wie man ein biometrisches Schloss umgehen konnte? Obwohl ich mich umgehört hatte, war bisher keiner aufgetaucht. Noch nicht.

Puzo ging bei der Verteidigung seiner Klienten Risiken ein. Aber was ihn selbst betraf, war er so vorsichtig wie ein Gehirnchirurg. Es musste etwas geben – etwas, das zu seinem Zulassungsentzug führen konnte.

Während das Geräusch von Tobys Pfoten auf den Fliesen näherkam, hatte ich eine Idee. Ich musste sie gut durchdenken. Sie war gefährlich und barg das Risiko, dass ich für ein Jahrzehnt oder länger hinter Gittern landen könnte, aber sie brachte mich zum Lächeln.

Ich schwang die Beine aus dem Bett und sagte: »Na los, mein Junge. Holen wir dir was zum Frühstück.«

Der Himmel im Osten erhellte sich, während Toby seinen Napf sauber leckte. Ich dachte den Puzo-Plan durch. Es bestand die Möglichkeit, dass er mir um die Ohren fliegen würde, aber ich hatte an alles gedacht.

Ich genoss meine zweite Tasse Kaffee, während ich die Idee noch einmal durchging. Der Plan stand. Ich füllte Tobys Napf mit Wasser und verließ das Haus. Es gab etwas Wichtiges zu erledigen, bevor ich mir Puzo vorknöpfte.

———

NORMALERWEISE VERLIESS Dr. Schwartz jeden Morgen um sieben Uhr sein Haus. Manchmal machte er einen Umweg, bevor er um neun in seiner Praxis ankam, und manchmal saß er bereits um acht an seinem Schreibtisch.

Laut Google verdienten Podologen in Naples über zweihunderttausend im Jahr. Schwartz' Haus in Pine Ridge Estates war sechs Millionen wert. Wie Anwälte wussten, war das Abzocken von Versicherungen der Weg zum Reichtum, aber dieses Haus lief auf den Namen seiner Frau. Ihr Vater war ein großer Bauträger.

Eines der vier Garagentore hob sich. Die Rücklichter eines BMW X7 leuchteten auf. Es war 7:01 Uhr. Schwartz war korrupt, aber pünktlich.

Die Fahrt zu seiner Praxis war kurz. Er parkte, und ich setzte meinen Wagen rückwärts in eine Lücke, von der aus ich seinen Beamer im Blick hatte. Sobald die Uhr 8:45 Uhr schlug, stieg ich aus.

Wenn Schwartz irgendwo hinging, dann zum Mittagessen. Ich stieg aus, streckte mich und umrundete den Parkplatz zwanzig Mal.

Um 11:59 Uhr betrat Schwartz den Parkplatz, stieg in seinen BMW und fuhr los. Ich folgte ihm. Er machte einen kurzen Halt bei ABC Liquors auf der Immokalee Road und kam mit einer Flasche Wein wieder heraus.

Ich hielt eine Viertelmeile Abstand zu Dr. Schwartz, als er auf der Route 41 nach Norden fuhr. Als wir an der Bonita Beach Road vorbeikamen, sah ich nach links. Es war perfekt; dunkle Wolken zogen auf.

Wir fuhren weiter nach Estero, und an der Coconut Road bog der Podologe rechts ab. Ich lächelte bei dem Gedanken, dass ich ihn leichter als erwartet drangekriegt hatte. Schwartz fuhr tief in den Parkplatz von Marriott's TownePlace Suites und lenkte in eine Parklücke.

Die Flasche, die er gekauft hatte, in der Hand haltend, hüpfte Schwartz förmlich zum Hoteleingang. Ich machte zur Sicherheit ein paar Fotos und folgte ihm, als er hineinging und sich anmeldete.

Ich tat so, als würde ich telefonieren, und hielt mich in der Nähe einer Sitzecke bei der Rezeption auf. Als der Angestellte Schwartz seinen Führerschein zurückgab, schlurfte ich näher.

»Hier sind Ihre Schlüssel, Mr. Schwartz. Zimmer 214. Die Aufzüge sind zu Ihrer Linken.«

»Danke.«

Der Podologe führte ein kurzes Telefonat, während er auf den Aufzug wartete, und sagte beim Auflegen: »Bin in fünf Minuten bei dir.«

Schwartz trat in den Aufzug, und ich behielt den Eingang im Auge. Eine Frau in hautengen weißen Jeans kam herein. Während sie die Lobby musterte, nahm ich die Treppe in den zweiten Stock.

Ich kam aus dem Treppenhaus, als der Aufzug klingelte. Ich duckte mich in die Nische mit dem Eisautomaten und zückte mein Handy. Ms. Weiße Jeans prüfte die Richtung der Zimmernummern und ging direkt zu Nummer 214.

Ich drückte auf den Videoknopf und filmte sie, wie sie ihre Bluse glatt strich und die Brust rausstreckte. Sie klopfte an die Tür und flüsterte: »Rate mal, wer da ist?«

Die Tür ging auf. Mit einem Lächeln wie ein Teenager am letzten Schultag umarmte Schwartz die Frau. Oberkörperfrei legte Schwartz seine Hände auf den Hintern der Dame. Ich hätte es nicht besser planen können.

Ich wartete, bis sie drinnen waren, dann schlurfte ich die Treppe hinunter. Seine Frau bezahlte mich nicht, aber es bestand kein Zweifel, dass Schwartz sein Nachmittagsvergnügen bereuen würde.

Als ich vom Hotelparkplatz fuhr, trafen große Regentropfen auf die Windschutzscheibe. Schwartz war in die Suppe gespuckt worden.

## 27

LOCK UP SELF STORAGE HATTE KEINEN GELÄNDEZAUN. PUZO hatte zwei Lagereinheiten in der Anlage in Pine Ridge. Das Fehlen eines Zauns war eine Sorge weniger.

Mario und ich parkten einen Block entfernt, hatten aber freie Sicht auf das Gebäude. Wir saßen schweigend da. Fünfzehn Minuten vergingen, ohne dass wir ein Auto oder eine Person sahen.

Ich sagte: »Rück deinen Schnurrbart zurecht, er sitzt ein wenig schief.«

Er klappte die Sonnenblende herunter und richtete seinen Fu-Manchu-Bart. »Ich kann nicht fassen, dass so was früher mal angesagt war.«

Ich klopfte auf meine Perücke. »Steht dir.«

Wir setzten Baseballkappen auf und spähten die Gegend aus. Sie war wie ausgestorben. »Lass uns loslegen.«

Wir nahmen zwei handtaschengroße Päckchen aus dem Kofferraum und gingen zu einem der zig Orte, an denen Leute dafür bezahlten, Dinge aufzubewahren, die sie hätten wegwerfen sollen.

»Kaum zu glauben, wie viele dieser Lager es gibt. Es ist, als würden sie sich von selbst vermehren.«

»Vor fünfzehn Jahren fand man kaum eins.«

»Wir sind eine Nation von Messies geworden.«

Ein Licht mit Bewegungsmelder klickte an.

»Kopf runter. Gebäude drei ist links.«

Wir huschten an die Seite eines Gebäudes und warteten, bis das Licht ausging. Dicht an der Wand entlang schlichen wir zu einer von Puzos Einheiten.

Ich sagte: »Das ist die größere.«

Mario erwiderte: »Okay. Lass mich mal ran.«

Er zog einen Schlüsselbund hervor, ging ihn durch und fand den Dietrich, den er wollte. Er steckte ihn ins Schloss und es sprang auf. »Kinderleicht, Mann.«

Mario bückte sich und wollte gerade den Griff packen. Ich sagte: »Mach langsam. Diese Rolltore sind höllisch laut.«

»Ist die Hölle wirklich laut?«

»Öffne es nur zur Hälfte.«

Er rollte das Tor zur Hälfte hoch. Wir schlüpften darunter hindurch und ließen es wieder herunter. Während sich unsere Augen an die Dunkelheit gewöhnten, knipsten wir unsere Taschenlampen an. Die Einheit war mit abgedeckten Möbeln und Kisten gefüllt. Ich leuchtete mit meinem Strahl auf ein langes, mit einer Decke abgedecktes Stück. »Das sieht aus wie eine Kommode.«

»Stimmt.«

»Wir müssen vorsichtig sein. Ich will, dass alles wieder genau so hergerichtet wird, wie es war.«

»Keine Sorge, hast du vergessen, dass ich einen Sommer lang bei Allied gearbeitet habe?«

Ich hatte nichts aus meiner Vergangenheit vergessen.

»Wir brauchen nur Zugang zu einer Schublade – das ist alles. Reiß nicht mehr Klebeband ab als nötig.«

Mario zog ein Teppichmesser heraus. »Wir haben eine ganze Rolle.«

Er schnitt das Klebeband an zwei Stellen auf und schob die Decke hoch. Ich sagte: »Das ist gut. Zieh sie noch ein kleines bisschen hoch und halte sie fest.«

Mario hielt sie fest und ich warf zwei Päckchen in eine Schublade. Er zog die Decke herunter und klebte sie wieder fest. »Sieht gut aus, oder?«

Ich richtete den Lichtstrahl auf die Stelle, an der er die Verpackung manipuliert hatte. »Perfekt. Lass uns abhauen.«

Es war eine Art tickende Zeitbombe. Der Zeithorizont war länger als vierundzwanzig Stunden, und wenn sie hochging, würde es zwar keine Explosion geben, aber sie würde trotzdem zerstörerisch sein.

## 28

WÄHREND ICH VON DEN STUFEN VOR CADENS HAUS DEN silbernen Sportwagen bewunderte, klingelte ich. Caden zog den Kopf ein, als er mich sah. »Du bist der Typ, mit dem wir neulich gesprochen haben.«

»Ja. Ich bin Beck.«

»Stimmt.«

»Tut mir leid, dich zu stören, aber« – ich drehte mich zur Einfahrt – »schau mal, was ich habe.«

»Ein Portofino. Das war schon immer einer meiner Lieblings-Ferraris. Ich liebe sein Fahrverhalten. Er liegt auf der Straße wie angenagelt.«

»Das ist einfach eine andere Welt.«

»Hab ich dir doch gesagt.«

»Ich weiß, nachdem ich an dem Tag von hier weg war, ging mir die Idee, mir einen zu holen, nicht mehr aus dem Kopf. Du hast einen ziemlichen Eindruck bei mir hinterlassen.«

Er kam die Treppe herunter. »Ich wusste, er würde dir

gefallen. Man muss schon ein Arschloch sein, um das nicht zu mögen.«

»Da lagst du goldrichtig.«

»Das ist ein 2020er.«

»Wow. Woher weißt du das?«

Er riss die Fahrertür auf. »Ich kaufe diese Autos seit Jahren.«

Als er einstieg, sagte er: »Ich liebe die Farbe. Das Silber von Ferrari ist mit nichts zu vergleichen. Nicht mal Lambo hat so einen Lack. Schau dir an, wie gut es zur Innenausstattung passt, einfach perfekt.«

»Er ist wirklich hübsch.«

»Wo hast du den her?«

»Ein Kumpel von mir in Sarasota hatte ihn und wollte sich vergrößern.«

»Der hat nur zweitausenddreihundert Meilen runter. Das Schätzchen ist brandneu.«

»Ich weiß.«

»Es ist der alltagstauglichste Ferrari, den sie bauen. Den kannst du jeden Tag benutzen.«

»Willst du eine Runde drehen?«

»Nee, so einen hatte ich, als ich mit Ferraris angefangen habe. Komm. Lass mich dir meine Sammlung zeigen.«

»Die würde ich liebend gern sehen.«

Caden tippte auf das Tastenfeld der Garage. Als sich das doppelte Garagentor hob, schlug uns ein Schwall kalter Luft entgegen. In der dreifach tiefen Höhle, die er Garage nannte, parkte ein weißer Maserati neben einem roten Ferrari. Der Glanz auf dem Harzboden schrie förmlich nach Krankenhaus.

Es war Platz für sechs Autos und mehr. »Wow. Ich kann es nicht fassen.« Ich zeigte auf ein cremeweißes Auto.

»Welches Modell ist das? Es sieht meinem ein bisschen ähnlich.«

»Das ist ein F8 Spider. Der hat siebenhundertzehn PS. Deiner hat nur sechshundert.«

»Wow, das ist ein großer Unterschied.«

Caden griff nach einem Tuch und polierte den Kotflügel. »Allerdings. Die Höchstgeschwindigkeit liegt bei zweihundertelf.«

»Das ist kein Auto, das ist eine verdammte Rakete.«

Caden lächelte. »Mein Aventador stellt den in den Schatten. Er hat siebenhundertvierzig PS und schafft in der Spitze zweihundertsiebzehn Meilen pro Stunde.«

»Das ist der Wahnsinn.«

»Du denkst, das ist schnell? Siehst du den Roten? Das ist mein Ferrari LaFerrari Aperta.«

»Von dem Modell habe ich noch nie gehört.«

»Davon wurden nur zweihundertzehn Stück gebaut.«

»Das ist ja gar nichts.«

»Und er hat neunhundertfünfzig PS.«

»Das ist verrückt. So viel kann man doch gar nicht ausnutzen.«

»Manchmal arrangiert der Lamborghini-Händler in Broward County, dass wir den Homestead Speedway nutzen können, und dann lassen wir die Autos dort laufen.«

»Auf einer Rennstrecke? Ihr fahrt Rennen mit denen?«

»Klar. Das macht einen Haufen Spaß.«

»Man muss schon wissen, was man tut, um so schnell zu fahren.«

»Ich fahre Autorennen, seit ich ein Teenager bin. Schau dir den hier an.« Caden ging auf ein gelbes, kantiges Kunstwerk zu. »Lambo hat den Countach wieder zurückgebracht.«

»Von dem Modell habe ich gehört.«

»Davon wurden nur hundertzwölf Stück gebaut.«

»Das ist selten. Wahrscheinlich eine gute Investition.«

»Ist es auch. Aber er war nicht billig.«

»Welcher Ferrari ist das hier?«

Er zog die Tür des Wagens auf. »Ein GTS 788. Der Nachfolger des 488 GTS.«

Ich atmete ein. »Ich liebe den Geruch von Leder.«

»Nichts geht über italienisches Leder, besonders von Poltrona Frau.«

Ich berührte das Armaturenbrett. »Es fühlt sich wunderschön an und die Nähte sind traumhaft.«

»Das ist alles Handarbeit.«

»Ich nehme an, du wirst niemals einen SUV fahren.«

Er schnaubte verächtlich. »Ich hatte vor einer Weile mal einen, aber nie wieder.«

Er musste sich auf den beziehen, mit dem er in Petersons Frau gekracht war. »Ich kann verstehen, warum. Wie entscheidest du, was du fährst?«

»Ich rotiere sie sozusagen, aber den Countach fahre ich nicht oft. Ich will den Kilometerstand extrem niedrig halten.«

»Gute Strategie, um den Wert hochzuhalten.«

»Ich kenne den Markt für Luxusautos besser als die Leute, die in der Branche arbeiten.«

Würde er sich noch verletzen, wenn er sich weiter so auf die Schulter klopfte? »Da bin ich mir sicher. Ich schätze, das ist dein Haupthobby?«

»Ich bin auch ein Fünf-Komma-Fünf-Tennisspieler. Ich könnte Tennislehrer sein, aber damit lässt sich kein Geld verdienen.«

»Das klingt nach einem Profi.«

»Ich hätte einer werden können, aber als Kind wollte ich lieber feiern, als zehn Stunden am Tag Tennis zu spielen.«

»Das ist eine Mordsplackerei.«

»Allerdings.«

Ich machte eine ausholende Handbewegung. »Es sieht so aus, als hättest du eine verdammt gute Entscheidung getroffen, was auch immer du tust.«

»Ich hätte weitermachen können, aber wie viel braucht man wirklich?«

Ich schluckte ein *Ja, man erbt eben nur einmal* hinunter. »Marcus Aurelius sagte: ›Der einzige Reichtum, den du für immer besitzt, ist der Reichtum, den du weggegeben hast.‹«

Er sah mich an, als hätte ich ihn nach dem Sinn des Lebens gefragt. »Ja, wie auch immer. Ich habe mir einfach gesagt, ich habe mehr Kohle, als ich ausgeben kann, und jetzt ist Party angesagt, weißt du?«

»Genau.«

»Hey, ich muss los. Ich treffe mich mit ein paar Kumpels auf Cocktails.«

»Welches Auto nimmst du?«

»Den Maserati. Ich versuche, meine Schätzchen nicht zu fahren, wenn ich mir ein paar genehmige.«

»Gute Entscheidung.« Ich senkte die Stimme. »Ich zieh mir ab und zu auch gern ein bisschen Schnee rein. Das sollte ich im Hinterkopf behalten.«

»Koks beeinflusst deine Fahrweise nicht so wie Alk.«

»Echt?«

»Vertrau mir, ich kenn mich da bestens aus.«

»Okay. Sag mal, einer meiner Freunde, der steht auch auf Autos, der organisiert Rallyes. Wäre cool, wenn du mal mitmachen würdest. Wir machen eine Ausfahrt und gehen dann was essen.«

»Klingt gut, ich bin immer dafür zu haben, neue Leute kennenzulernen. Sag einfach Bescheid.«

Caden hatte angebissen. Das war ein Anfang. Ein guter. Aber als ich den Vanderbilt Drive entlangfuhr, wusste ich, dass es knifflig werden würde, jemanden wie ihn an Land zu ziehen. Der Plan musste mit der Präzision einer Weltraummission ausgeführt werden.

## 29

Toby zerrte an der Leine, als wir in den Bonita Beach Dog Park gingen. Der Hurrikan Ian hatte die Landschaft verändert und jetzt musste man am Eingang durchs Wasser laufen.

Sein Schwanz wedelte wie ein Metronom auf Speed. Als er ein Bein hob, um seine Duftmarke zu hinterlassen, vibrierte mein Handy. Es war Detective Moreno. »Warte mal kurz, Mo.«

Ich machte Tobys Leine los und er sprang auf eine Handvoll Hunde zu, die im Wasser planschten. »Hey, tut mir leid. Was gibt's?«

»Ein Cop-Kumpel von mir aus Lee hat mir gerade gesagt, dass sie die auf dem Boot gefundene Leiche identifiziert haben. Es ist Royal.«

»Wie haben sie ihn identifiziert?«

»Anhand der Zahnunterlagen.«

»Das ergibt einfach keinen Sinn.«

»Er ist es, Beck. Royal ist geröstet.« Er lachte. »Gefällt dir das Wortspiel?«

»Witzig. Haben sie gesagt, wie es explodiert ist?«

»Sie glauben, es war eine Zigarre. Die Marineeinheit hat Benzin auf dem Deck gefunden.«

»Royal hat Zigarren geraucht, aber ich dachte, er wäre schlauer.«

»Er war vielleicht straßenschlau, aber er war verdammt noch mal kein Genie.«

»Es ist verrückt, dass er so unvorsichtig war.«

»Vergiss nicht, er war auf der Flucht und hatte es wahrscheinlich eilig.«

»Haben sie Geld auf dem Boot gefunden?«

»Nicht, dass ich wüsste.«

»Prüf das mal und sag mir Bescheid.«

»In Ordnung. Mach's gut.«

»Du auch.«

Ich streifte meine Flip-Flops ab und ging ins Wasser. Bis zu den Knöcheln im Wasser stehend, griff ich in meine Cargoshorts und zog einen orangefarbenen Ball heraus. »Toby! Toby! Apport!«

Ich warf den Ball und er rannte in seine Richtung los.

Er war so unbeschwert, wie man nur sein konnte. War es einem Menschen möglich, das auch zu erreichen? Der Gedanke, völlig sorgenfrei zu sein, machte mir Angst. Es war leichter, mir vorzustellen, auf dem Mars herumzulaufen. Meine Überwachsamkeit beeinträchtigte mein Leben. Gab es da einen Kompromiss?

Ich tätigte einen Anruf. »Laura, wie geht es dir?«

»Ganz okay.«

»Was ist los?«

»Ich habe dich vor drei Tagen angerufen.«

Schwartz und Puzo hatten mich abgelenkt. »Oh, ja. Ich

hatte so viel mit der Arbeit zu tun, es war eine verrückte Woche.«

»Es dauert nur fünf Minuten, einen Anruf zu erwidern.«

»Du hast recht. Es tut mir wirklich leid. Es war so viel los.«

»Du musst dich entscheiden, was dir wichtiger ist: die Arbeit oder eine Beziehung.«

»So einfach ist das nicht. Ich versuche gerade, mir über einiges klar zu werden.«

»Ruf mich an, wenn du so weit bist. Ich muss los.«

*Klick.*

Was sollte das denn? Okay, es waren ein paar Tage vergangen, aber wir waren nicht mehr zusammen. Und sie sollte unkompliziert sein?

»Toby! Komm her, mein Junge!«

Seine Ohren stellten sich auf. Ich winkte mit dem Ball und warf ihn ein paar Wagenlängen von ihm entfernt. Er galoppierte hinterher.

Nach einem Dutzend weiterer Würfe rief ich Mario an, um ihm von Royal zu erzählen, und dann machten wir uns auf den Heimweg.

Da Larsons Ferrari in meiner Garage stand, parkte ich mein Auto in der Einfahrt und leinte Toby an. Ich spritzte ihn mit dem Schlauch ab und trocknete ihn mit einem Handtuch ab, bevor wir ins Haus gingen. Während er sein Futter verschlang, rief ich jemanden an und verließ das Haus.

Die Reha-Abteilung von Collier Sports Medicine nahm das Erdgeschoss eines Gebäudes am Medical Drive ein. Zwei Männer auf Krücken warteten auf den Aufzug. Ich nahm die Treppe und hoffte, dass die Empfangsdame nicht das Mädchen war, mit dem ich kurz zusammen gewesen war.

Eine grauhaarige Frau bat mich zu warten. An den Wänden hingen Sporttrikots der Spieler, die hier Patienten waren. Die Leute vertrauten Ärzten, die Athleten behandelten, vergaßen dabei aber, dass die Ergebnisse gut waren, weil die Patienten jung und fit waren.

Eine Seitentür öffnete sich und Dr. Russo winkte mich herein. »Ich habe nur ein paar Minuten.«

»Mehr brauche ich nicht.«

Wir zogen uns in sein Büro zurück. Auf der Anrichte standen zwei signierte Footballs. »Sind die neu?«

»Nein.« Er schob eine Schranktür auf, die ein Durcheinander von Erinnerungsstücken enthüllte. »Wenn ein Patient mir etwas schenkt, versuche ich, es auszustellen, wenn er hereinkommt.«

»Haben Sie das im Medizinstudium oder an der Business School gelernt?«

»Mein Vater hat mir immer gesagt, der Kunde ist König, selbst wenn man Chirurg ist.«

»Ein kluger Mann.«

»Das war er wirklich. Was brauchten Sie?«

»Ich würde mich gerne über Fallfuß und Hüftprothesen auf den neuesten Stand bringen lassen.«

»Beziehen Sie sich auf die mögliche Ursache eines Fallfußes bei Patienten, die eine Hüftprothese erhalten?«

»Ja.«

»Das ist ein ziemlich häufiges Erscheinungsbild bei der Hüftarthroplastik, aber die meisten Patienten erlangen die volle Funktionsfähigkeit zurück.«

»Was verursacht ihn?«

»Eine Kompression eines Nervs, des Peroneusnervs, im Bein. Dieser Nerv steuert die Muskeln, die am Anheben des Fußes beteiligt sind.«

»Wie oft kommt das vor?«

»Nun, grob gesagt, bei ein bis vier Prozent der Patienten. Natürlich hängt es vom Patienten ab. Diejenigen mit früheren Hüftoperationen und solche mit einer angeborenen Hüftdysplasie sind anfälliger für Probleme.«

»Dysplasie?«

»Manche Menschen werden mit unterentwickelten Hüftgelenken geboren.«

»Abgesehen von diesen Fällen, ist es der Chirurg, der das verursacht?«

Russo rutschte in seinem Stuhl hin und her. »Diese Operationen sind zwar alltäglich, aber vergessen wir nicht, dass sie trotzdem kompliziert sind.«

»Schon klar, aber ist es ein Behandlungsfehler?«

»Das könnte sein. Welche Details können Sie mir nennen?«

»Ich sammle noch Informationen, aber diese Dame hat vor über einem Jahr eine neue Hüfte bekommen und hat immer noch einen Fallfuß.«

»Bei Frauen ist die Problemrate höher …«

Ich lachte. »Meinen Sie das im Allgemeinen?«

Er lächelte. »Ich bezog mich auf die Inzidenzrate des Fallfußes.«

»Nur ein Scherz, Doc.«

Er nickte. »Natürlich steigen die Risiken bei jeder Operation erheblich, wenn sie von einem unerfahrenen Chirurgen durchgeführt wird.«

»Erfahrung zählt.«

»Zweifellos. Bei einem neuen Friseur kann man Unerfahrenheit riskieren, aber nicht bei einer Operation.«

Der Chirurg, den Barrone beauftragt hatte, war hoch angesehen und hatte zwanzig Jahre Erfahrung. »Danke für deine Zeit, Doc.«

»Jederzeit, Beck. Und danke für die Spende. Die wird den Kindern im Guadalupe Center viel bringen.«

»Gern geschehen. Ich werde mir auch noch etwas einfallen lassen, das du bei der Wohltätigkeitsveranstaltung versteigern kannst.«

»Danke dir. Warum kommst du nicht auch? Es wäre toll, wenn du dabei wärst, und es ist ein lustiger Nachmittag.«

»Ich sag dir Bescheid.«

»Du könntest einige der Kinder kennenlernen, denen du geholfen hast.«

»Mal sehen.«

Er runzelte die Stirn, denn er wusste, dass das eine Absage war.

Ich loggte mich in mein VPN ein und rief die Website des Florida Office of Insurance Regulation auf. Florida war einer der wenigen Bundesstaaten, die Informationen über Kunstfehlerklagen im Rahmen der Berufshaftpflichtversicherung eines Arztes bereitstellten.

Die Suche nach Dr. Flagstaff ergab nichts. In den letzten zehn Jahren hatte kein Patient den Chirurgen erfolgreich verklagt.

Das Gesundheitsministerium von Florida führte ein Register über Beschwerden gegen Ärzte. Gegen Flagstaff hatten sich in zwanzig Jahren fünf angesammelt. Keine davon hatte zu disziplinarischen Maßnahmen gegen ihn geführt.

Das war eine schwierige Entscheidung. Barrone hatte

durch die Operation eine scheinbar dauerhafte Behinderung erlitten. Ob es sich dabei um Fahrlässigkeit handelte, war alles andere als klar.

Flagstaff hatte einen ausgezeichneten Ruf und eine weiße Weste. Aber er war nur ein Mensch. Wir alle machen Fehler.

# 30

---

OBWOHL ICH MEHRERE NACHFORSCHUNGEN ANGESTELLT hatte, gab es in Flagstaffs Vergangenheit nichts Stichhaltiges, das auf Fahrlässigkeit oder Gleichgültigkeit hindeutete. Beruflich war er angesehen. Ich machte einen Anruf und fuhr zum Vanderbilt Beach.

Eine Kolonne mit Sand beladener Muldenkipper drängte sich in der Sackgasse. Sie warteten darauf, ihre Ladung zu dem vier Stockwerke hohen Hügel hinzuzufügen, der von Baumaschinen verteilt wurde.

Der Sand wurde nach Norden in Richtung Wiggins Pass transportiert. Larson saß weitab von dem Chaos an der Grenze zum Ritz-Carlton.

Er legte das *Wall Street Journal* beiseite und klopfte auf die leere Liege neben sich. »Entspann dich, Beck.«

Ich deutete auf die Strandaufspülung. »Das ist ja eine riesige Aktion.«

»Das ist es. Kostet den Bezirk zwanzig Millionen. Hoffen wir, dass es sich lohnt.«

»Das wird nur ein paar Jahre halten, aber der Tourismus ist der Motor, der Florida antreibt.«

»Nicht mehr so sehr wie früher. Die Wirtschaft diversifiziert sich stark. Die Luft- und Raumfahrt wächst, ebenso wie die Informationstechnologie und der medizinische Bereich.«

»Es wird langsam voll hier unten.«

»Das stimmt, aber es ist immer noch der beste Ort im ganzen Land. Willst du etwas trinken?«

»Nee. Hör zu, ich weiß, Anna Barrone ist eine Freundin von dir, und ich würde ihr und dir liebend gern helfen, aber ich glaube nicht, dass an der Sache was dran ist.«

Er stellte die Rückenlehne seines Stuhls in eine aufrechte Position. »Sie ist dauerhaft behindert. Du hast doch gesehen, wie sie geht.«

»Keine Frage. Barrone hat einen schlimmen Fall von Fallfuß, aber ich glaube nicht, dass wir dem Arzt die Schuld geben können.«

»Es war eine direkte Folge der Operation. Ohne die Hüftprothese hätte sie einen Marathon laufen können.«

»Wenn sie zwanzig Jahre jünger wäre, würde ich denken, du gehst mit ihr aus.«

Er runzelte die Stirn. »Flagstaff hat die Operation verpfuscht, ganz einfach.«

»Du bist Anwalt; du weißt, dass es keine Beweise für Fahrlässigkeit gab. Vielleicht steckst du in dieser Sache zu tief drin.«

»Die Frau von Flagstaffs Partner ist mit der Schwester des Richters verwandt.«

»Okay, aber wo sind die Beweise, dass Barrone keinen fairen Prozess bekommen hat?«

Larson nahm einen Schluck von seinem Mineralwasser.

Ich sagte: »Barrone tut mir leid, wirklich, aber jeder Eingriff birgt Risiken. Das wusste sie; sie hat die Einverständniserklärungen unterschrieben.«

»Keine Menschenseele auf der Welt weiß, was sie da unterschreibt, wenn sie in den Operationssaal geschoben wird. Das würde vor Gericht nicht standhalten.«

»Das tut es nicht, wenn der Chirurg fahrlässig gehandelt hat. Bei Flagstaff gibt es dafür keine Anzeichen. Ich sehe nicht, wie ich hier helfen könnte.«

»Es muss doch etwas geben, was du tun kannst, um ihr ein wenig Seelenfrieden zu verschaffen. Sie wird für den Rest ihres Lebens humpeln.«

Larson war so besonnen, wie man nur sein konnte. Das passte gar nicht zu ihm. Er war auch der wichtigste Kontakt, den ich hatte. Ihn getroffen zu haben und für ihn zu arbeiten, war ein Segen gewesen. Hatte ich irgendetwas übersehen? »Ich werde mir das noch einmal ansehen.«

»Gut. Erinnerst du dich an Ventura?«

»Phil, der Anwalt?«

»Ja. Du hast mit mir zusammengearbeitet, als er etwas für uns erledigt hat.«

»Ja, sicher. Er ist ein guter Kerl. Was ist mit ihm?«

»Er hat da etwas, bei dem er Hilfe braucht.«

»Ich weiß nicht. Ich bin ziemlich ausgebucht.«

»Sein Mandant ist eine hochkarätige Persönlichkeit. Es wird sich für dich lohnen.«

———

BEI DEROMO'S war viel los. Ich schlängelte mich durch das Restaurant. Ventura saß an einem Tisch im Freien mit Blick auf einen Brunnen. Er lächelte und stand auf. »Beck, wie geht es dir?«

»Schön, dich zu sehen.«

Er lächelte. »Es ist schön, gesehen zu werden.«

»Amen.«

Der Kellner kam herüber, kaum dass mein Hintern den Stuhl berührte. »Etwas zu trinken, meine Herren?«

Ventura bestellte ein Glas Chianti und ich sagte: »Einen Tito's auf Eis, bitte.«

»Ich habe Calamari bestellt. Möchtest du noch etwas anderes?«

»Mir reicht das. Also, wie ist es dir ergangen?«

»Viel zu tun.«

»Du bist immer noch selbstständig, oder?«

»Ja, ich habe zwei weitere Anwälte, die für mich arbeiten, und ein paar Rechtsanwaltsgehilfen. Zum Glück haben wir mehr Arbeit, als wir bewältigen können.«

»Das freut mich für dich.«

Der Kellner stellte unsere Getränke ab.

Ich rührte mit dem Strohhalm in meinem Wodka. »Larson hat mir erzählt, dass du Hilfe brauchst.«

»Es ist nichts Großes, aber einer meiner Mandanten ist verärgert. Er hat das Gefühl, dass man ihn über den Tisch ziehen will. Ich muss ihm zustimmen, aber wir konnten diese Nuss nicht knacken.«

Ich nahm einen Schluck von meinem Drink. »Schieß los.«

»Weißt du, wer Frank Puglia ist?«

»Der Typ mit den ganzen Autohäusern?«

»Ja, er hat drei davon in der Stadt und ein Dutzend weitere. Sagen wir einfach, er ist vermögend. Lebt am

Gordon Drive, was für ein Anwesen, direkt am Strand. Es ist eines der schönsten an diesem Küstenabschnitt.«

Der Kellner stellte ein Tablett mit frittierten Calamari ab.

»Was ist mit ihm?«

»Er ließ sein Haus streichen, und einer der Maler baute ein Gerüst auf und stürzte. Niemand hat es gesehen, und der Kerl behauptet, er habe sich verletzt und klagt auf fünf Millionen.«

»Warum einigt sich Puglia nicht einfach?«

»Ich habe ihm das geraten, aber er will es durchfechten, um zu verhindern, dass so etwas noch einmal passiert. Wenn sich herumspricht, dass er diesen Kerl bezahlt hat, werden nicht nur Leute an seinem Haus stürzen, er befürchtet auch, dass es sich auf seine Autohäuser ausweiten könnte.«

»Da hat er nicht ganz unrecht. Leute haben es oft auf die abgesehen, bei denen was zu holen ist.«

»Das hat er in der Tat. Wenn es vor Gericht geht, kommt es in die Zeitungen, und wer weiß, wie viele andere dann nachziehen werden.« Ventura spießte einen Ring auf. »Nimm dir was.«

Ich spießte ein Stück mit Armen auf die Gabel. »Mehr Klagen sind gut für dein Geschäft.«

Er runzelte die Stirn. »Puglia ist zwar versichert, aber ob du es glaubst oder nicht, er hat seine Zusatzhaftpflicht auslaufen lassen.«

»Wie schlimm hat es den Kerl erwischt?«

»Wir glauben, er simuliert nur.«

»Warum?«

»Wir haben ihn von unseren Ärzten untersuchen lassen, aber die können nicht viel finden. Er behauptet, einen

Nervenschaden zu haben, der ihm Schmerzen bereitet, und sagt, seine Sicht sei verschwommen. Alles, worüber er klagt, können wir nicht nachweisen.«

»Was soll ich tun?«

»Nimm ihn mal unter die Lupe. Lass deine Magie spielen, vielleicht hast du ja Glück.«

»Glück ist das, was passiert, wenn Vorbereitung auf Gelegenheit trifft.«

Ventura lächelte. »Seneca, richtig?«

»Jep. Wie hoch ist die Abfindung dafür?«

»Puglia hat bis zu einer Viertelmillion genehmigt, um die Sache aus der Welt zu schaffen.«

»Nicht schlecht. Wie lautet der Name des Malers?«

Ventura griff in seine Tasche und schob eine Karte über den Tisch. »Rigo Munoz, hier sind seine Kontaktdaten.«

»Ich werde ihn im Auge behalten, mal sehen, ob wir ihn auf dem falschen Fuß erwischen können.«

»Ja, erinnerst du dich an Beeson, den Kerl, der vom Fahrrad angefahren wurde? Er meinte, er könne seine Arme nicht benutzen.«

Lächelnd sagte ich: »Jep, hab ihn beim Bowlen oben in Punta Gorda erwischt.«

»Hoffen wir, dass du mit Munoz etwas Ähnliches schaffst.«

---

## 31

Ich parkte neben der kantigen Säule, die aus dem Ferrari-Gebäude ragte. Auf dem Parkplatz standen teure Autos aufgereiht. Ich suchte die Gegend nach Caden ab.

Ein paar gelbe Lamborghinis stachen heraus. Mein erster Gedanke war, wie weit es der italienische Hersteller gebracht hatte. Um mein Wissen über exotische Sportwagen zu erweitern, hatte ich eine Dokumentation über Lamborghini gesehen, der seine Karriere mit dem Bau von Traktoren begonnen hatte. Dann fragte ich mich, ob einer der zitronengelben Wagen Caden gehörte.

Fünf Männergruppen standen auf dem Parkplatz verteilt und unterhielten sich zweifellos über Autos. In zwei der Grüppchen hatten sich die Kerle gemischt, die ich angeheuert hatte.

Ich ging auf eine Gruppe zu, die um ein Auto stand, das ich nicht kannte.

Ich gab einem der Männer, die ich dafür bezahlte, hier zu sein, einen Faustgruß und blieb vor einem blassgrünen

Auto stehen. Es war ein McLaren. Ich sagte: »Eine echte Schönheit. Welches Modell ist das?«

»Ein 720S.«

»Schick. Hat jemand Brett Caden gesehen?«

»Ja, er ist drinnen.«

Auf dem Weg in den Ausstellungsraum rechnete ich nach, dass über dreißig Autos auf dem Parkplatz standen. Da jedes über zweihundertfünfzigtausend Dollar wert war, standen hier Blechkarossen im Wert von rund zehn Millionen Dollar, die im Begriff waren, in Formation zu fahren.

Umringt von Samtkordeln stand ein älteres Modell mit Rennstreifen in der Mitte des Ausstellungsraums. Ein weiterer Oldtimer mit einer großen Neun auf den Türen zeugte von der kultähnlichen Anhängerschaft, die Ferrari über fünfundsiebzig Jahre aufgebaut hatte.

Ich betrachtete die Motorhaube eines lindgrünen Wagens, der aussah, als sei er einem Marvel-Comic entsprungen. Das Logo des sich aufbäumenden Pferdes bestätigte, dass es ein Ferrari war.

Caden stand am anderen Ende des riesigen, glaswändigen Raumes.

Ich ging an einem Dutzend automobiler Kunstwerke vorbei und winkte ihm zu. Er und zwei Männer standen neben einem Formel-1-Rennwagen. Die Reifen des Roadsters waren höher als die Karosserie des Wagens.

»Hey, Brett.«

Er streckte die Hand aus. »Beck, das ist Dino. Er ist hier der Geschäftsführer.«

Wir schüttelten uns die Hände. »Freut mich, Sie kennenzulernen.«

Caden sagte: »Beck hat gerade seine Premiere gefeiert; er hat sich einen gebrauchten Portofino geholt.«

»Wir sind stolz, Sie in der Familie willkommen zu heißen.«

Ein Mann in einem königsblauen Sportjackett kam auf uns zu. Caden sagte: »Schau mal, wer da ist, extra aus Maranello. Wie geht's dir, Freddo?«

Der Mann hatte einen starken, faszinierenden italienischen Akzent. »Ausgezeichnet. Und dir, mein Freund?«

»Könnte nicht besser sein.«

Ich nahm mein Handy in die Hand, als Caden zu mir sagte: »Wenn du jemals die Gelegenheit hast, das Ferrari-Werk zu besuchen, ist Freddo der richtige Mann. Ich war schon sechs oder sieben Mal dort.«

Freddo sagte: »Es wäre uns eine Freude, Sie willkommen zu heißen. Wann immer Sie kommen möchten, lassen Sie es mich bitte wissen.«

»Wir haben immer einen Riesenspaß. Erinnerst du dich, wie besoffen wir in dem Restaurant oben auf dem Hügel waren?«

Als der Italiener den Kopf schüttelte und sagte: »Zu viel Grappa. Ich habe zwei Tage gebraucht, um mich zu erholen«, drückte ich auf die Aufnahmetaste meines Handys, um die Einzigartigkeit seiner Stimme festzuhalten.

»Du bist aus der Übung. Ich nicht. Am nächsten Tag hatten wir eine spezielle Verkostung in Antinoris persönlichem Weinkeller. Wir hatten bestimmt sieben Flaschen des besten Stoffs, den sie je gemacht haben.«

»Man sagt mir, es sei ein wundervoller, magischer Ort. Ich war noch nie dort.«

»Wirklich? Ich war schon ein halbes Dutzend Mal da.«

Ich fragte Freddo: »Ihr Akzent ist wundervoll. Wo sind Sie geboren?«

»In Parma, etwa fünfundsiebzig Kilometer von Maranello entfernt. Es ist eine wunderschöne Stadt, die für unseren Prosciutto berühmt ist.«

»Pendeln Sie? Wie lange dauert die Fahrt?«

»Ungefähr eine Stunde, aber ich bin immer auf Reisen, also fahre ich nicht oft.«

Der Geschäftsführer sagte: »Es sieht so aus, als ob sie sich zur Abfahrt bereitmachen.«

Die Fahrer stiegen in ihre Autos. Mein Blick fiel auf einen großen, älteren Mann, der sich in die Flügeltüröffnung eines weißen Lamborghini zwängte. Er war ein Jahrzehnt über dem idealen Alter für so ein Auto hinaus.

Ich sagte: »In Ordnung, dann mal los.«

Wir gingen nach draußen und stiegen in unsere jeweiligen Autos. Caden war in einem roten Ferrari mehrere Autos vor mir. Die Prozession rollte südwärts auf der Route 41. Die Windschutzscheibe und der Rückspiegel waren mit einigen der besten Autos der Welt gefüllt.

Die Gruppe schlängelte sich auf die Crayton Road. Alle paar Minuten scherte ein Fahrer aus der Kolonne aus und katapultierte sich nach vorne. Der katapultartige Vortrieb gab einem einen Vorgeschmack auf die Kraft, die unter den glänzenden Motorhauben des Konvois steckte.

Das Führungsfahrzeug schlängelte sich am Wasser entlang, und nachdem die Fahrt auf dem Gordon Drive beendet war, war es Zeit für das Abendessen. Zwei Reihen des Parkplatzes hinter Tommy Bahama's waren mit roten Hütchen abgesperrt.

Eines nach dem anderen parkten die exotischen Fahrzeuge rückwärts in die Parklücken ein. Das zog mehr Blicke und offene Münder auf sich als eine Modenschau mit spärlich bekleideten Models.

Wir gingen zum Barbatella. Die Gruppe hatte das Erdgeschoss des Außenrestaurants reserviert. Caden war vor mir. Zwei Männer aus der Gruppe gingen auf ihn zu. Sie umarmten sich. Caden kannte ziemlich viele Leute, die an der Rallye teilnahmen.

Caden ging in Richtung Thirteenth Avenue. Ich steuerte auf den Hintereingang des Old Naples Pub zu und ging durch das Gebäude zum Hintereingang des Barbatella.

Ich schnappte mir einen Tisch und behielt die Third Street im Auge. Caden erschien eine Minute später, und ich stand auf und bedeutete ihm, sich zu mir zu setzen.

Als Caden einen Stuhl herauszog, sagte ich: »Warst du schon mal hier?«

»Tausendmal. Sie haben eine anständige Weinkarte im Glasausschank.«

Er winkte einen Kellner herbei und bestellte eine Flasche Brunello.

Zwei der Lockvögel, die ich angeheuert hatte, um Caden aufzumischen, kamen an den Tisch. Ich stand auf und stellte Caden Jimmy Reilly und Bob Stone vor. Sie schüttelten sich die Hände.

Reilly sagte: »Das ist ein schöner Aventador. Ich hatte vor ein paar Jahren einen.«

Caden sagte: »Was fahren Sie jetzt?«

Reilly lächelte. »Kommt auf den Tag an.«

»Bei mir auch. Ich habe ein paar Ferrari und ein paar Lambos, einschließlich des neuen Countach.«

»Ich habe von jedem drei und mir gerade einen Lotus geholt.«

Caden brüstete sich: »Ja, ich hatte früher mehr Autos,

aber jetzt konzentriere ich mich auf das Beste vom Besten, wie meinen LaFerrari Aperta.«

»Das Beste ist Ansichtssache. Stimmt's, Bob? Du findest doch, McLaren ist die Spitze.«

Bob Stone sagte: »Kommt drauf an, was man sucht. Ich stehe auf Geschwindigkeit, und da schlägt nichts meinen McLaren 720S.«

Caden sagte: »Vielleicht auf gerader Strecke, aber mein 788 GTS hat beim Handling die Nase vorn und ist insgesamt schneller.«

Stone spottete: »Das ist Ihre Meinung.«

»Das weiß doch jeder. Das ist keine Meinung, das ist eine Tatsache. Ich bin auf dem Miami Speedway in Homestead gegen einen 788 GTS gefahren und habe mit fünf Wagenlängen Vorsprung gewonnen.«

Caden höhnte: »Ein englisches Auto könnte niemals ein italienisches schlagen. Der Fahrer wusste nicht, was er tat.«

Ich mischte mich ein: »Vielleicht müssen wir ein Rennen veranstalten, um das zu klären.«

Caden nahm seine Speisekarte in die Hand. »Jederzeit. Zu jeder verdammten Zeit.«

Stone sagte: »Jimmy, wann verschiffst du dein Auto nach Los Angeles?«

»Morgen.«

»Ja, ich auch. Wahrscheinlich mit demselben Transporter.«

Ich sagte: »Was ist in L.A. los?«

»Die Autoshow ›Concorso Italiano‹. Die besten Autos, die Italien je gebaut hat, werden dort sein.«

Ich fragte Caden: »Stellst du einen von deinen aus?«

Stone sagte: »Das geht nur auf Einladung.«

Caden sagte: »Ich habe einen Bärenhunger. Was nehmen Sie zu essen?«

## 32

WÄHREND ICH DARAUF WARTETE, DASS DER HÄNDLER öffnete, ging ich im Kopf durch, was ich sagen wollte. Um neun Uhr rief ich an.

»Ferrari of Naples.«

»Hallo, ich war letzte Nacht in Ihrem Ausstellungsraum. Na ja, eigentlich war ich wegen der Rallye da.«

»Wie kann ich Ihnen helfen?«

»Ich suche Freddo, den Manager aus Maranello.«

»Er ist auf dem Rückweg nach Italien.«

»Ich weiß. Er sagte, ich solle ihn anrufen, wenn ich dort ankomme. Ich habe seine Handynummer verloren.«

»Es tut mir leid, aber diese Information darf ich nicht herausgeben.«

»Oh nein. Meine Frau und ich fliegen heute Abend ab. Sie können Dino fragen, er kennt mich. Ich habe gerade einen Spider gekauft und Freddo wollte mir eine Führung durch das Werk geben.«

»Eigentlich darf ich das nicht ..., aber na gut.«

»Bitte, ich träume schon seit meiner Kindheit davon, einmal zu sehen, wie sie Ferraris bauen.«

»Also gut, hier ist seine Nummer: 39-0536-949713.«

»Vielen, vielen Dank. Wir freuen uns schon sehr auf die Führung.«

Es war das letzte Puzzleteil.

Der kurze Clip, den ich von Freddo beim Reden aufgenommen hatte, war alles, was die KI brauchte, um zu lernen, seine Stimme nachzuahmen. Es war unheimlich, wie einfach es war, und ebenso, wenn nicht sogar noch erschreckender. Die Fähigkeit, Deepfakes zu erstellen, würde zu einem großen gesellschaftlichen Problem werden.

Ich folgte den Anweisungen von Larsons Mann und gab Freddos Nummer in eine App auf dem Telefon ein. Jeder Anruf über die App würde es so aussehen lassen, als käme er von Freddos Nummer.

Ich tippte Cadens Nummer ein. Er ging schon beim ersten Klingeln ran. »Ciao, Freddo. Wie geht's, mein Bester?«

Ich hatte acht Zeilen Text vorbereitet, die in Freddos Stimme umgewandelt werden sollten. Ich wartete zwei Sekunden und drückte auf die erste. »Ciao, Caden. Uns geht es hier allen gut. Und dir?«

»Gut. Was gibt's Neues?«

Das war eine perfekte Vorlage für einen weiteren vorbereiteten Textabschnitt. »Die Automesse Concorso Italiano. Der 250 GTO, den unser Händler aus dem Silicon Valley ausstellen wollte, war in einen Unfall verwickelt. Wir würden liebend gern deinen Aperta ausstellen.«

»Wirklich?«

Ich tippte. »Certo, er ist großartig.«

»Ich weiß, er ist eine Schönheit.«

»Ich muss wissen, ob du ihn ausstellen willst.«

»Ja, Mann. Aber warum so spät? Warum wurde ich nicht früher gefragt?«

»Es tut mir so leid. Es war mein Fehler, zu viel auf Reisen. Es war mir letzte Nacht so unangenehm und, na ja, ich hoffe, du kannst mir verzeihen.«

»Natürlich. Keine Sorge. Es ist eine Ehre, aber die Show ist in, äh, ein paar Tagen, oder? Und sie ist in Kalifornien.«

»Ja, nur drei Tage. Aber wir kümmern uns um alles. Ferrari wird das Auto zum Concorso fliegen.«

»Ich bin dabei. Und wie sieht es mit den Vorbereitungen aus?«

»Perfetto. Wir holen das Auto morgen ab. Wenn du möchtest, hol dir dein Ticket und wir übernehmen alle Kosten. Gib mir einfach die Quittungen.«

»Wirst du da sein?«

»Certo. Ich habe den Concorso in zwanzig Jahren nicht verpasst. Hör zu, ich muss los. Es ist Nachmittag in Italien und ich habe viel zu tun. Ich fliege nach London, dann in die USA zur Show. Wenn du mich brauchst, schreib mir am besten eine E-Mail.«

»Gute Reise. Wir sehen uns in ein paar Tagen.«

Das breite Lächeln auf meinem Gesicht schwand, als mein Telefon klingelte. Es war Caden. Ich zögerte und nahm dann ab. »Hey, Caden. Was gibt's?«

»Habe gerade einen Anruf von Freddo bekommen.«

»Freddo?«

»Der Ferrari-Typ aus Italien.«

»Ach ja. Was hat er gesagt?«

»Rate mal, wessen Auto sie auf der Concorso-Show haben wollen?«

»Deins?«

»Verdammt richtig. Er meinte, es war irgendein Firmen-Fauxpas. Sie haben gemerkt, dass ich nicht dabei war, und sie fliegen mein Auto rüber.«

»Wow. Fährst du hin?«

»Absolut. Warum kommst du nicht mit?«

»Ist das nicht schon in ein paar Tagen?«

»Ja.«

»Ich arbeite an einem Projekt.«

»Schieb es auf. Es sind nur ein paar Tage. Wir können ein bisschen feiern.«

»Ich kann nicht. Die Leute, die das hier leiten, wollen, was sie wollen.«

»Sag ihnen, sie sollen verdammt noch mal ein paar Tage warten. Die Welt wird schon nicht untergehen.«

»Mit diesen Jungs legt man sich nicht an. Sie sind, du weißt schon, nicht die Art von Typen, die deine Schwester heiraten sollte.«

»Gangster?«

»Könnte man so sagen. Sie versuchen, seriös zu werden, aber diese eine Sache, äh, es ist besser, du weißt nichts davon.«

»Aber es springt gutes Geld dabei raus?«

»Oh ja, richtig gut, aber, du weißt schon, es ist riskant.«

»Na gut. Bist du sicher, dass du nicht kommen kannst?«

»Ich würde gern, aber ich möchte noch eine Weile am Leben bleiben.«

»Okay.«

»Viel Spaß auf der Show.«

»Ja, und sag diesem Großmaul Stone, dass mein Aperta auf der Show ist und wahrscheinlich den Hauptpreis abräumen wird.«

## 33

In Coconut Point wimmelte es nur so von Einkäufern und Touristen, die an einem sonnigen Tag nichts Besseres zu tun hatten. Ich ging an einem Dutzend Kinder vorbei, die den einzigartigen Schildkrötenteich des Freilufteinkaufszentrums umringten.

Es war unmöglich, Barrone zu übersehen, wie sie auf mich zuhumpelte. Ich hatte ein schlechtes Gewissen, weil ich sie so weit hatte laufen lassen, aber ich war von meinem Heißhunger auf ein Stück Pizza von Tony Sacco's geblendet gewesen. Jetzt, wo ich ständig sauer aufstoßen musste, war ich mir nicht mehr sicher, ob die Margherita-Pizza es wert gewesen war.

»Tut mir leid, dass du hierherkommen musstest.«

»Ist schon gut. Meine Tochter hat bald Geburtstag, und ich wollte sehen, was Michael Kors so hat.«

»Erfolgreich gewesen?«

Sie schüttelte den Kopf. »Mir gefällt ihr neuer Look überhaupt nicht.«

»Du wirst schon was finden.«

»Ich nehme an, du hast mich hierher gebeten, um mir zu sagen, was du für mich tun wirst.«

»Ich bin noch am Recherchieren.«

Sie hob ihr Bein. »Hier ist der einzige Beweis, den du brauchst.«

»Bitte versteh mich nicht falsch, ich zweifle ja nicht an deinem Zustand.«

»Das könnte auch niemand.«

»Es muss schwierig für dich gewesen sein. Ich meine, du musst starke Schmerzen gehabt haben, um dir eine neue Hüfte einsetzen zu lassen.«

»Oh, die Schmerzen waren furchtbar. Ich konnte nicht laufen, aber ich habe es vermieden, mir ein Gelenk ersetzen zu lassen. Ich habe die Orthopäden immer gefragt, wann ich es machen lassen sollte, und alle sagten dasselbe: ,Du wirst es wissen, wenn es so weit ist.‘«

»Wenn man die Schmerzen nicht mehr aushält?«

»Genau.«

»War es so schlimm?«

»Manchmal unerträglich. Ich habe mir mit Advil den Magen ruiniert, um damit fertigzuwerden, und bin nicht mehr ausgegangen. Mein Sohn kam zu Besuch, und er fing an herumzutelefonieren und bestand darauf, dass ich zu Dr. Flagstaff gehe.«

»Er hat den Chirurgen gefunden?«

»Jep.« Sie zeigte auf ihren Fuß. »Und jetzt habe ich das hier.«

»Du kommst doch gut zurecht.«

»Ich hätte zu jemand anderem gehen sollen. Alles, was Flagstaff interessierte, war die Hochzeit seiner Tochter. Das war alles, worüber er geredet hat.«

»Sie hat geheiratet?«

»Ja, am Samstag vor meiner Operation am Montag.«

»Alle Eltern freuen sich, sofern sie die Person mögen, die ihr Kind heiratet. Ich würde da nicht zu viel hineininterpretieren.«

»Dieser Metzger hat mich entstellt. Ich war ihm scheißegal.«

Es war keine Entstellung, aber es war sinnlos zu streiten. Meine Stärke lag nicht im Rationalisieren, sondern darin, die Dinge so gut wie möglich auszugleichen.

Mein Schweigen veranlasste sie zu der Frage: »Wirst du etwas dagegen unternehmen?«

»Wie gesagt, ich bin noch dabei, mir ein Bild zu machen.«

»Was gibt es da zu entdecken? Du weißt, was er mir angetan hat.«

Ich stand auf. »Ich mache das, was ich tue, nun schon eine ganze Weile. Eins habe ich gelernt: mir Zeit zu lassen. Ich weiß, die Leute wollen, dass die Dinge schnell erledigt werden, aber so arbeite ich nicht.«

»Okay, ich verstehe, aber lass es nicht ewig dauern.«

»Genieß den schönen Tag, Anna.«

Als ich durch das Einkaufszentrum ging, sah ich eine Frau in den West-Elm-Laden huschen. Von hinten sah sie aus wie Laura. Ich eilte hinüber und betrat das Geschäft. Sie zog gerade Schubladen an einer Kommode auf.

Ihr Haar hatte dieselbe Farbe und Länge wie das von Laura. Ich ging hinüber und räusperte mich. Sie drehte sich um, und ich tat so, als wäre ich an einem Clubsessel interessiert. Sie war es nicht.

Ich verließ das Geschäft. Auf dem Weg zu meinem Auto überlegte ich, ob ich Laura anrufen sollte. Sie war so stur, wie man nur sein konnte. Einen Anruf zu vergessen schien mir eine Nichtigkeit zu sein, und doch war sie immer noch sauer. Hatte ich etwas übersehen? Ich zog mein Handy hervor.

Sie wollte mir eine Botschaft senden, die ich auch verstanden hatte, aber sie tat so, als hätte ich ihr einen Arm abgehackt.

Plötzlich war sie zwei verschiedene Personen. Die lockere Laura war verschwunden, ersetzt durch eine Fremde, die mauerte. Diesen Mist brauchte ich nicht. Ich steckte das Handy weg.

Es war nichts Falsches daran, ein Privatleben zu haben. Mein Leben war kein offenes Buch; es war kompliziert und ging niemanden etwas an. Wenn sie das nicht verstehen konnte, würde es nicht klappen.

Mein Wegwerfhandy summte. Es war Mario. »Hey, was gibt's?«

»Wo bist du?«

»In Estero. Warum?«

»Ich habe diesen Munoz-Typen beobachtet, aber entweder ist er vorsichtig oder der Kerl ist wirklich verletzt.«

»Was treibt er so?«

»Zum einen trägt er immer diese Halskrause. Ich kann nicht ins Haus sehen, aber immer, wenn er vorne raus- kommt, trägt er sie.«

»Beobachtest du die Veranda?«

»Ja, ich habe eine Drohne aufsteigen lassen, aber wenn er da rausgeht, hat er sie an.«

»Beobachte ihn weiter.«

»Bist du sicher? Dieser Kerl bewegt sich, als ob er Schmerzen hätte.«

»Für fünf Millionen tun die Leute eine ganze Menge.«

»Ich weiß, aber ich glaube, es könnte ein berechtigter Anspruch sein. Du solltest ihn dir selbst ansehen.«

»Das wäre eine Schande. Da steht eine Viertelmillion auf dem Spiel.«

»Wie du immer sagst, akzeptiere die Dinge, wie sie sind.«

»Fast, du Witzbold. Die Stoiker sagen, man soll sich um die Dinge kümmern, die unter der eigenen Kontrolle stehen, und das Universum die Dinge regeln lassen, die man nicht in der Hand hat.«

Mario sagte: »Der Trick ist, herauszufinden, was was ist.«

»Wenn du ehrlich zu dir selbst bist, wirst du wissen, welche Dinge oder Situationen du beeinflussen kannst.«

»Wie auch immer. Wenn du Zeit hast, musst du dir diesen Kerl ansehen.«

»Ich werde die Ärzte überprüfen, bei denen er war. Mal sehen, was sich entwickelt.«

Ventura und sein wohlhabender Klient waren überzeugt, dass es ein Betrug war. Puglia hatte das Geld, um den Fall verschwinden zu lassen, wollte sich aber nicht vergleichen. Hatte er Angst, dass die Leute Schlange stehen würden, um ihn zu verklagen? Oder glaubte er, es sei einfach grundlegend falsch?

Es gab immer zwei, wenn nicht sogar drei Seiten einer Geschichte. In der Hälfte der Fälle, die ich bearbeitete, trugen die Leute, die eine Bereinigung der Dinge wünschten, entweder selbst die Verantwortung oder irrten sich in den Umständen, wegen derer sie um Hilfe baten.

Es war nicht leicht, Leuten, die sich ungerecht behandelt fühlten, zu sagen, dass ich es nicht wiedergutmachen konnte. Manchmal war die Person, an der sie sich rächen wollten, gar nicht schuld, oder es war fraglich, welche Rolle sie gespielt hatte.

Mein Telefon klingelte. Es war Larson. Ich fragte ihn: »Hey, wie ist es gelaufen?«

»Gut. Caden hat mich zum Lamborghini-Händler mitgenommen. Der ist ein Fall für sich.«

»Wem sagst du das.«

»Und Mann, kann der was vertragen. Ich habe ihn letzte Nacht um eins im Blue Martini zurückgelassen.«

»Ihr seid jetzt also beste Kumpel.«

Larson schnaubte: »Dafür bist du mir was schuldig. Hör zu, ich stehe gerade vor dem Whole Foods. Ich wollte dich nur auf den neuesten Stand bringen. Wir reden später.«

Ein weiterer Baustein war gelegt. Jetzt war es an der Zeit, meinen Plan in die Tat umzusetzen, um Puzo das zurückzugeben, was er anderen angetan hatte. Während ich mit den Fingern über die Narbe hinter meinem Ohr strich, wartete ich darauf, dass der Anruf, den ich getätigt hatte, entgegengenommen wurde.

## 34

WÄHREND ICH DEN NEUEN SONG VON KEITH URBAN mitsang, sprang ich über die Rückenlehne der Couch und ließ mich darauf plumpsen. Der Fernseher war stummgeschaltet. Als das Intro der Fünf-Uhr-Nachrichten begann, tippte ich auf die Sonos-App und schaltete den Ton von der Musik auf den Fernseher um.

Der Nachrichtensprecher sagte: »In einer ironischen Wendung der Ereignisse fand sich ein prominenter Anwalt auf der anderen Seite des Gesetzes wieder. Unsere Melissa Wright ist in Port Royal. Melissa, das ist eine überraschende Entwicklung in der Juristenwelt.«

»Schockierend trifft es eher, Bob. Ich stehe vor dem Haus am Galleon Drive, das William Puzo gehört. Aufgrund eines Hinweises hat das Sheriffbüro von Collier County eine Razzia in dem kürzlich renovierten Haus durchgeführt. Mr. Puzo, ein prominenter Strafverteidiger, wurde heute früh verhaftet und wartet auf seine Anklageerhebung wegen Drogenbesitzes mit Verkaufsabsicht.«

Ich rieb mir die Narbe hinter dem Ohr, während die Reporterin fortfuhr. »Mr. Puzo, der erfolgreich mehrere Personen vertreten hat, die des Drogenhandels beschuldigt wurden, findet sich nun auf der anderen Seite des Tisches wieder und sieht sich denselben schweren Vorwürfen gegenüber wie seine Mandanten.

»*WINK News* sprach mit Sheriff Rambosk, der sagte, sein Büro setze sich dafür ein, den Bezirk so drogenfrei wie möglich zu halten. Der Sheriff lobte seine Beamten für die Ermittlungen und die Festnahme.

»Die Anklageerhebung gegen Mr. Puzo ist für heute im Laufe des Tages angesetzt.«

Der Nachrichtensprecher warf ein: »Das ist ein faszinierender Fall. Gibt es irgendwelche Informationen darüber, ob Mr. Puzo sich selbst vertreten wird?«

»Das werden wir später herausfinden, aber wenn Mr. Puzo verurteilt wird, wird ihm nicht nur die Anwaltszulassung entzogen, sondern ihm droht auch eine erhebliche Haftstrafe.«

»Danke, Melissa. *WINK* wird diesen Fall weiterverfolgen und Sie über die Entwicklungen auf dem Laufenden halten. Und jetzt schalten wir zu unserer Zweigstelle in Los Angeles für einen Bericht über den aktuellen Stand der Waldbrände, die etwas außerhalb der Stadt wüten.«

Ich schaltete den Fernseher aus und machte die Musik wieder an. Das Dopaminhoch, weil ich Puzo drangekriegt hatte, ließ langsam nach. Es hielt nie lange genug an.

Ich schnappte mir mein Handy vom Couchtisch und tätigte einen Anruf.

»Staatsanwaltschaft Collier County. Wie kann ich Ihren Anruf weiterleiten?«

»Staatsanwalt O'Leary.«

Nach zweimaligem Klingeln ging O'Leary ran. »John O'Leary.«

»Hey. Kannst du mich zurückrufen?«

»Gib mir fünf Minuten.«

Während ich auf der Veranda auf und ab ging, dachte ich über Puzo nach. Der Drecksack steckte in der Klemme, aber er würde auf keinen Fall ins Gefängnis wandern. O'Leary hatte gesagt, sie würden einen Deal aushandeln.

Mein Wegwerfhandy vibrierte. »Hey.«

»Was gibt's?«

»Puzo. Ich will nur sichergehen, dass alles nach Plan läuft.«

»Es ist noch früh, die Anklage wurde noch nicht einmal erhoben.«

»Ich weiß, aber ich will sichergehen, dass niemand die Sache größer macht, als sie ohnehin schon ist.«

»Bis jetzt ist es eine Lawine von Klatsch und Tratsch.«

»Das muss auch so bleiben.«

O'Leary atmete aus. »Puzo ist vielen Leuten auf die Füße getreten.«

»Ich brauche dich, damit das in den richtigen Bahnen bleibt.«

»Wir sollten das hinkriegen.«

»Ich will das Wort *sollten* nicht hören. Puzo hat keine Vorgeschichte mit Drogenhandel oder ein Vorstrafenregister. Seine Möbel waren eingelagert, sein Haus wurde renoviert und …«

»Solange er sagt, es war für den Eigengebrauch, und zustimmt, seine Anwaltszulassung aufzugeben, bekommt er wahrscheinlich eine Bewährungsstrafe.«

»Wer vertritt ihn?«

»Er vertritt sich selbst.«

»Das ist normalerweise keine gute Idee. Aber in diesem Fall könnte es helfen.«

## 35

NACHDEM ER SICH ZURECHTGELEGT HATTE, WAS ER SAGEN wollte, wählte Larson eine Nummer. Caden ging schon beim ersten Klingeln ran. »Yo, Larson, wie geht's? Das war echt ein toller Abend, was?«

»Ich hatte am nächsten Tag üble Kopfschmerzen.«

»Du musst mehr üben.«

Larson lachte. »Und wie geht's dir?«

»Perfekt. Nie besser.«

»Gut.«

»Was gibt's? Bist du bereit, ins Lambo-Land einzutauchen?«

»Ich denke darüber nach. Dieser Aventador ist echt was Besonderes.«

»Drück ab, Mann. Du wirst es nicht bereuen.«

»Der Preis ist schon gesalzen. Ich tendiere eher zum Huracán.«

»Wenn du das machst, dann muss es der Huracán HTO sein. Vergiss das EVO-Modell.«

»Ich weiß. Ich erinnere mich, was du darüber gesagt hast.«

»Ich kann dich wieder zum Händler bringen. Die kennen mich, vielleicht kann ich einen guten Deal für dich rausholen.«

»Danke. Wo bist du gerade?«

»Bei Angelwax, lasse meinen Spider verwöhnen. Wenn du dir einen Lambo holst, musst du dir eine Angelwax-Beschichtung holen. Sie schützt den Lack und glänzt wie die Sonne.«

»Also kannst du nicht reden?«

»Doch, kann ich. Was gibt's denn?«

»Du weißt ja, dass ich eine Menge Kontakte bei den Strafverfolgungsbehörden habe.«

»Klar. Du hast gesagt, du warst früher Bulle und Anwalt.«

»Du hast dich daran erinnert? Ich dachte, nach der ganzen Feierei neulich hättest du das vergessen.«

»Es braucht mehr als drei Flaschen Wein und ein paar Tequila-Shots, um mich umzuhauen.« Er lachte. »Was soll das mit den Strafverfolgungsbehörden?«

»Nun, ich bin gerade einem Staatsanwalt über den Weg gelaufen, mit dem ich mehrere Jahre zusammengearbeitet habe. Ich habe ihm erzählt, dass ich mir vielleicht einen Lamborghini zulegen will, und da fiel dein Name. Ich sagte, du kennst dich mit italienischen Autos bestens aus.«

»Will dein Kumpel sich einen zulegen?«

»Nein, aber, äh, er hat mir etwas im Vertrauen gesagt, von dem ich, äh, fand, dass du es wissen solltest.«

»Spuck's aus. Was hat er gesagt?«

»Also, ich habe geschworen, nichts zu sagen, also musst

du versprechen, dass es nicht auf ihn oder irgendjemanden anderen zurückfällt, okay?«

»Ich kann verdammt noch mal ein Geheimnis für mich behalten. Jetzt komm zur Sache.«

»Puzo, er war dein Anwalt, als du diesen Unfall hattest, richtig?«

Caden zögerte. »Ja, was ist mit ihm?«

Larson senkte seine Stimme. »Er steckt in tiefen Schwierigkeiten. Sie haben eine erhebliche Menge Drogen in seinem Haus gefunden.«

»Was hat das mit mir zu tun?«

»Ich höre, er packt aus, um sich eine bessere Position zu verschaffen, weißt du, er versucht, einen Deal zu machen, um davonzukommen oder die Anklagepunkte zu reduzieren.«

»Typisch für Anwälte. Diese eigennützigen Arschlöcher würden jeden verraten. Die armen Schweine, die er verpfeift, tun mir leid.«

»Das ist ja die Sache. Mir wurde gesagt, dass er deinen Namen erwähnt hat.«

»M-m-mich?«

»Das hat er gesagt.«

Caden hielt inne. »In welchem Zusammenhang?«

»Wegen des Unfalls.«

Er fing sich schneller als ein olympischer Eiskunstläufer. »Puzo kann sagen, was er will. Da gibt es nichts zu bereden.«

»Wirklich? Der Staatsanwalt sagte, Puzo hätte behauptet, er hätte dir einen Arzt vermittelt, der die Ermüdungsfraktur vorgetäuscht hat, und dass –«

»Scheiß auf diesen Bullshit! Wenn Puzo sein Maul über

irgendeinen Scheiß aufreißen will, soll er doch. Hör zu, ich muss los, mein Auto ist fertig.«

»Warte eine Sekunde.«

»Was?«

»Ich würde Puzo nicht anrufen, wenn er aus dem Gefängnis kommt. Er würde als Zeuge gelten und man würde dich wegen Behinderung der Justiz anklagen.«

»Warum sollte ich dieses Arschloch anrufen?«

»Ich will nur sichergehen, dass du nicht in irgendwas reingezogen wirst.«

———

Es war keine Überraschung, dass Flagstaffs bester Freund ebenfalls ein Arzt war. Ob es nun am Gottkomplex lag oder daran, dass niemand sonst verstehen konnte, was sie taten, war unerheblich, Chirurgen verbrachten ihre Zeit gerne miteinander.

Dr. Valencia, ein paar Jahre jünger als Flagstaff, hatte eine Glatze. War es der Stress der Neurochirurgie oder schlechte Gene? Er strich die Vorderseite seines weißen Kittels glatt. »Ich bin überrascht, dass NCH nichts dazu verschickt hat.«

Ich klappte meinen Notizblock auf. »Es wird erst nächstes Jahr veröffentlicht. Es müssen noch ziemlich viele Ärzte interviewt werden. Es ist mehr ein Blick hinter die Kulissen, wissen Sie, um die Ärzte des Personals menschlicher darzustellen.«

»Das klingt nach einer wertvollen Sache.«

»Wir denken, dass es helfen wird, ein besseres Vertrauen bei den Patienten zu fördern.«

Er lächelte. »Vielleicht holen sie sich dann wieder nur

zwei Meinungen ein.«

»Das ist das Internet. Jeder ist ein Experte.«

»Kein Zweifel. Es ist gut, dass Patienten informiert sind und sich über ihre Krankheiten informieren, aber viele haben es übertrieben.«

»Ich bin sicher, Sie erleben das. Also, fangen wir an.«

»Schießen Sie los.«

»Haben Sie etwas dagegen, wenn ich das aufzeichne?«

»Überhaupt nicht.«

»Gut. Sagen Sie mir, wann Sie entschieden haben, dass Sie Ihr Leben der Hilfe für andere widmen wollen?«

»Ich erinnere mich lebhaft daran. Ich hatte gerade meinen neunten Geburtstag gefeiert, und bei meiner Groß-mutter wurde Leukämie diagnostiziert. Wir hatten damals nicht die Mittel, die wir heute haben, und es war herzzer-reißend. Die Pflege, die sie erhielt, war nicht schrecklich, aber ich hatte das Gefühl, sie hätte besser sein können, und beschloss, Arzt zu werden.«

»Mir gefällt der familiäre Aspekt dabei. Erzählen Sie mir nun von der medizinischen Fakultät, die Sie besucht haben, und von Ihren Erfahrungen im Praktikum und in der Fach-arztausbildung.«

Nach zehn Minuten unterbrach ich den Arzt. »Lassen Sie uns das Thema wechseln und ins Persönliche gehen. Erzählen Sie mir von Ihrem Familienleben.«

Der Chirurg war seit neununddreißig Jahren verheiratet, hatte drei erwachsene Töchter und vier Enkelkinder.

»Wie ich höre, sind Sie sehr gut mit Dr. Flagstaff befreundet.«

»Oh ja. Wir haben zusammen Medizin studiert und waren sofort auf einer Wellenlänge.«

»Ich werde ihn ebenfalls interviewen. Können Sie mir

irgendwelche persönlichen Einblicke geben, die hilfreich wären?«

»Er ist ein toller Kerl, liebt Golf, aber wie wir alle kommt er nicht so oft dazu, wie er gerne möchte.«

»Wie ich höre, hat seine Tochter kürzlich geheiratet.«

»Ja, es war fantastisch. Flagstaff hat sich richtig ausgetobt. Die Feier war im Ritz am Strand.«

»Wow. Haben Sie sich gut amüsiert?«

»Allerdings. Aber am nächsten Tag ging es mir dreckig.«

»Zu viel getrunken?«

»Definitiv. Flagstaff ist ein Weinliebhaber, und wir müssen zusammen wohl drei Flaschen kalifornischer Kultweine getrunken haben.«

»Kein Wunder, dass Sie einen Kater hatten. Trinken Sie und Dr. Flagstaff oft zusammen Wein?«

»Seit Jahren nicht mehr. Wir stecken das beide nicht mehr so leicht weg. Heutzutage nur noch zu besonderen Anlässen wie bei der Hochzeit.«

»Das Alter fordert eben seinen Tribut.«

»Das kann man wohl sagen.«

Ich senkte die Stimme. »Ich habe schon viele Chirurgen interviewt, und der Beruf ist so anspruchsvoll, dass sie, sagen wir mal, ein Ventil brauchen. Manche neigen zu Drogen –«

»Ich nicht.«

»Was ist mit Dr. Flagstaff?«

»Absolut nicht, zumindest nicht in den mehr als dreißig Jahren, die ich ihn kenne.«

»Das ist nicht für den Artikel, aber ich bin neugierig: Wie sieht es mit ehelicher Untreue aus?«

»Ich bin meiner Frau treu gewesen.«

»Gut. Ich habe gehört, Dr. Flagstaff hatte die eine oder andere Affäre.«

»Ich glaube, da irren Sie sich.«

War da etwas? Ich musste zu Valencias beruflicher Laufbahn zurückkehren, sonst würde er misstrauisch werden.

## 36

EIN LKW, AUF DEM DAS LOGO VON THE HORSELESS CARRIAGE prangte, parkte vor Cadens Haus. Während der Fahrer zu Cadens Haustür ging, stiegen zwei weitere Männer aus dem Führerhaus und öffneten die Hecktüren des Anhängers.

Caden begrüßte den Fahrer. »Morgen. Ich treffe Sie bei der Garage.«

Die Männer begannen, eine lange Rampe zusammenzubauen, während das Garagentor hochfuhr. »Soll ich ihn rausfahren?«

»Schon gut, mein Herr. Das übernehmen wir.«

»Seien Sie vorsichtig, die Bodenfreiheit liegt bei unter fünf Zoll.«

Er deutete zum Heck des Lkws. »Ja, mein Herr. Unsere Rampe hat einen sehr flachen Neigungswinkel.«

»Bringen Sie ihn direkt zum Flughafen?«

»Ja, mein Herr. Wir fahren direkt nach Miami.« Er legte die Hand auf den Türgriff. »Darf ich?«

Caden reichte ihm einen roten Funkschlüssel. »Klar.«

Er sah zu, wie der Mann sein Prachtstück langsam

hinter den Lkw fuhr. Einer der Männer ging die Rampe in den Anhänger hinauf und der andere half dem Fahrer, sich an der Rampe auszurichten.

»Okay, fahr rauf.«

Der Ferrari schob sich Zentimeter für Zentimeter auf den Anhänger. Unter Cadens Blicken sicherten sie den Wagen und schlossen die Türen. Der Fahrer reichte Caden ein Klemmbrett. »Wir bräuchten bitte Ihre Unterschrift, mein Herr.«

Caden kritzelte seine Unterschrift hin, ohne etwas zu lesen. »Passen Sie gut auf mein Baby auf.«

»Keine Sorge, mein Herr.«

---

CADENS LAUNE BESSERTE SICH, als er am Schild für Monterey vorbeifuhr und die Ausfahrt nach Seaside, Kalifornien, nahm. Die Straße war kurvig und er verlangsamte das Tempo. Das Porsche-911-Cabrio ließ sich anständig fahren, aber es war kein Ferrari.

Als er die Zufahrtsstraße zum Bayonet Golf Course nahm, malte Caden sich aus, wie er den Preis für den Besten der Show gewinnen würde. Sein Aperta war heiß begehrt, aber die meisten früheren Gewinner waren ältere Oldtimer.

Als er parkte, legte er sich darauf fest, den Chairman's Award zu bekommen. An seinem Wagen würde unmöglich ein Weg vorbeiführen. Caden griff in seine Jeans und zog ein Röhrchen hervor. Er sah sich um, beugte sich vor und zog zwei Bahnen. Er überprüfte den Rückspiegel, steckte das Koks ein und stieg aus.

Aufgeputscht schritt Caden über das Meer aus smaragdgrünem Gras auf die endlosen Reihen glänzender Fahrzeuge zu. Das würde ein verdammt geiler Tag werden.

Auf der Suche nach einem bekannten Gesicht schlenderte er zum Anmeldezelt.

»Willkommen beim Concorso Italiano. Wie ist Ihr Name, mein Herr?«

»Mein Herr? Ich bin Brett. Brett Caden.«

»Einen Moment.« Sie überflog drei Seiten mit Namen. »Hmm. Wie buchstabieren Sie das?«

»C-A-D-E-N. Mein Vorname ist Brett.«

Sie schaute noch einmal. »Tut mir leid, mein Herr. Ich kann Ihren Namen nicht finden. Haben Sie sich vorangemeldet?«

»Sehen Sie noch mal nach. Mein Ferrari Aperta ist in der Show.«

Sie fuhr mit dem Finger die Namen auf jedem Blatt Papier entlang. »Er steht nicht hier. Vielleicht ist da irgendein Fehler passiert.«

»Freddo Romano hat mich eingeladen. Er ist der nordamerikanische Markenmanager. Sehen Sie unter seinem Namen nach, ich stehe da wahrscheinlich dabei.«

Die Frau überflog die Liste. »Romano mit R?«

»Natürlich!«

»Tut mir leid, er steht auch nicht auf der Liste. Sind Sie auf der richtigen Show?«

»Was zur Hölle ist das für eine Frage? Was glauben Sie, wer ich bin, irgendein Idiot?«

»Nein, mein Herr. Regen Sie sich nicht auf, ich versuche nur zu helfen.«

»Das ist doch Schwachsinn! Wer ist Ihr Chef? Holen Sie mir jemanden, der mir helfen kann.«

Zwei Männer in grauen Jacken näherten sich dem Tisch. »Mein Herr, wir müssen Sie bitten, sich zu beruhigen.«

»Sehen Sie, mein Auto, ein verdammter Ferrari Aperta, ist in der Show und Sie können mich nicht in Ihrem beschissenen System finden?«

»Treten wir doch kurz beiseite und lassen die anderen sich anmelden. Wir klären das zusammen, okay?«

Caden atmete aus und folgte den Männern zu einem Zelt mit der Aufschrift »Sicherheit«.

Einer von ihnen setzte sich hinter einen Tisch und fragte: »Wie ist Ihr Name, mein Herr?«

»Ich hab es dem Mädchen doch gesagt. Brett Caden.«

Der Mann gab seinen Namen in einen Laptop ein. »Wir haben keinen Eintrag.«

»Das ist doch alles Blödsinn. Ferrari hat darum gebeten, mein Auto für die Show zu benutzen. Wer ist hier von Ferrari?«

»Es sind viele Vertreter von Ferrari anwesend.«

Caden zog sein Handy heraus. »Vergessen Sie es. Der Markenmanager und ich sind gute Freunde.« Er suchte die Nummer von Freddo Romano heraus und rief an.

»Freddo, wo bist du? Ich werde hier von einem Kaufhaus-Cop verarscht.«

»Brett?«

»Ja, ich stehe bei der Anmeldung. Wo bist du?«

»Ich bin zu Hause, in Maranello.«

»Du kommst nicht zum Concorso Italiano?«

»Nein.«

»Du hast mir gesagt, dass du hier sein wirst.«

»Wann denn? Wir haben nicht mehr gesprochen, seit ich in Neapel war.«

»Du hast mich vor drei Tagen angerufen.«

»Tut mir leid, aber das habe ich nicht.«

»Wovon zum Teufel redest du? Du hast wegen meines Aperta für die Show gefragt.«

»Es tut mir leid, aber ich weiß nicht, wovon du sprichst.«

Die Sicherheitsbeamten kamen näher an Caden heran, als er sagte: »Willst du mich verarschen?«

»Es ist spät in Italien. Ich wollte gerade schlafen gehen.«

»Wo ist mein verdammtes Auto?«

»Ich weiß nicht, wovon du sprichst.«

»Du weißt es verdammt noch mal nicht? Du hast einen Lkw, Horseless Carriage, zu meinem Haus geschickt, um ihn abzuholen.«

»Wir arbeiten in den Vereinigten Staaten nicht mit denen zusammen. Wir bevorzugen ...«

»Hör mit den verdammten Spielchen auf. Wo ist mein Auto?«

»Brett, geht es dir gut?«

Die Sicherheitsleute umzingelten Caden. Einer sagte: »Mein Herr, wir müssen Sie bitten, zu gehen.«

»Fickt euch. Fickt euch alle!«

Sie packten ihn am Ellbogen. »Wir werden Sie hinausbegleiten.«

Ein Streifenwagen der Polizei von Seaside fuhr vor und ein Beamter stieg aus. »Was haben wir denn hier?«

»Der Herr hier weigert sich, zu gehen.«

»Mein verdammtes Auto wurde gestohlen!«

»Mein Herr, sind Sie heute auf einer Veranstaltung hier?«

»Nein! Ich-«

»Dann betreten Sie unbefugt Privatgelände. Kommen Sie mit mir.«

Caden schüttelte sie ab und ging auf die Reihen von Autos zu. »Ich brauche keine verdammte Eskorte. Ich werde mein Auto finden.«

Einer der Wachmänner rief die Polizei, die einen Wagen in der Nähe des Clubhauses des Golfplatzes postiert hatte.

Caden war nur wenige Schritte von einer Doppelreihe klassischer roter Ferraris entfernt. Ein Golfmobil schnitt ihm den Weg ab. Ein Polizeibeamter sprang heraus. »Mein Herr, Sie müssen mit mir kommen.«

»Sie verstehen das nicht. Mein Wagen ist hier. Ich versuche doch nur, ihn zu finden.«

»Sie sind für diese Veranstaltung nicht angemeldet und das bedeutet, Sie begehen Hausfriedensbruch. Wenn Sie sich weigern zu gehen, muss ich Sie festnehmen.«

»Hey, Mann. Mein Ferrari ist hier. Ich habe ein Recht, hier zu sein.«

»Mein Herr, ich fordere Sie ein letztes Mal auf, zu gehen.«

»Ich gehe nirgendwohin. Mein Ferrari ist mehr wert, als Sie in Ihrem ganzen, armseligen Leben verdienen werden.«

»Hände auf den Rücken, mein Herr.«

## 37

GESTERN HATTE ICH DAS INTERNET DURCHFORSTET, ABER keine Nachrichten finden können. War es noch zu früh? Oder angesichts der Kriminalitätsrate in Kalifornien zu unbedeutend, um darüber zu berichten? Es war an der Zeit, es lokal zu versuchen. Ich rief die Seite des *Monterey Herald* auf.

Auf der Titelseite prangte ein von einer Drohne aufgenommenes Luftbild, auf dem unzählige glänzende Autos die Fairways eines Golfplatzes säumten. Ich klickte auf die nächste Seite und da war es: »Mann aus Florida bei Concorso Italiano Car Show verhaftet.«

Meine Hand wanderte hinter mein Ohr, als ich den kleinen Artikel las:

*Nach einer Meldung über eine Ruhestörung nahm die Polizei einen Mann fest, der sich unbefugt auf der Ausstellung für italienische Sportwagen aufhielt. Brett Caden, der Mann aus Florida, der in Gewahrsam genommen wurde, wurde auch wegen des Besitzes illegaler Betäubungsmittel angeklagt.*

Meine Mundwinkel zuckten nach oben; das war besser als erwartet. Ich las weiter.

*Zeugen zufolge verhielt sich Herr Caden unberechenbar. Es ist nicht bekannt, ob er zum Zeitpunkt seiner Verhaftung unter dem Einfluss einer Substanz stand. Herr Caden wird im Gefängnis von Monterey County festgehalten und wartet auf eine psychiatrische Begutachtung.*

Ich konnte mir lebhaft vorstellen, wie Caden durchdrehte, als ihm klar wurde, dass man ihn um eines der wertvollsten Autos der Welt betrogen hatte. Was nicht vorhersehbar war, war die Anklage wegen Drogenbesitzes. Das war nicht geplant und könnte alles vermasseln.

Ich benutzte ein Wegwerfhandy, um Larson anzurufen. »Kannst du reden?«

»Klar. Was ist los?«

Ich informierte ihn über Cadens Verhaftung und fragte: »Was wird aus der Drogenanklage?«

»Ich bin kein Experte für das kalifornische Gesetzbuch, aber es wird von der Menge der Drogen abhängen, die er bei sich hatte.«

»Ich kann nicht fassen, dass er mit Koks im Gepäck in ein Flugzeug gestiegen ist.«

»Bist du sicher, dass es Kokain war?«

»Zu neunundneunzig Prozent. Er zieht sich diesen Mist ständig rein.«

»Da heutzutage fast alles Kokain mit Fentanyl gestreckt ist, spielt er Russisch Roulette.«

»Das tut jeder. Wenn es Koks ist, in was für Schwierigkeiten steckt er dann?«

»Angenommen, es ist für den Eigenbedarf und er ist ein Ersttäter, wird er sich wahrscheinlich auf eine geringere Strafe einlassen und am Ende eine Geldstrafe zahlen.«

»Und der Hausfriedensbruch?«

»Ein Vergehen. Das ist Kalifornien; vielleicht kriegt er nicht mal eine Geldstrafe.«

»Das passt. Was meinst du, wie lange er in Kalifornien festsitzen wird?«

»Mit dem richtigen Anwalt ist er auf Kaution draußen, sobald diese gerichtlich angeordnete Begutachtung abgeschlossen ist.«

»Geht das schnell?«

»Es ist nur ein Gespräch mit einem Psychiater. Sollte nicht lange dauern, wenn sie nichts finden.«

War Narzissmus ein Vergehen, für das man ins Gefängnis kommt? »Dann kann er den Bundesstaat verlassen?«

»Das lässt sich regeln. Er wird freikommen. Wir reden hier ja nicht über einen Mörder.«

Ich dachte, das täten wir.

»Bist du es losgeworden?«

»Es ist auf dem Weg nach Russland.«

»Und das Geld?«

»Es wurde heute Morgen anonym an Mothers Against Drunk Driving geschickt.«

»Danke.«

»Jederzeit. Wann kriege ich mein Auto zurück?«

»Keine Sorge, ich brauche es nur noch ein bisschen.«

Nachdem ich aufgelegt hatte, schrieb ich eine kurze Nachricht an Caden: *Hey, ich hoffe, die Show war gut. Wenn du den Jetlag überwunden hast, melde dich mal. Ich würde gern auf dein Angebot zurückkommen, mit mir zum Ferrari-Händler zu gehen.*

Es war mehr als wahrscheinlich, dass Cadens Handy bei seiner Einlieferung beschlagnahmt worden war. Ich würde einen Tag warten, bevor ich eine weitere Nachricht schickte. Mit Caden zu sprechen, würde mir Hinweise darauf geben, wie er mit seiner misslichen Lage umging.

———

DAS WARTEZIMMER in Dr. Yushenkos Praxis war halb voll. Ich ging zur Sprechstundenhilfe. »Hey, Denise. Wie geht es dir?«

»Gut. Er hat wirklich viel zu tun.«

»Sag ihm, ich brauche fünf Minuten, das ist alles. Vielleicht weniger.«

Sie runzelte die Stirn und griff zum Telefon. Zehn Minuten später winkte sie mich durch eine Seitentür.

Yushenko trug eine Akte. »Ich bin extrem beschäftigt.«

»Ich weiß. Wir können das hier machen.« Ich senkte meine Stimme. »Wenn jemand betrunken ist, sehr betrunken, wie lange wäre er dann beeinträchtigt?«

»Darauf gibt es keine einfache Antwort. Abgesehen davon, wie viel sie getrunken haben, spielen andere Faktoren eine Rolle, wie zum Beispiel ihre Toleranz, ob sie gegessen haben, wie viel sie wiegen –«

»Okay. Allgemein gesprochen, eine Person von mittlerem Körperbau in den Fünfzigern trinkt anderthalb Flaschen Wein, vielleicht mehr.«

»Trinkt sie regelmäßig Alkohol?«

»Nein. Nur zu besonderen Anlässen.«

»Nun, ich schätze, sie wäre am nächsten Tag ziemlich verkatert, wenn nicht sogar krank.«

»Würde sie sich daran erinnern, was passiert ist?«

»Wahrscheinlich nicht, zumindest nicht an alles.«

»Danke, das ist alles.«

Yushenko sagte etwas, aber ich war schon auf dem Weg nach draußen. Das war der letzte Nagel im Sarg. Alles, was ich jetzt noch brauchte, war eine Bestätigung von Flagstaff.

Ich rief Larson an. »Kann Barrone mich abholen?«

»Warum?«

»Ich treffe Flagstaff.«

Larson pfiff. »Sie wollen ihn konfrontieren?«

»Ich will hören, was er zu sagen hat.«

»Okay. Barrone wird in einer Stunde bei Ihnen sein.«

»Was ist mit dem Tag danach? Sagen wir, das Saufgelage fand an einem Samstag statt. Wie würde der Montagmorgen aussehen? Wäre man dann immer noch betrunken oder verkatert?«

»Sie wären nicht mehr betrunken; die Halbwertszeit von Alkohol beträgt vier bis fünf Stunden. Ihr Körper braucht also etwa fünfundzwanzig Stunden, um den Alkohol abzubauen.«

»Aber ist es möglich, verkatert zu sein?«

»Sicher. Sie hätten schlecht geschlafen, wären also müde und dehydriert. Möglicherweise wären Sie weniger konzentriert und Ihre Koordination könnte infolge dieser Faktoren leiden.«

Ich drückte ihm ein paar Hunderter in die Hand. »Danke, Doc.«

———

LARSON MACHTE DIE TÜR AUF. »Komm rein, Beck.«

»Kein Strand heute?«

»Zu windig.«

»Kannst du kein Nickerchen machen, wenn der Wind weht?«

»Sehr witzig. Warte mal zehn Jahre, dann wirst du sehen, dass nichts über ein gutes Nickerchen geht.«

Ich folgte ihm in die Küche. Seine Kochinsel hatte Wasserfallkanten aus Quarz. »Hör zu, ich wollte mit dir über Barrone reden.«

Er setzte sich. »Hast du was?«

»Nicht wirklich. Unterm Strich besteht die Möglichkeit, dass der Chirurg am Morgen der Operation nicht ganz auf der Höhe war.«

»Das reicht schon.«

Ich zuckte mit den Schultern. »Das ist hauchdünn. Flagstaff war auf der Hochzeit seiner Tochter betrunken, aber die war an einem Samstag und fing erst um fünf an. Yushenko meinte, er könnte dehydriert gewesen sein, aber die meisten Ärzte hängen sich an den Tropf, wenn sie sich die Kante geben.«

»Machen die das?«

»Das habe ich schon mal gehört. Wenn er um neun aufgehört hat zu trinken, wären das fast sechsunddreißig Stunden gewesen, bevor er im OP stand.«

»Gibt es sonst nichts gegen ihn?«

»Nein. Ich habe jeden Stein umgedreht. Es ist bestenfalls grenzwertig. Ich weiß, das ist ein besonderer Fall für dich. Vielleicht können wir was Kleines machen, zum Beispiel Flagstaffs Rauchmelder auslösen oder-«

»Du glaubst nicht, dass es Flagstaffs Schuld war?«

»Glaube ich ehrlich gesagt nicht.«

»Okay. Lass es fallen.«

»Sicher?«

»Ja.«

»Soll ich es ihr sagen?«

»Ich sage es ihr selbst. Du hast genug um die Ohren.«

---

## 38

CADEN ÖFFNETE DIE TÜR. »SCHNELL, KOMM REIN.«

Ich schlüpfte hinein und er schloss die Tür.

»Mann, ich fasse es nicht. Du wurdest verhaftet?«

»Die Mistkerle meinten, ich hätte Hausfriedensbruch begangen. Konnten die nicht mal ein Auge zudrücken? Ich wurde total verarscht.«

Die Tränensäcke unter seinen Augen waren so groß, dass sie Kleidung für eine ganze Woche hätten fassen können. »Wir müssen doch irgendetwas tun können. Erzähl mir, was passiert ist.«

Caden rieb sich über die Bartstoppeln im Gesicht. »Es ist wie in einem Film, weißt du, oder einem Traum oder so.«

Ich folgte ihm ins Wohnzimmer. Die Vorhänge waren zugezogen. »Was ist passiert?«

Auf dem Couchtisch lagen ein Spiegel und die Reste von Kokain. Er ging im Zimmer auf und ab. »Freddo hat angerufen, er wollte den Aperta in der Concorso-Show haben.«

»Ja, ich erinnere mich, dass du es mir erzählt hast.«

»Das muss jemand gewesen sein, der seine Stimme nachgemacht hat. Das ist so abgefuckt, Mann.« Er befeuchtete seinen Finger, wischte Kokainkrümel vom Spiegel und rieb sie sich auf das obere Zahnfleisch. »Ich fahre zu der Show, und Freddo ist nicht da und mein verdammter Aperta auch nicht. Ich wurde reingelegt. Das ist so abgefuckt!«

»Ich verstehe nicht. Wie konnten sie dein Auto stehlen? Es ist doch ein Vermögen wert, oder?«

»Fünf Millionen.«

»Heilige Scheiße! Du hast doch eine Versicherung, oder?«

Er schnaubte. »Er war für zwei Millionen versichert. Die Mistkerle machen mir jetzt die Hölle heiß.«

»Warum nur zwei Millionen?«

»Ich weiß nicht. Ich habe etwas über dreieinhalb bezahlt, und die Maklerin meinte, ich könnte Geld sparen. Es war mir egal, aber ich habe gemacht, was sie sagte.«

»Die müssen das Auto doch finden können. Es ist so selten, das fällt doch auf.«

Caden murmelte: »Die Polizei sagte, er sei wahrscheinlich schon außer Landes.«

»Oder vielleicht war es so eine Art Autoentführung. Jemand könnte ein Lösegeld fordern.«

»Glaubst du?«

»Klar, könnte sein.«

»Nee, sie hätten sich schon gemeldet. Und die Polizei ist sicher, dass er nach Übersee verschifft wurde.«

»Mag sein, aber Ferrari hat doch eine Art Register. Früher oder später muss er auftauchen.«

Er ging in die Küche. »Er ist verdammt noch mal weg.

Und ich muss mich mit der verdammten Drogenanklage in Kalifornien herumschlagen.«

»Du sagtest, sie würden es zu einem Vergehen herabstufen.«

»Ja, aber dieser Scheiß wird mich verfolgen. Ich spüre es.«

»Was meinst du damit?«

»Man hat mir eine Falle gestellt, Mann.«

»Von wem?«

Er griff in eine Dose und holte ein Päckchen Koks heraus. »Woher zum Teufel soll ich das wissen?«

»Ich weiß, dass du aufgebracht bist, aber vielleicht solltest du von dem Zeug eine Weile die Finger lassen.«

»Sag mir nicht, was ich tun soll. Okay?«

Ich schaute auf die Uhr. Mario würde ihn jeden Moment anrufen. »Ich mache mir nur Sorgen um dich, Kumpel.«

»Ich kann auf mich selbst aufpassen.«

Die Beweislage sprach gegen seine Annahme. »Ich weiß. Ich will nur nicht, dass du so niedergeschlagen bist.«

»Ich bin nicht niedergeschlagen. Ich versuche nur herauszufinden, was zum Teufel passiert ist.«

Cadens Handy klingelte. »Unterdrückte Nummer, diese verdammten Werbeanrufe.«

»Geh ran. Vielleicht sind es die Leute, die dein Auto haben.«

»Glaubst du?«

»Auf jeden Fall. Stell es auf laut.«

Caden legte das Telefon auf den Küchentisch und schaltete den Lautsprecher ein. »Ja?«

Die Farbe wich aus seinem Gesicht, als Mario das Skript vorlas, das wir erstellt hatten. »Mr. Caden, ich bin von der Staatsanwaltschaft von Collier County.«

»Worum geht es hier? Mein Auto?«

»Nein, Sir. Sie waren in einen Autounfall mit Todesfolge verwickelt.«

Er ließ sich auf einen Stuhl fallen. »Das ist lange her.«

»Ein Zeuge hat sich gemeldet und stellt große Teile der Beweise, die Sie während des Prozesses vorgelegt haben, infrage.«

»Ich, ich weiß nicht, wovon Sie reden.«

»Wir reden von der Fälschung von Krankenakten und anderen Unterlagen, um einer Verurteilung wegen fahrlässiger Tötung im Straßenverkehr zu entgehen.«

»Ich weiß wirklich von nichts. Mein Anwalt war verantwortlich. Er hat alles geregelt. Sie müssen mit William Puzo sprechen.«

»Das haben wir bereits getan.«

»Was hat er Ihnen gesagt?«

»Wir können die Gespräche, die wir mit Zeugen führen, nicht offenlegen.«

»Was wollen Sie von mir?«

»An diesem Punkt, Mr. Caden, teilen wir Ihnen lediglich mit, dass wir eine Untersuchung in dieser Angelegenheit eingeleitet haben.«

»W-w-was bedeutet das?«

»Wir werden den gesamten Fall prüfen und feststellen, ob er ordnungsgemäß verhandelt wurde. Ich wünsche Ihnen noch einen schönen Tag, Mr. Caden.«

Das Telefon klickte und Caden vergrub sein Gesicht in den Händen. »Ich bin am Arsch. Was soll ich nur tun?«

»Puzo hat also doch den Mund aufgemacht.«

»Er verrät mich, um seinen eigenen Arsch zu retten.«

»Vielleicht solltest du ihn anrufen?«

»Ich habe den Bastard zehnmal angerufen. Er geht mir aus dem Weg.«

»Das ist kein gutes Zeichen. Weißt du, ich frage mich nur – nee, das kann nicht sein.«

Er stand auf. »Was? Was kann nicht sein?«

Ich sagte: »Es ist verrückt, aber glaubst du, es besteht die Möglichkeit, dass Puzo bei dem Autobetrug involviert war?«

»Ich weiß nicht … Ich schätze schon.«

Er öffnete das Gefrierfach und holte eine Flasche GREY GOOSE Wodka heraus. »Willst du einen Drink?«

»Nur einen Schluck.«

Er schenkte vier Fingerbreit in ein Glas, nahm einen großen Schluck und goss einen Spritzer für mich aus. »Puzo ist ein Drecksack. Ich mochte den Bastard noch nie.«

»Ich habe gehört, er ist ein großartiger Anwalt, und er hat dich ja rausgehauen.«

»Na und? Das heißt nicht, dass ich ihn mochte.«

»Puzo hat echt gute Verbindungen. Er kennt eine Menge Leute.«

Er kippte den Rest seines Drinks hinunter. »Warum sollte er es auf mich abgesehen haben?«

»Er steckt in der Klemme und will Informationen eintauschen, um einen besseren Deal zu bekommen.«

»Ich kann verdammt noch mal nicht fassen, dass er den Unfall wieder ausgräbt.«

»Lass mich dich fragen: Hat er irgendetwas, das dich schlecht dastehen lassen könnte?«

»Damals lief eine Menge Scheiß.«

»Ich verstehe nicht. Was bedeutet das?«

»Nichts. Vergiss es. Vielleicht sollte ich mir einen Anwalt nehmen.«

»Nein. Das würde ich nicht tun.«

»Warum nicht?«

»Das wäre ein Zeichen, dass du etwas zu verbergen hast.«

Caden zuckte mit den Schultern. »Spielt keine Rolle. Die ermitteln sowieso schon in der Sache.«

»Sag mal, ich überlege gerade: Kennst du das Prinzip, dass man nicht zweimal für dieselbe Sache angeklagt werden darf?«

»So ungefähr. Ich erinnere mich an einen Film, den ich vor einer Weile gesehen habe.«

»Also, wenn jemand vor Gericht steht und freigesprochen wird, kann er nicht noch einmal angeklagt werden.«

Cadens Augen weiteten sich. »Heilige Scheiße. Das stimmt.«

»Du brauchst dir also keine Sorgen zu machen.«

»Aber was ist, wenn sie neue Beweise finden?«

»Ich glaube nicht, dass das eine Rolle spielt. Lass mich mal googeln.« Ich tippte auf meinem Handy herum. »Du bist aus dem Schneider, mein Freund. Das Verbot der Doppelbestrafung gilt nur dann nicht, wenn der Richter oder die Geschworenen bestochen wurden. Du weißt nichts von irgendwelchen Bestechungsgeldern, oder?«

Er lächelte. »Nein, nichts dergleichen.« Er griff nach der Flasche und trank daraus. »Beck, du bist ein verdammtes Genie.«

## 39

Dr. Yushenko schüttelte den Kopf, als er das Untersuchungszimmer betrat. »Sie ruinieren sich Ihre Leber.«

Ich lächelte. »Deswegen bin ich nicht hier, Doc. Ich habe ein paar Fragen.«

»Nun, das ist ja mal eine willkommene Nachricht. Was kann ich für Sie tun?«

»Sie sind Neurologe, richtig?«

»Ja, ob Sie es glauben oder nicht, meine Spezialität ist nicht die Flüssigkeitszufuhr bei Patienten.«

»Touché. Können Sie mir einen Crashkurs über Nervenschäden geben?«

»So etwas gibt es nicht. Wir fangen gerade erst an zu verstehen –«

»Ich hab's kapiert, Doc. Nehmen wir an, jemand fällt von einer Leiter und behauptet, er hätte einen Nervenschaden erlitten. Ist das realistisch?«

»Natürlich beeinflusst die Fallhöhe die Schwere einer

Verletzung, aber man kann sich schon verletzen, wenn man von einem Bordstein tritt.«

»Er war auf einer Sechs-Fuß-Leiter. Sagen wir, er war fünf Fuß über dem Boden. Würde das einen Nervenschaden verursachen?«

»Das ist sehr spekulativ, aber ein stumpfes Trauma kann Nerven schädigen, indem es sie quetscht.«

»Was ist mit einer Schädigung im Nackenbereich?«

»Ein Schleudertrauma wird normalerweise nicht mit Stürzen in Verbindung gebracht, aber ein heftiges Reißen des Kopfes könnte dazu führen.«

»Welche Art von Schmerzen sind möglich?«

»Nervenschäden sind dafür bekannt, einige der schlimmsten Schmerzen zu verursachen, die ein Mensch erleben kann. Das kann ziemlich lähmend sein.«

»Welche Art von Beweis gibt es für einen Nervenschaden? Gibt es irgendeinen Test?«

»Es gibt ein paar Tests, aber sie sind nicht endgültig. Einige Fälle sind außerordentlich schwer zu diagnostizieren.«

»Kommt es oft vor, dass Ärzte sich bei einer Diagnose uneinig sind?«

»Wie ich eingangs erwähnte, lernen wir immer noch dazu und haben noch einen langen Weg vor uns. Der Konsens mag unterschiedlich sein, aber wir beginnen mit dem Patienten und seinen Symptomen.«

»Bei welchen ist es schwierig, eine Ursache festzumachen?«

»Das Schleudertrauma war schon immer eine Herausforderung, aber wir gehen immer auf Nummer sicher und stellen den Hals ruhig, um weitere Schäden zu verhindern.«

»Was noch?«

»Unkontrollierte Muskelbewegungen sind schwer zuzuordnen.«

»Ist es möglich, einen Nervenschaden vorzutäuschen?«

Er runzelte die Stirn. »Möchten Sie, dass ich jemanden untersuche?«

»Das wird nicht passieren. Aber können Sie mir sagen, ob es möglich ist, die Schmerzen vorzutäuschen und sie als Nervenschaden auszugeben?«

»Menschen haben eine unterschiedliche Schmerztoleranz. Was Sie vielleicht wegstecken, ist für andere möglicherweise unerträglich.«

»Warum ist das so? Wir sind biologisch gleich.«

»Die einfache Antwort ist, wir wissen es nicht. Wir lernen jeden Tag dazu, aber wir wissen nicht viel über das Gehirn und das neurologische System.«

---

EINE STETIGE BRISE kühlte die Außenterrasse des Food for Thought. In Gedanken an ein Puten-Club-Sandwich folgte ich der Empfangsdame. Sie blieb an einem Tisch stehen und legte eine Speisekarte ab. »Guten Appetit.«

»Das ist mein Tisch?«

»Der gehört ganz Ihnen.«

Ich zögerte. »Danke.«

Es war derselbe Tisch, an dem Laura und ich bei jedem unserer vier Besuche hier gegessen hatten. Ich tat den Gedanken ab, dass es irgendeine Art von Botschaft sein könnte, als die Kellnerin kam, um meine Bestellung aufzunehmen. Es war das tätowierte Mädchen, das uns jedes Mal bedient hatte.

»Hey. Warten wir auf deine Freundin?«

»Äh, nein. Ich bin allein unterwegs. Ich hätte gern das Puten-Club-Sandwich und ein Mineralwasser.«

»Geht klar.«

Ich zog mein Handy heraus und scrollte zum Chatverlauf mit Laura. Die letzte Nachricht war Tage her. Wir näherten uns dem Punkt, an dem es kein Zurück mehr gab. Ich wälzte Ideen hin und her und tippte: *Hey, wie geht's?* Ich las es noch einmal und löschte es.

Die Kellnerin brachte mein Mittagessen. »Du musst dieses Sandwich wirklich mögen, du bestellst es immer.«

»Wenn man etwas findet, das man mag, warum sollte man es ändern?«

Sie lachte und ging weg.

Es schmeckte großartig. Das tat es immer. Sogar Laura, die auswärts religiös einen Salat bestellte und kein Fan von Pute war, hatte bei unserem letzten Besuch hier eines zu Mittag gegessen. Ich versuchte, mich an den Witz zu erinnern, den sie an jenem Nachmittag erzählt hatte.

Ich hatte mich an meinem Essen verschluckt, als sie die Pointe brachte. Es hatte etwas mit einem Zebra zu tun, das dachte, es sei ein Löwe. Wenn sie einen Witz erzählte, kicherte sie, sodass jedes Wort lustig klang.

Ich verschlang den Rest meines Mittagessens und bezahlte. Sobald ich im Auto saß, zog ich mein Handy heraus und verfasste eine SMS an Laura: *Wir müssen reden. Ruf mich an, wenn du kannst.* Ich löschte sie und drückte den Startknopf des Wagens.

Was ich getippt hatte, konnte auf verschiedene Weisen interpretiert werden. Es war perfekt. Ich tippte es erneut und drückte auf Senden. Ich drehte die Klimaanlage auf und spielte am Radio herum. Drei Lieder später hatte das Telefon nicht geklingelt. Sie war wahrscheinlich beschäftigt.

Ich steckte das Telefon ein und fuhr los, um Caden zu treffen.

———

Mit dem iPad in der Hand öffnete Caden die Tür. »Beck, was ist los?«

»Ich war in der Nachbarschaft und dachte, ich hole mir mal deine Meinung zu etwas ein.«

»Klar. Was brauchst du?«

»Das klingt jetzt vielleicht verrückt, aber ich überlege, mir noch einen Ferrari zu kaufen.«

Er lächelte. »Ganz und gar nicht, Mann. Dich hat einfach das Fieber gepackt, das ist alles. Du wärst überrascht, wie viele Kerle sich ihren zweiten Schlitten innerhalb eines Jahres holen, nachdem sie ihren ersten hatten.«

»Echt?«

»Ja, komm rein. Erzähl mal, was du dir so vorstellst.«

»Mir gefällt es hier echt gut. Ist das Echtholz?«

»Natürlich.«

»Ich habe es noch nie so weiß gesehen.«

»Schön, nicht wahr?«

»Ja, aber wie hältst du das sauber?«

»Darüber mache ich mir keine Sorgen. Wenn es schäbig aussieht, lasse ich es rausreißen und etwas anderes verlegen.«

Ich folgte ihm auf die Terrasse hinter dem Haus. »So muss man das machen.«

»Wie gefällt dir die Aussicht? Ziemlich geil, oder?«

»Hast du ein Boot?«

»Ich habe schon ein paar im Auge.«

»Viel Glück.«

»Welchen Ferrari schaust du dir an?«

»Den Roma.«

Er schüttelte den Kopf. »Nee, so einen willst du nicht. Die haben den Portofino eingestellt, um den Roma Spider zu bauen.«

»Tatsächlich?«

»Ja, der Roma ist ein Einsteigerferrari. Du musst aufsteigen.«

Mein Handy vibrierte. »Worauf denn?«

»Oh, da hast du eine Menge Auswahl.«

»Ich will mein Konto nicht sprengen.«

»Worüber machst du dir Sorgen? Mitnehmen kannst du es eh nicht. Ich muss mal pissen gehen.«

»Okay.« Ich warf einen heimlichen Blick darauf – Laura rief an. Ich ging ran. »Hey, kann ich dich sofort zurückrufen?«

Sie weinte. Das Letzte, was ich gebrauchen konnte, war emotionale Inkontinenz.

Ich fragte sie, was los sei, und als sie es mir erzählte, erstarrte mein Körper. »Ich bin auf dem Weg.«

---

## 40

DAS BLAULICHT EINES POLIZEIWAGENS WURDE VON DEN Gebäuden der Vanderbilt Collections zurückgeworfen. Ich fuhr auf einen Parkplatz, als der Polizist wegfuhr.

Mario saß auf einer Bank. Laura stand über ihm. Ich eilte zu ihnen. »Geht's dir gut?«

»Ja, ich kriege Kopfschmerzen, aber sonst ist alles in Ordnung.«

»Du solltest ins Krankenhaus gehen.«

»Nein. Das ist nicht nötig.«

»Was ist passiert?«

Mario verschob die Hand, die einen Eisbeutel auf seinem Kopf hielt. »Ich wollte mir gerade ein Stück Pizza bei Mister O1 holen, und das Nächste, woran ich mich erinnere – bam –, ich kriege einen Schlag auf den Kopf.«

Laura, in Shorts, die ihre Kurven betonten, sagte: »Ich habe alles gesehen. Ich wollte gerade zum Bikini-Waxing« – ein Ziehen ging durch meine Leiste, diese Ablenkung brauchte ich jetzt wirklich nicht – »und habe nicht einmal erkannt, dass es Mario war. Ich sah diesen Kerl von der

Rückseite des Gebäudes kommen. Er stützte sich mit der Hand an der Wand ab. Ich erkannte, dass es Mario war, und dann raste ein Motorrad zwischen den Gebäuden hervor und machte sich davon.«

»Hast du den Fahrer erkannt?«

Sie sagte: »Nicht wirklich. Er trug so eine Art Bandana über der unteren Gesichtshälfte.«

Mario sagte: »Ich war benommen, aber von hinten erinnerte er mich an diesen Typen, Hound.«

»Royals Mann?«

Er nickte.

»Bist du sicher?«

»Ich glaube schon.«

»Hat er etwas gesagt?«

»Nein, nichts.«

Ich wandte mich an Laura. »Kannst du mir irgendetwas sagen, wer es gewesen sein könnte?«

»Wer ist Hound?«

»Irgendein Typ, den wir kennen.«

»Siehst du? Du kannst mir nicht einmal etwas über irgendeinen dahergelaufenen Typen erzählen, der Mario geschlagen haben könnte.«

»Nein. Darum geht es nicht. Ich versuche nur herauszufinden, was zum Teufel passiert ist und warum.«

»Wer ist Hound?«

»Wenn er es ist, hat er für Royal gearbeitet.«

»Der Mann, der gestorben ist, als sein Boot explodierte?«

Ich nickte.

»Warum sollten sie Mario angreifen?«

Ich zuckte mit den Schultern. »Ich habe keine Ahnung.«

Sie schnaubte verächtlich. »Bei dir ändert sich auch gar nichts, Beck.«

»Nein, versteh mich nicht falsch.«

»Ich muss los. Ich bin schon zu spät dran.«

Ich schaute ihrem perfekten Arsch hinterher. Jede Chance, die Arbeit der Kosmetikerin zu Gesicht zu bekommen, löste sich in Luft auf.

Mario sagte: »Ich sehe schon, du hast dich nicht mit ihr versöhnt.«

»Noch nicht. Bist du sicher, dass es dir gut geht?«

»Mir geht es gut. Kopfschmerzen, aber das ist auch alles.«

»Du darfst kein Risiko eingehen. Ich rufe Dr. Yushenko an. Wir müssen sicherstellen, dass du keine Gehirnerschütterung hast.«

»Wer soll den Maler im Auge behalten?«

»Du sagtest, du glaubst, dass er wirklich verletzt ist.«

»Das glaube ich auch.«

»Ich schaue später selbst bei ihm vorbei.«

»Willst du die Drohne? Sie ist in meinem Auto.«

»Nee, ich improvisiere einfach.«

Wir stiegen in mein Auto. Ich setzte aus der Parklücke zurück und sagte: »Wenn das Royals Mann war, könnte es Rache dafür sein, dass wir sein Alibi zunichtegemacht haben.«

»Warum sollten sie sich jetzt noch einen Dreck darum scheren?«

»Loyalität. Es könnte ein Machtkampf sein, und diese Typen wetteifern darum zu zeigen, wer Royals Platz einnehmen wird.«

»Vielleicht war es auch nur irgendein Spinner.«

»Mir gefällt nicht, dass er mit einem Motorrad geflohen

ist. Royals Crew benutzt die für viele ihrer krummen Dinger.«

Während ich die Airport Pulling Road entlangfuhr, ging ich die Abfolge der Ereignisse durch. Die Dinge hatten sich schnell überschlagen. Lauras Anruf hatte bei mir einen Anflug von Aufregung ausgelöst, aber anstatt meine Freundin zurückzugewinnen, musste ich mich mit der Möglichkeit auseinandersetzen, dass Royals Bande auf Vergeltung aus war.

————

WIR VERLIEßEN Dr. Yushenkos Praxis und stiegen wieder in mein Auto. Ich sagte: »Du hattest Glück. Es hätte schlimmer kommen können als eine leichte Gehirnerschütterung.«

»Einen auf den Kopf zu kriegen und meine Pizza zu verpassen, würde ich nicht gerade als Glück bezeichnen.«

»Wie fühlst du dich?«

»Nur Kopfschmerzen, aber die sind nicht wie die, die ich bei Corona hatte.«

»Gut. Ruf Susan an. Ich möchte, dass sie bei dir bleibt.«

»Ich bin nicht in Stimmung für Unterhaltung.«

»Das musst du auch nicht. Sie soll ein Auge auf dich haben. Spiel nicht den Helden. Wenn du Gedächtnislücken hast oder dir übel wird –«

»Übel? Ich verhungere.«

»Bestell dir was und lass es dir liefern. Aber denk daran, du musst aufpassen, wenn du extrem müde wirst oder reizbar bist.«

»Mir wird es gutgehen, Papi.«

»Spiel nicht den Macho. Ich brauche dich, besonders wenn Royals Leute hinter uns her sind.«

»Ich werde daraus nicht schlau. Ich dachte, er wäre es, aber vielleicht habe ich mich geirrt. Ich könnte durcheinander gewesen sein, nachdem ich den Schlag abbekommen habe.«

»Du hast eine ziemlich gute Beobachtungsgabe, aber so oder so können wir kein Risiko eingehen. Wenn sie es auf uns abgesehen haben, müssen wir vorbereitet sein.«

»Es ergibt einfach keinen Sinn; warum an einem öffentlichen Ort?«

»Das Einzige, was ich mir vorstellen kann, ist der Überraschungseffekt. An solchen Orten lassen wir unsere Deckung fallen.«

»Vielleicht war es nicht geplant und Hound hat mich gesehen und einfach gehandelt.«

»Das wäre bei Royal niemals durchgegangen. Er war zu diszipliniert.«

»Du hast recht. Vielleicht ist Hound auf eigene Faust unterwegs.«

»Nachdem ich dich abgesetzt habe, werde ich mal sehen, was ich herausfinden kann.«

―――――

Larson öffnete die Tür, ohne zu fragen, wer da war.

»Du hast nicht nachgeschaut, wer es ist.«

Er hielt sein Handy hoch. »Ich habe gesehen, dass du es bist.«

»Hast du die Kameras endlich angeschlossen?«

»Ja, Harry hat alles in einer Stunde installiert.«

»Warum gerade jetzt?«

»Ich weiß nicht. Ich hatte einfach keine Lust mehr, sie im Schrank herumliegen zu sehen.«

Wusste Larson etwas? »Ich wusste gar nicht, dass Harry so etwas kann.«

»Oh ja, er hat sogar hinten eine Kamera installiert.«

»Na ja, ich bin froh, dass du sie endlich zum Laufen gebracht hast.«

»Bist du wegen Barrone hier?«

»Nein. Mario wurde heute angegriffen.«

»Oh nein! Wie geht es ihm?«

»Gut, er ruht sich aus.«

»Was ist passiert?«

Ich berichtete ihm von den Ereignissen und Larson sagte: »Glaubst du wirklich, dass es Royals Leute waren?«

»Ich weiß nicht. Hörst du irgendwas über ihre Aktivitäten?«

»Keinen Mucks.«

»Was ist mit internen Streitereien?«

»Ich habe kein Wort gehört.«

»Was ist mit ihren Geschäften?«

»Soweit ich weiß, hat sich nichts geändert. Die Rodriguez-Brüder kamen aus Orlando runter, nachdem Royal sich in die Luft gesprengt hatte, aber Royals Crew hat sie sofort kaltgestellt.«

»Also hat sich nichts geändert? Die machen einfach weiter wie bisher?«

»Ja, apropos, wie sieht es mit der Autosache aus?«

»Es entwickelt sich, aber das Ziel hat angebissen.«

»Mario hat mir erzählt, dass dieser hier gut bezahlt wird.«

»Was hat er sonst noch gesagt?«

»Nichts, nur dass du an einem hochkarätigen Auftrag dran bist.«

»Er ist gut bezahlt, aber es ist eine große Inszenierung mit einem Haufen Ausgaben.«

»Wie kommst du mit dem Lombardy-Fall voran, den Ventura dir gegeben hat?«

»Gibt es irgendwas, das du nicht weißt?«

Er lächelte. »Das ist mein Job.«

Und meiner auch. »Mario glaubt, die Verletzung ist echt.«

»Wirklich? Der Arzt, zu dem er geht, ist dafür bekannt, Verletzungsansprüche aufzubauschen.«

»Ich werde mich so oder so vergewissern.«

»Wir haben nicht viel Zeit. Der Prozess beginnt in ein paar Tagen.«

## 41

DER VERKEHR AUF DER ROUTE 41 LIEß NACH DER KREUZUNG mit dem Golden Gate Boulevard nach. Ich fuhr weiter nach Norden, entdeckte das Hampton Inn und bog rechts ab. Einen Block vor der Goodlette Frank Road parkte ich auf der gegenüberliegenden Straßenseite von Munoz' Haus.

Munoz war kein großer Anstreicher; sein tristgrünes Haus schrie förmlich nach einem neuen Anstrich. Es war noch etwa eine Stunde hell. Der weiße Ford Edge, der auf Munoz zugelassen war, stand in seiner Einfahrt.

Ich stieg aus meinem Wagen und öffnete die Motorhaube. Über den Motor gebeugt, wartete ich eine Minute, bevor ich auf Munoz' Haus zuging. Ich behielt das vordere Fenster im Auge und klingelte. Vorbei am leeren Wohnzimmer war ein kleiner Teil der Küche zu sehen.

Mit den Händen an seiner Halskrause kam Munoz in Sicht. Eine Sekunde später schwang die Tür auf. »Was willst du?«

»Ich frage ja nur ungern, aber«, ich deutete mit dem

Daumen auf meinen Wagen, »mein Wagen ist liegen geblieben. Meinst du, du kannst mir Starthilfe geben?«

»Hast du Kabel?«

»Nein.«

Er zeigte auf ein Haus ein paar Türen weiter. »Versuch's bei Franco, der hat die Garage voller Werkzeug.«

»Okay, danke. Wenn ich ihn nicht anbekomme, muss ich ihn über Nacht hier stehen lassen und ihn morgen früh abschleppen lassen. Kannst du ein Auge drauf haben?«

Er zuckte mit den Schultern. »Ich fahre um sieben los, aber da draußen wird schon nichts passieren.«

»Danke, Mann.«

Ich ging zu dem Haus, das Munoz mir genannt hatte, und tat so, als hätte ich an der falschen Tür geklingelt. Als die Dämmerung hereinbrach, stieg ich in meinen Wagen. Im Schutz der Dunkelheit würde ich meinen Plan umsetzen und ein Uber rufen.

---

AM NÄCHSTEN MORGEN holte Mario mich ab und wir fuhren zurück zu Munoz, um mein Auto zu holen. Ich überprüfte das Video von der Dashcam, die ich eingerichtet hatte. Es war Gold wert. Wir täuschten eine Starthilfe für mein Auto vor und trennten uns dann.

Ich fuhr nach Hause, tauschte die Autos und fuhr mit Larsons Ferrari zu Cadens Haus. Es dauerte eine Weile, aber dann öffnete Caden die Tür, einen Kaffeebecher in der Hand. Er kniff die Augen zusammen. Ich fragte: »Was ist los? Zu früh für dich?«

Er grunzte und drehte sich wieder ins Haus um.

Ich sagte: »Lange Nacht gehabt?«

»Zu viel Tequila.«

»Wo warst du?«

»Wer erinnert sich daran? Wir haben im Good Times angefangen, dann waren wir im Mr. Tequila und wer weiß, wo sonst noch.«

»Ich nehme an, du bist gestern Abend mit dem Maserati gefahren.«

Er schenkte sich noch eine Tasse Kaffee ein. »Ich musste ein Auge zukneifen, um nach Hause zu kommen.«

»Du solltest vorsichtig sein.«

»Bin ich doch. Ich weiß, wie ich fahre, wenn ich auf Feiermodus bin.«

»Es dauert nur eine Sekunde und die Dinge geraten außer Kontrolle.«

»Was wolltest du?«

»Erinnerst du dich, dass ich dir erzählt habe, ich will mir noch einen Ferrari zulegen?«

»Ja, du wolltest das Einsteigermodell.«

»Mir hat der Roma gefallen.«

Caden stellte seine Tasse ab und kramte ein Fläschchen Koks hervor. »Willst du eine Nase?«

»Nein.«

Caden hielt sich mit einem Finger ein Nasenloch zu und zog eine Löffelspitze voll hoch. Er schüttelte den Kopf und rieb sich die Nase. »Das ist besser. Hör zu, wenn du dir einen Roma holen willst, verschwende deine Zeit nicht. Das ist ein Anfängermodell.«

»Ich finde ihn schön.«

»Sei ein Mann und steig auf oder bleib beim Portofino.«

»Ich muss mir das überlegen. Es ist ein Haufen Kohle.«

»Es ist nur Geld.« Er zog noch eine Löffelspitze.

»Ich weiß, aber ich habe nicht so gut abgeschnitten wie du.«

»Das haben nicht viele. Ich habe getan, was ich tun musste, um es zu schaffen. Es liegt alles bereit, man muss es sich nur nehmen, wenn man es will.«

Nicht viele Leute waren das einzige Kind eines reichen Vaters. »Bei dir klingt das so einfach.«

»Ist es für mich auch.«

»Also, welches Modell sollte ich deiner Meinung nach in Betracht ziehen? Aber nichts wahnsinnig Teures.«

»Warum fahren wir nicht morgen zum Händler? Ich rede mit Dino, mal sehen, was für einen Deal er für dich rausholen kann.«

»Wirklich? Mann, das weiß ich zu schätzen.«

»Diese Motherfucker schulden mir was. Es ist ihre Schuld, dass mein Aperta weg ist. Ich hab das üble Gefühl, dass sie da mit drinsteckten.«

»Der Ferrari-Händler?«

»Daran gibt es keinen Zweifel.«

»Bist du dir sicher?«

»Wie hätte es sonst passieren können? Ich glaube, dieser Scheißkerl Freddo hat was mit den Itakern in Italien am Laufen. Das ist wahrscheinlich so ein Mafia-Ding.«

»Ich schätze, das könnte sein. Hast du schon mal gehört, dass so etwas passiert ist?«

»Passiert ständig. Selbst Jerry Seinfeld wurde betrogen.«

»Echt?«

»Ja, er hat gekauft, was er für einen Porsche hielt, und es stellte sich als Fälschung heraus.«

»Ein gefälschter Porsche?«

»Ja, er hat, glaube ich, zwei Millionen für einen 1958er

Porsche 356A Carrera bezahlt, und der hat sich als Fälschung erwiesen.«

»Wow, das wusste ich nicht. Vielleicht sollte ich den Kauf noch mal überdenken.«

»Warte nicht, Mann. Die werden mit der Zeit nur noch teurer.«

»Ich weiß, aber ich bin noch nicht ganz bereit zu kaufen. Ich habe eine Immobilieninvestition, die ich gerade auflöse. Es wird ein oder zwei Monate dauern, bis das abgeschlossen ist.«

»Das ist okay. Du bekommst eine Vorstellung davon, was es gibt. Oft gibt es einfach keinen Bestand und man muss sich nach etwas leicht Gebrauchtem umsehen.«

»Du musst bei Gebrauchten vorsichtig sein; die Leute verheizen diese Autos. Ich hätte meinen nie gekauft, wenn er nicht von einem Freund gewesen wäre.«

»Mach dir keine Sorgen, ich kriege alles über jedes Auto raus, das zum Verkauf steht.«

Er wusste einfach alles. Man sollte Caden darauf ansetzen, ein Heilmittel gegen Krebs zu finden. »Alles klar, wir sehen uns morgen.«

———

LARSON WOLLTE MIT MIR REDEN. Ich fuhr bei Caden los und eine Minute später in das Parkhaus am Vanderbilt Beach. Cabana Dan schenkte mir ein warmes Lächeln und zeigte zum südlichen Ende des Strandes.

Es war ein weiterer in einer langen Reihe perfekter Tage. Ich passte auf, keinen Sand in meine Turnschuhe zu bekommen, und stapfte am bewachsenen Wall entlang zu Larsons Stammplatz.

Larson saß auf der Kante eines Liegestuhls und telefonierte. Er hob eine Hand, und als ich mich auf einen Stuhl fallen ließ, legte er auf. »Was für ein Tag. Sieh dir das Wasser an.«

»Es ist wie ein See.«

»Weißt du, was du da siehst? Die Aussicht, sie hat sich seit Tausenden von Jahren nicht verändert. Denk mal darüber nach. Das ist erstaunlich, oder?«

Ich sagte: »Wart mal ab, bis die anfangen, da draußen diese Windräder aufzustellen.«

»Nicht in Florida, zumindest nicht zu meinen Lebzeiten.«

»Da wäre ich mir nicht so sicher. Die Bundesregierung treibt ihre Agenda voran, und bei den Tausenden von Meilen Küste, die wir haben, werden sie es uns aufzwingen. Sie haben es auf Florida abgesehen.«

»Das gäbe einen Kampf, und wer auch immer das erzwingt, kann es vergessen, dass die Wähler dieses Staates für ihn stimmen.«

»Wenn man sie nur weit genug weg aufstellen könnte, sodass man sie nicht sehen kann –«

»Das wird die Masche sein, mit der die Politiker es uns verkaufen werden. Dann heißt es, na ja, es gab da ein Problem und dies und das, und eh du dich versiehst, ist die Aussicht für immer verloren.«

»Sie sollten jetzt ein paar Gesetze verabschieden, um das zu verhindern.«

»Das schützt uns nur für ein paar Meilen. Danach fällt es in die Zuständigkeit der Bundesbehörden.«

»Aber jemand, der einen Meter achtzig groß ist, kann nur bis zu drei Meilen weit sehen. Da ließe sich doch was machen.«

»Du hast mehr Vertrauen in die Bundesregierung als ich, Beck.«

»Vielleicht, weil ich zehn Jahre jünger bin und weniger Erfahrung habe.«

Er lächelte. »Das ist es definitiv.«

»Worüber wolltest du reden?«

Er senkte seine Stimme. »Ich habe ein paar Nachforschungen angestellt. Es sieht so aus, als hätte Hound einen Alleingang gemacht.«

»Er hat allein gehandelt?«

»Sieht so aus, als wäre es nicht mehr als ein Schwanzvergleich gewesen.«

»Bist du dir da sicher?«

»Ich habe es aus zwei Quellen. Anscheinend haben J-Dog und Greezy vor einer Woche in der Bar X einen Haufen Jungs herausgefordert. Ob du es glaubst oder nicht, sie haben einen Wettbewerb veranstaltet. Bis zu zwanzigtausend für denjenigen, der Erster wird.«

»Erster worin?«

»Jemanden als Sport anzugreifen, als wäre es eine Art Spiel.«

»Willst du mich verarschen?«

»Ich wünschte, ich würde es, aber diese Typen sind so primitiv, wie es nur geht.«

»Aber warum Mario?«

»Hound dachte, er würde mit einer Zwei-für-eins-Aktion mehr Punkte holen.«

---

## 42

MIT LARSONS FERRARI HOLTE ICH CADEN AB. AUF DER kurzen Fahrt zum Ferrari-Händler am Tamiami Trail sagte ich: »Ich merke, dass du dich besser fühlst.«

»Ich war nicht krank.«

»Nein, ich meine, du weißt schon, besorgt wegen des Anrufs vom Staatsanwalt wegen des Unfalls.«

»Das hat mich nicht wirklich gestört. Ich war nur überrascht, das ist alles.«

»Nun, ich bin froh, dass du das hinter dir hast.«

Als er nickte, klingelte sein Handy. »Hallo? Wer zum Teufel ist da dran?« Er legte auf.

»Was ist los?«

»Ich bekomme in letzter Zeit solche Anrufe. Manchmal legen sie auf, und ein paarmal haben sie gesagt, dass sie hinter mir her sind.«

Als ich auf den Parkplatz fuhr, sagte ich: »Hinter dir her? Warum? Was soll das überhaupt bedeuten?«

Er senkte die Stimme. »Sie sagten, beim nächsten Mal würden sie sich mehr holen.«

»Mehr wovon?«

»Keine verdammte Ahnung, aber ich installiere Kameras in meiner Garage, falls sie es auf ein anderes meiner Autos abgesehen haben. Noch so einen Verlust stecke ich nicht weg.«

»Ein Auto zu stehlen wäre verrückt.«

Caden stieg aus dem Wagen. »Das machen Leute ständig.«

»Ich weiß nicht. Bist du sicher, dass es nicht nur ein paar Jugendliche sind, die sich einen Scherz erlauben?«

»Leider bin ich mir sicher, dass es das nicht ist.«

Er winkte. Ich blickte in diese Richtung, und der Geschäftsführer, Dino, stand draußen und rauchte.

Caden schüttelte ihm die Hand. »Dino, wie läuft's?«

»Schön, Sie zu sehen, Mr. Beck.«

Den Zigarettenrauch einzuatmen fühlte sich gut an. »Ganz meinerseits, aber Beck reicht.«

»Ja, er ist wie Bono, benutzt auch nur einen Namen.«

»Geben Sie mir Ihren Schlüssel. Ich lasse ihn waschen, während Sie hier sind.«

Ich legte den Funkschlüssel in Dinos ausgestreckte Hand. »Danke.«

Dino gab den Schlüssel weiter und drückte die Zigarette in einem Standaschenbecher aus. Er öffnete die Tür. »Kommen Sie herein, meine Herren.«

Der Ausstellungsraum war kühl und roch wie ein Spa. Eine völlig neue Auswahl an Autos stand auf der Fläche.

Caden sagte: »Mir gefällt die neue gelbe Lackierung des 812 GTS.«

Dino sagte: »Wir haben keine Änderungen vorgenommen.«

»Niemals. Der Farbton ist eine Nuance satter.«

»Das könnte am Licht liegen.«

Wir folgten Caden zum Auto. Er bückte sich. »Ich glaube, sie haben ein paar Schichten mehr aufgetragen. Es hat schon fast etwas Durchscheinendes.«

»Vielleicht. Mr. Caden meinte, Sie hätten Interesse an einem neuen Ferrari.«

»Ich denke darüber nach.«

»Welche Preisklasse stellen Sie sich denn vor?«

Caden, der seinen Kopf in das gelbe Fahrzeug gesteckt hatte, sagte: »Er sollte einen 812 nehmen. Ich liebe ihn in Rosso Corsa.«

Ein Mann in Jeans schwebte in der Nähe. Caden musterte den Mann und flüsterte: »Wer ist das?«

Dino sagte: »Ich weiß nicht. Er ist direkt hinter uns hereingekommen.«

Ich sagte: »Haben Sie einen 812 in Rot?«

»Der ist bereits verkauft, aber wir können ihn uns ansehen. Er wird gerade für die Auslieferung vorbereitet.«

»Wie lang ist die Lieferzeit?«

»Es tut mir leid, aber wir nehmen keine weiteren Bestellungen für den 812 GTS an. Sie müssten sich etwas aus dem Bestand aussuchen.«

»Oh, das ist schade. Ich würde mir den roten trotzdem gern ansehen.«

»Selbstverständlich. Gehen wir in den Vorbereitungsbereich.«

Wir folgten Dino, und Caden flüsterte: »Der Typ ist direkt hinter uns.«

»Er will sich das Auto wahrscheinlich auch nur ansehen.«

»Mir gefällt nicht, wie er mich ansieht.«

»Entspann dich, Brett. Das ist nichts.«

Dino hielt die Tür auf, und wir betraten den Vorbereitungs- und Auslieferungsbereich. Es war klinisch sauber. Das heisere Grollen eines Autos, das in der angrenzenden Werkstatt gewartet wurde, war der perfekte Soundtrack.

Dino zeigte auf zwei Männer, die ein Auto mit Lammfelltüchern abwischten. »Da ist sie. Eine Schönheit, nicht wahr?«

Da blieb ich wie angewurzelt stehen. Ich war kein Autonarr, aber die Frage war, wie lange noch. Wir umrundeten das Fahrzeug. Es war geradezu atemberaubend. Caden fragte: »Was kostet er?«

»Knapp fünfhunderttausend.«

Der Preis von einer halben Million Dollar zerstörte meinen aufkeimenden Traum, einen zu besitzen.

»Noch vor Ende des Jahres wird er sechshunderttausend wert sein.«

Dino bemerkte den anderen Mann und fragte: »Kann ich Ihnen irgendwie behilflich sein?«

Er schüttelte den Kopf und ging zurück in den Ausstellungsraum.

Dino sagte: »Wir haben noch einen 812 im Obergeschoss. Ein prächtiges Bianco Cervino.«

Caden sagte: »Das ist das schönste Weiß, das Ferrari je gemacht hat.«

»Schauen wir es uns an.«

Wir nahmen den Aufzug, und als wir ausstiegen, bekam Dino einen Anruf auf sein Handy. Caden und ich umrundeten den weißen Sportwagen. Caden flüsterte: »Der Typ unten hat mir nicht gefallen. Er hat kein Wort gesagt.«

»Du machst aus einer Mücke einen Elefanten.«

»Wer zum Teufel ist er?«

»Du bildest dir das nur ein.«

»Ach ja?« Er machte eine Geste mit dem Kinn, der ich folgte. Der Mann, der Caden beunruhigte, stand oben an der Treppe auf unserer Etage und schaute in unsere Richtung.

## 43

Caden sagte: »Lass uns von hier verschwinden.«

Dino fragte: »Ist alles in Ordnung?«

Caden ging zum Aufzug. »Komm schon. Lass uns gehen.«

Ich sagte: »Ihm war schlecht. Ich habe ihm gesagt, wir können auch an einem anderen Tag wiederkommen, aber er wollte unbedingt weitermachen.«

»Ich hoffe, es geht ihm bald besser.«

»Danke, Dino. Ich muss noch über ein Auto nachdenken. Ich habe nicht die Mittel, die andere Käufer haben, und es ist eine große Verpflichtung für mich.«

»Ich verstehe das vollkommen. Nehmen Sie sich Zeit. Ich stehe Ihnen zur Verfügung, wann immer Sie so weit sind.«

Caden verließ gerade den Ausstellungsraum, als ich ihn einholte. »Hey, warte mal.«

Wir traten auf den Parkplatz. Caden sah auf. »Dieser Bastard beobachtet mich.«

»Ich weiß nicht, ob er das tut.«

»Komm schon, Mann. Was, bist du blind? Er verfolgt uns, seit wir hier sind.«

»Wer, glaubst du, könnte das sein?«

»Ich weiß nicht. Glaubst du, er könnte ein verdeckter Ermittler sein?«

»Ein verdeckter Ermittler? Warum sollten sie …«

»Hast du den Staatsanwalt vergessen, der mich angerufen hat?«

»Oh ja, ich schätze, das ist möglich.«

»Mir gefällt das ganz und gar nicht.«

Mit schnurrendem Motor fuhr ein mitternachtsblauer Ferrari auf einen Parkplatz. Ich sagte: »Hey, das ist Bob Stone. Du erinnerst dich doch an ihn von der Rallye. Wir saßen im Barbatella am selben Tisch.«

Caden spottete: »Der arrogante Arsch glaubt, sein beschissener McLaren wäre das Schnellste auf der Welt.«

»Er kennt sich gut mit Autos aus.«

»Nicht besser als ich.«

Stone stieg aus und ich ging zu ihm. »Hey, Bobby. Was geht ab?«

»Beck. Schon was gekauft?«

»Ich versuche immer noch, mich zu entscheiden. Wir haben einen schönen GTS gesehen.«

»Den weißen oben?«

»Ja, der ist ziemlich schick, nicht wahr?«

Er nickte. »Ist das dein Freund?«

»Ja.« Ich rief: »Brett, komm mal her und sag Hallo.«

Caden trottete herüber. »Hey, Bob Stone, richtig?«

»Jep, wie geht's, äh …«

»Brett, Brett Caden.«

»Oh ja, sorry, Mann. Jetzt erinnere ich mich. Du dachtest, dein 788 GTS wäre schneller als mein 720S.«

»Ist er auch.«

Stone lachte. »Ja, wenn du das glauben willst, bitte sehr.«

»Das hat nichts mit Glauben zu tun, das ist eine erwiesene Tatsache.«

»Ich weiß nicht, wo du deine Fakten hernimmst, aber jeder weiß, dass ein McLaren 720S schneller ist als ein 788 GTS.«

»Ist er nicht.«

»Ist er doch!«

»Verdammt noch mal, ist er nicht.«

Ich sagte: »Immer mit der Ruhe, Jungs.«

Stone sagte: »Beck hat recht. Wir sollten einen Gang runterschalten.«

Caden sagte: »Selbst wenn dein beschissener McLaren schnell genug wäre, um meinen GTS zu schlagen, kommt es immer noch auf den Fahrer an.«

»Stimmt. Ich bin kein Profi, aber ich war oft genug auf der Rennstrecke, um mich zu behaupten. Und du?«

»Ich bin mehr als genug Rennen gefahren und habe noch keins verloren.«

»Gibst ein bisschen an, was?«

»Es ist kein Angeben, wenn es wahr ist.«

»Wir reden hier doch nicht von der Kinder-Rennbahn, oder?«

»Fick dich.«

Ich sagte: »Jungs, seid nett.«

Caden sagte: »Lass uns von hier verschwinden.«

Stone sagte: »Wann immer du ein Rennen fahren willst, sag einfach Beck Bescheid. Also, falls du dich traust.«

Ich sagte: »Wir sehen uns, Bobby.«

Wir stiegen in Larsons Ferrari. Caden sagte: »Was zum Teufel ist mit dem Kerl los?«

»Bobby ist eigentlich ein Guter. Er ist nur ein bisschen von sich eingenommen, wenn es um Autos geht. Um ehrlich zu sein, ich habe ihn ein paar Mal beim Lamborghini-Event fahren sehen. Er hat mich nicht beeindruckt.«

»Er sollte seine Klappe halten.«

»Weißt du, ich habe keine Ahnung vom Rennsport, aber als wir das letzte Mal auf dem Miami Speedway waren, hat er es kaum durch die erste Qualifikationsrunde geschafft, und als dann die zweite Runde losging, lag er weit zurück. Und das Nächste, was ich mitbekomme, ist, dass er nach der dritten Runde aussteigt und in die Boxengasse fährt.«

»Feigling.«

»Bobby sagte, es sei ein technisches Problem gewesen, aber ein anderer Freund von mir, der sich auskennt, meinte, das sei nur eine Ausrede.«

»Der hat vielleicht Nerven, so eine große Klappe zu haben.«

»Du solltest seine Herausforderung annehmen.«

»Gegen ihn fahren?«

»Warum nicht? Ich würde dafür bezahlen, um zu sehen, wie er erklärt, wenn du ihn alt aussehen lässt.«

Caden zuckte mit den Schultern. »Solche Rennen sind keine eindeutige Sache. Wenn man so eine High-End-Maschine um eine Wagenlänge schlägt, ist das schon ein Erdrutschsieg.«

»Wie auch immer. Wenn du ihn schlagen kannst, muss er die Klappe halten.«

»Falls? Ich weiß, dass ich es schaffen würde.«

»Dann lass es uns tun.«

»Es ist nicht einfach, eine Rennstrecke dafür zu bekommen.«

»Du hast gesagt, Lamborghini hat was mit dem Miami Speedway gemacht.«

»Stimmt.«

»Du kennst doch die Leute bei Lamborghini. Kannst du sie nicht um Hilfe bitten?«

»Die wollen sich nicht in eine private Angelegenheit einmischen; die wollen ihre eigenen Autos präsentieren.«

»Es muss doch einen Ort geben.«

Als wir vor Cadens Haus hielten, klingelte sein Telefon. »Hallo? Hallo? Wer ist da? Lassen Sie mich verdammt noch mal in Ruhe!«

Caden steckte sein Telefon in eine Tasche und ich fragte: »Wer war das?«

»Das müssen dieselben Typen sein.«

Ich ließ den Motor mehrmals aufheulen, bevor ich ihn abstellte. »Welche Typen?«

»Wenn ich es wüsste, würde ich es dir verdammt noch mal sagen.«

Ich zeigte auf einen Mann mit Kappe und Vollbart, der an der Seite von Cadens Haus entlangging. »Wer ist das?«

Caden erstarrte, bevor er sagte: »Hey! Was zum Teufel machen Sie da?«

Der Mann sah in unsere Richtung. »Nichts, ich schaue mir nur die Aussicht da hinten an.«

»Verschwinden Sie von hier.«

Der Typ stieg in sein Auto und fuhr weg. Caden sagte: »Siehst du? Ich bilde mir das nicht ein.«

»Wir sollten uns mal hinter dem Haus umsehen.«

»Meinst du, er wollte rein?«

»Man weiß ja nie.«

Caden ging geradewegs zur Garage. Er tippte den Code ein, und als das Tor hochfuhr, bückte er sich. »Sie sind alle da.«

»Gut. Geh durchs Haus. Ich sehe hinten nach.«

Caden trat auf sein Deck. Ich stand unten auf dem Steg und sagte: »Das solltest du dir ansehen.«

»Was? Was ist los?«

## 44

Kaum war ich zu Hause, klingelte mein Handy. Es war Caden. »Hey, Brett, wie geht's dir?«

»Beschissen. Hast du die Scheiße wegen Puzo mitgekriegt?«

Ich wusste genau Bescheid. »Nein. Was ist los?«

»Der Drecksack hat irgendeinen Deal gemacht und wurde freigelassen.«

»Wirklich?«

»Ja, und er hat sich nach Italien abgesetzt.«

»Italien?«

»Ja, sie meinten, er hat ein Haus am Comer See gemietet.«

»Er hat das Geld, um ...«

»Er hat sich verkrochen wie die Ratte, die er ist.«

»Puzo hat vielleicht über ein paar seiner Klienten ausgepackt.«

»Die sind mir alle scheißegal, aber nicht, was er über mich gesagt hat.«

»Ich weiß. Larson meinte, er hat dir gesagt ...«

»Er muss derjenige gewesen sein, der den Zeitungsartikel dagelassen hat.«

»Den, den ich in deinem Garten gefunden habe?«

»Jep, da habe ich nicht den geringsten Zweifel.«

»Weil es um den Unfall ging?«

Es gab eine Pause, während er eine Line zog. »Ja, er hat so was wie ein verdammtes Sammelalbum mit jedem Artikel und Nachrichtenbericht über den Unfall geführt.«

Das hat Puzo schon immer getan. »Echt?«

»Ja, er sagte, es sei, um sicherzugehen, dass er Beweise für ein unfaires Verfahren hätte, falls wir verlieren würden. Aber jetzt weiß ich, dass das Bullshit ist; er wollte Zeug haben, das er gegen mich verwenden konnte.«

»Also, da wäre ich mir nicht so sicher.«

»Ach ja? Na, ich schon. Wer sonst würde den ganzen Kram wieder ausgraben?«

»Da hast du recht.«

»Sie sind hinter mir her.«

»Reg dich ab. Denk dran, du bist vor Doppelbestrafung geschützt.«

»Ich bin sicher, Puzo hat sich noch was anderes ausgedacht. Ich meine, er weiß alles und … ich bin am Arsch. Ich kann es fühlen.«

»Entspann dich. Du weißt, ich habe viele Kontakte.«

»Ich wette, Puzo hat der Peterson-Familie alles erzählt.«

»Ja, das ist möglich. Daran hatte ich nicht gedacht. Was könnte er gesagt haben?«

»Sie sind hinter mir her. Was soll ich nur tun?«

»Du musst dich beruhigen.«

»Ich kann nicht.«

»Du musst. Atme fünfmal tief durch die Nase ein und langsam durch den Mund wieder aus.«

Caden sog die Luft ein und stieß sie wie angewiesen wieder aus. Ich sagte: »Fühlst du dich besser?«

»Ich weiß nicht.«

»Hör zu, halt durch. Ich muss eine Besorgung machen; ich rufe dich in einer Stunde an.«

»Kannst du rüberkommen?«

»Mal sehen, wie es läuft. Ich sag dir Bescheid.«

Ich legte auf. »Komm, Toby. Wir gehen eine Runde.«

Toby hob den Kopf. Als ich seine Leine nahm, sprang er aus seinem Körbchen.

Nachdem wir einen Block gelaufen waren, wurde Toby langsamer. Er schnüffelte herum, auf der Suche nach der perfekten Stelle, um seine Marke zu hinterlassen, und ich holte ein Wegwerfhandy hervor. Ich tippte eine Nummer ein und Caden meldete sich: »Hallo?«

Ich blieb still.

»Hallo?«

»Hey! Wer zum Teufel ist da?«

Ich legte auf.

Toby erledigte sein Geschäft und wir gingen zurück ins Haus. Ich schnappte mir ein weiteres Wegwerfhandy und rief Caden erneut an, wobei ich eine App zur Stimmverzerrung benutzte.

Er ging ran, sagte aber für ein paar Sekunden nichts. »Hallo?«

»Du solltest besser auf deinen Rücken aufpassen, Kumpel.«

»Wer ist da?«

»Wir sind hinter dir her.«

»Fick dich!«

»Wir werden dich endlich kriegen.«

Caden legte auf.

Ich stellte eine Maschine Wäsche an und machte mir ein Sandwich. Während ich nach einem Podcast suchte, den Larson mir empfohlen hatte, klingelte mein Handy. Es war Caden.

»Beck! Beck! Ich weiß nicht, was mit mir los ist.«

»Was ist denn los?«

»Ich kriege keine Luft. Und ich habe so einen Druck auf der Brust.«

»Vielleicht ist es ein Herzinfarkt.«

»Was?«

»Schmerzen oder ein Taubheitsgefühl im linken Arm?«

»Nein.«

»Wie stark ist der Druck?«

»Nicht so schlimm, aber irgendwas ist los.«

»Bleib, wo du bist. Ich komme sofort rüber.«

Cadens Hemd war schweißgetränkt. »Wie fühlst du dich?«

Seine Atmung war nur einen Hauch vom Hyperventilieren entfernt. »Nicht gut … nicht gut.«

»Leg dich auf die Couch.«

Ich holte eine Flasche Wasser aus dem Kühlschrank. »Nipp mal daran.«

»Mein Herz hämmert.«

»Und deine Hände? Spürst du da was?«

»Kribbeln.«

»Wann hat das alles angefangen?«

»Nachdem ich mit dir geredet habe, habe ich ein paar Anrufe von denen bekommen.«

»Von wem?«

»Von den Leuten, die hinter mir her sind.«

»Welche Leute?«

»Wenn ich verdammt noch mal wüsste, wer das ist, würde ich es dir sagen!«

»Immer mit der Ruhe. Was haben sie gesagt?«

»Dass sie hinter mir her sind. Dass sie mich endlich kriegen werden.«

»Und das hat ausgelöst, was du gerade fühlst?«

Er nickte und wischte sich mit dem Ärmel über die Stirn.

»Du hast eine Panikattacke. Hattest du schon mal eine?«

»Nein!«

»Entspann dich und lass die Finger vom Koks.«

»Ich habe heute kaum was genommen.«

»Geht es dir etwas besser?«

»Ein bisschen.«

»Also gut. Ich muss zurück zur Arbeit. Ich schaue später nach dir.«

## 45

Ich saß in meinem Auto und wartete. Sobald es 13:00 Uhr wurde, machte ich mich auf den Weg zum Gerichtssaal. Ventura hatte angerufen; der Kläger hatte seine Beweisführung abgeschlossen. Ventura wollte nach einer kurzen Mittagspause mit der Verteidigung seines Mandanten beginnen.

Das Klügste war, unauffällig zu bleiben, aber es war nicht nur das Geld, das mich motivierte. Als ich durch den Metalldetektor humpelte, erkannte mich der Wachmann nicht. Die Brille, der Bart, die Baseballkappe und die Armkrücke zeigten ihre Wirkung.

Eine Handvoll Leute befand sich im Gerichtssaal. Während Rigo Munoz daran erinnert wurde, dass er immer noch unter Eid stand, nahm ich in der vorletzten Sitzreihe Platz.

Phil Ventura trat an den Zeugenstand. »Mr. Munoz, diese Halskrause scheint unbequem zu sein.«

»Das ist sie allerdings.«

»Es tut mir leid, dass ich Sie wieder in den Zeugenstand rufen muss. Sind Sie bereit, fortzufahren?«

Munoz verzog das Gesicht. »Ich habe starke Schmerzen, aber ich will das einfach nur hinter mich bringen.«

»Ich werde mein Bestes tun, um die Sache zu beschleunigen. Sie haben zuvor ausgesagt, dass Sie bei einem Sturz im Haus von Mr. Puglia mehrere schwere Verletzungen erlitten haben.«

»Das habe ich.«

»Ich möchte das nicht falsch wiedergeben und herunterspielen, was Ihnen zugestoßen ist. Würden Sie das Gericht bitte an die Verletzungen erinnern?«

»Ich habe starke Nervenschäden. Mein Rücken und mein Nacken schmerzen ununterbrochen und die Netzhaut meines linken Auges war teilweise abgelöst.«

»Soweit ich weiß, hat sich die Netzhaut vollständig erholt. Ist das richtig?«

»Ja.«

»Das dachte ich mir. Unser Augenarzt konnte keine Anzeichen für eine Ablösung finden.«

Munoz' Anwalt sagte: »Einspruch. Unsere Sachverständigen haben bezüglich der Ablösung ausgesagt. Neun Monate sind vergangen, seit Mr. Munoz aufgrund gefährlicher Bedingungen gestürzt ist.«

»Stattgegeben.«

»Wie ist Ihre Sehkraft jetzt?«

»Immer noch verschwommen.«

»Obwohl sie verheilt ist?«

»Die Ärzte sagen, es wird lange dauern und sich vielleicht nie vollständig erholen.«

»Ich bin kein Arzt, aber ich denke, das wird schon wieder. Nun, wie sind Sie gestürzt?«

»Ich stand auf einer Leiter und habe die Deckenleisten gestrichen. Und das Nächste, woran ich mich erinnere, ist, dass ich fiel. Ich schlug auf dem Boden auf. Er ist aus Marmor und ich wurde ohnmächtig.«

»Wie lange waren Sie bewusstlos?«

»Ich weiß nicht, vielleicht fünf Minuten.«

»Haben Sie sich den Kopf gestoßen?«

»Nein, ich glaube nicht.«

»Hatten Sie eine Gehirnerschütterung?«

»Nicht dass ich wüsste, aber es ist möglich.«

»Wie haben Sie das Bewusstsein verloren, wenn Sie sich nicht den Kopf gestoßen haben?«

»Einspruch. Mr. Munoz ist kein Mediziner und nicht qualifiziert, diese Frage zu beantworten.«

»Stattgegeben.«

»Haben Sie die ganze Zeit Schmerzen, Mr. Munoz?«

»Ja, es hört nie auf.«

»Das kann ich mir gar nicht vorstellen. Den ganzen Tag über haben Sie Schmerzen?«

»Ja.«

»Und Ihr Nacken, tut er weh?«

»Es ist furchtbar. Ich kann es nicht beschreiben.«

»Sie müssen diese Krause die ganze Zeit tragen?«

»Ja.«

»Sogar beim Schlafen?«

»Ja.«

»Sie nehmen sie nie ab?«

»Nein. Die Ärzte sagen, ich könnte gelähmt sein, wenn ich es tue.«

»Das klingt beängstigend.«

»Das ist es auch. Ich habe solche Angst, dass ich den Rest meines Lebens im Rollstuhl sitzen werde.«

»Ich nehme an, Sie achten besonders auf Ihre alltäglichen Aktivitäten.«

»Ich habe zu starke Schmerzen, um irgendetwas zu tun. Ich sehe nur fern. Ich verlasse mein Haus nur, um zu den Ärzten zu gehen.«

»Das tut mir leid zu hören. Sie haben vorhin ausgesagt, dass die Ärzte sagten, Sie liefen Gefahr, gelähmt zu werden. Haben sie Ihnen konkrete Anweisungen gegeben, was Sie vermeiden sollten?«

»Ich soll mich nicht bücken, es sei denn, es ist notwendig.«

»Wie sieht es mit dem Heben von Dingen aus?«

»Sie haben mir strengstens verboten, irgendetwas zu heben. Abgesehen davon ist schon das Anheben einer Tasse Kaffee schmerzhaft.«

Ventura wandte sich an die Geschworenen. »Wir haben sicherlich Mitgefühl für die Art von Schmerz und lebensverändernden Verletzungen, die Mr. Munoz beschrieben hat. Wenn dieser Schaden durch Fahrlässigkeit, eine vorsätzliche und völlige Missachtung der Sicherheit der verletzten Person, verursacht wurde, dann wäre es angemessen, eine Entschädigung als eine Form der Wiedergutmachung zuzusprechen.«

Die Geschworenenbank war ein Meer nickender Köpfe, als Ventura sagte: »Bevor wir versuchen zu berechnen, welcher Dollarbetrag fair ist, möchte ich ein Video abspielen.«

Ein Monitor wurde hereingerollt.

»Bitte achten Sie genau auf diesen Film. Ich glaube, eine vernünftige Person wird erkennen, dass er alles enthält, was Sie benötigen, um in diesem Fall das richtige Urteil zu fällen.«

Ventura wurde die Fernbedienung gereicht und die gesamte Geschworenenbank beugte sich vor.

»Wie Sie sehen können, ist der Zeitstempel sieben Uhr fünfundvierzig am Morgen des zweiten Mai. Das abgebildete Haus gehört Mr. Munoz.«

Ventura zoomte heran. »Das ist Mr. Munoz, der das Haus verlässt. Er trägt die gleiche Halskrause wie jetzt.«

Als Munoz die Stufen zur Auffahrt hinuntersprang, sagte Ventura: »Ich bin kein Arzt, aber für mich sieht es so aus, als würde er sich ziemlich schnell bewegen.«

Munoz blieb stehen, beugte sich vor und betrachtete den vorderen Beifahrerreifen. »Sieht aus, als hätte er einen Platten.«

Munoz schüttelte den Kopf und sah sich auf der Straße um, bevor er zum Kofferraum ging. Der Kofferraumdeckel öffnete sich, und er beugte sich hinunter und holte einen Wagenheber und ein Radkreuz heraus.

Ventura lächelte. »Ich hoffe, die wiegen nicht zu viel.«

Munoz legte sie vorne am Auto ab und führte die Hände an seinen Nacken. Ventura hielt das Video an und sagte: »Man kann deutlich sehen, wie Herr Munoz seine Halskrause abnimmt.«

»Einspruch.« Munoz' Anwalt schoss von seinem Stuhl hoch. »Das Gericht kann das Abspielen nicht gestatten, bis wir die Echtheit überprüfen können. Soweit wir wissen, könnte es sich um ein Deepfake handeln, das mit KI erstellt wurde.«

»Abgelehnt. Sie werden die Gelegenheit haben, das Video zu prüfen. Wir lassen es zu.«

Ventura lächelte und ließ das Band weiterlaufen.

»Er wechselt den Reifen. Jeder, der schon einmal einen

gewechselt hat, weiß, dass man eine beträchtliche Kraft aufwenden muss, um eine Radmutter zu lösen.«

Ventura hielt das Video an, als Munoz ein Ende des Schlüssels auf die Radmutter setzte und den Hebel packte. »Ich weiß, das mag jetzt gelegen kommen, aber vor etwa sechs Jahren hatte ich eine Reifenpanne auf dem Santa Barbara Boulevard und habe mir den Rücken verrenkt, als ich versuchte, eine Radmutter zu lösen.« Er stützte die Hand in die Hüfte und runzelte die Stirn. »Sehen wir uns den Rest an.«

Munoz löste die Radmuttern, packte das Rad mit beiden Händen und zog es vom Wagen. Er rollte es zur Seite und lehnte es an sein Fahrzeug. Er hob das Ersatzrad auf, bückte sich und manövrierte es an den Wagen.

Ventura sagte: »Ich weiß nicht, wie es Ihnen geht, aber für mich sieht Herr Munoz absolut gesund aus. Er hat keine Pause gemacht und bewegt sich flüssig.«

Er hielt inne und suchte den Blickkontakt zu jedem einzelnen Geschworenen, bevor er sagte: »Ich bin kein Arzt, aber ich bin auch nicht von gestern. Ich glaube, Herr Munoz wurde auf frischer Tat ertappt, als er versuchte, sich von Herrn Puglia eine Abfindung zu erschwindeln.«

## 46

---

DIE HANDYNUMMER VON JEMANDEM HERAUSZUFINDEN, WAR keine große Sache. Ich gab Dr. Schwartz' Nummer in ein Wegwerfhandy ein. Es klingelte fünfmal, bevor die Mailbox anging.

»Hey, Doc, ruf mich an. Ich habe da was, das deine Frau besser nicht sehen sollte.«

Es dauerte eine Minute, bevor eine SMS aufploppte: *Wer ist da?*

*Ein Freund. Ruf mich an. Sofort.*

Das Telefon klingelte. Es war der Podologe. »Hey, Doc, wir müssen uns treffen.«

»Wer ist da?«

»Betrachte mich als einen Freund. Ich habe etwas, das deine Frau auf keinen Fall zu Gesicht bekommen sollte.«

»Wovon redest du?«

»Enge weiße Hose – klingelt da was bei dir?«

»Ich habe keine Ahnung, wovon du sprichst.«

»Hilft dir das Marriott TownePlace Hotel vielleicht auf die Sprünge?«

Er zögerte. »Was willst du, Geld?«

»Nein. Ich versuche nur, allen zu helfen. Lass uns treffen.«

Wieder eine lange Pause. »Das gefällt mir nicht. Bist du Janets Mann? Wirst du mir wehtun?«

Na toll. Wir hatten also zwei Fremdgeher. »Ganz ruhig. Ich werde dir kein Haar krümmen. Treffen wir uns, und ich erkläre dir alles.«

»Wo? Es muss ein öffentlicher Ort sein.«

»Sicher. Wie wär's bei den Waterside Shops?«

Drei Sekunden vergingen, bevor er sagte: »Okay. Um wie viel Uhr?«

In neunzig Minuten sollte es anfangen zu regnen. »In zwei Stunden.«

»In Ordnung. Wo?«

»Wie wär's am Parkhaus?«

»Okay.«

»Sei nicht zu spät. Ich hasse es, wenn Leute zu spät kommen.«

## 47

DIE SPÄTEN MITTAGSGÄSTE WAREN IM SEASONS 52 SCHON lange gegangen. Ich war der Einzige, der an der Bar saß. Ventura ließ sich auf einem Hocker nieder. »Ich weiß nicht, wie du das machst.«

»Ich kann doch nicht meine Geheimnisse verraten.«

»Immer auf der Hut, was?«

»Das war ein guter Schachzug, es der Verteidigung vorzuenthalten. Sie hätten vor dem Prozess das Handtuch geworfen und wir hätten keine Show bekommen.«

»Richter Wilkins war nicht begeistert davon. Er hat damit gedroht, gegen Munoz wegen Meineids vorzugehen.«

»Die Sache ist zu undurchsichtig, wenn jemand behauptet, einen Nervenschaden zu haben. Aber so etwas wird er nie wieder tun.«

»Eben. Und da die Presse Wind davon bekommen hat, wird niemand mehr versuchen, sich mit Puglia anzulegen.« Ventura reichte mir einen Umschlag. »Puglia war so dankbar, dass er noch eine Kleinigkeit als Bonus draufgelegt hat.«

Ich öffnete den Umschlag. Der Scheck war über dreihunderttausend ausgestellt. »Zusätzliche fünfzigtausend
sind eine Kleinigkeit?«

»Puglia meinte, die Show sei es ihm wert gewesen.«

»Ich habe nur das Video gedreht. Du hast für die
Dramatik gesorgt, die Spannung hochgeschraubt, bevor du
Munoz zur Strecke gebracht hast.«

»Du warst schlau genug, es zu filmen, aber es war schon
ein riesiges Glück, dass Munoz einen Platten hatte.«

Ich lächelte.

»Du hast doch nicht seinen Reifen zerstochen, oder?«

Es gab keinen Grund zu lügen. »Natürlich nicht.« Einen
Reifen zu zerstechen hätte Spuren hinterlassen und Munoz
misstrauisch gemacht. Die Luft aus dem Ventil zu lassen,
war nicht nachweisbar.

## 48

ICH PARKTE BEIM APPLE-STORE UND GING UNTER DEN
Vordächern der Waterside Shops entlang. Es war kurz vor
Ladenschluss. Nur im BrickTop's war noch etwas los. Der
Regen hatte dem Bravo's das Geschäft mit der Bar und den
Außenplätzen vermasselt.

Ich wartete direkt am Eingang des zu einem Viertel
gefüllten Parkhauses. Ein paar Käufer eilten auf den Parkplatz und verließen das Einkaufszentrum.

Es war leicht, Schwartz auszumachen, noch bevor ich
sein Gesicht sehen konnte. Er trug einen Regenschirm und
sein Kopf drehte sich von einer Seite zur anderen. Ich trat
hinter der Säule hervor und hob eine Hand. Gerade als er
die Straße überqueren wollte, blieb der Podologe wie angewurzelt stehen. Er musterte die Umgebung und kam
langsam näher. Ich glitt hinter die Säule.

Am Eingang hielt er inne. Ich zeigte auf die Rampe, die
in den zweiten Stock führte, und ging sie hinauf.

»Hey, warten Sie mal einen Moment.«

Ich drehte mich um. »Halten Sie den Mund und gehen

Sie los, oder Ihre Frau wird gar nicht glücklich mit Ihnen sein.«

»Ich gehe nirgendwohin. Was glauben Sie eigentlich, was Sie da tun?«

Ich zog mein Handy heraus und ging auf den Fußarzt zu. Ich stieß ihm den Bildschirm ins Gesicht. »Sehen Sie das hier? Sieht Ihnen verdammt ähnlich, nicht wahr?«

»Woher haben Sie das? Haben Sie mich verfolgt?«

»Klappe halten und los.« Ich drehte mich um und stieg weiter in den zweiten Stock hinauf. Das Geräusch weiterer Schritte verriet mir, dass Schwartz mir folgte.

Im zweiten Stock des Parkhauses standen keine Autos. Ich ging in die hinterste Ecke und sah zu, wie Schwartz herüberstapfte.

Ein SUV kam vom Dachgeschoss herunter. Ich duckte mich hinter einen Pfeiler, bis er vorbeigefahren war. Es war das letzte Fahrzeug da oben. Schwartz blieb eine Autolänge entfernt stehen. »Sagen Sie mir jetzt, was zum Teufel das hier soll?«

»Zügeln Sie Ihr Temperament. Sie sind nicht in der Position, Fragen zu stellen.«

»Was wollen Sie von mir? Geld?«

»Kommen Sie her.«

Ich spielte das Video von ihm und der Frau im Marriott ab.

»Also gut, ich habe ein bisschen rumgemacht. Ist keine große Sache.«

»Für Ihre Frau wird es eine große Sache sein, nicht wahr? Und was ist mit ihrem Ehemann?«

Er zuckte mit den Schultern.

»Wenn Sie tun, was ich sage, lösche ich das Video. Wenn nicht, schicke ich es an Ihre Frau, ihren Vater und den

Ehemann der Frau. Ihr Schwiegervater wird Sie wahrscheinlich vom Erbe ausschließen, und er hat eine Menge Geld, nicht wahr?«

Noch ein Schulterzucken.

»Sie haben einen Ehevertrag, nicht wahr?«

Er nickte. »Hören Sie, Sie gehen zu weit.«

»Und das Haus läuft auf den Namen Ihrer Frau…«

»Ach, kommen Sie. Ich bin ein guter Mensch, der nur einen Fehler gemacht hat.«

Ich schnaubte. »Guter Mensch? Jetzt aber mal ehrlich.«

»Wirklich, das bin ich.«

»Sie verdienen Ihren Lebensunterhalt damit, Leuten zu helfen, andere zu betrügen.«

»Was? Das verstehe ich nicht.«

»Ermüdungsbruch.«

»Was?«

»Sie haben mich gehört.«

»Was hat ein Ermüdungsbruch mit irgendetwas zu tun?«

»Deswegen sind Sie hier. Sie und Ihre Drecksack-Anwaltsfreunde benutzen sie, um Leute reinzulegen.«

»Nein, das stimmt nicht.«

Ich hob eine Hand. »Erzählen Sie mir das nicht. Ich war selbst bei Ihnen.«

Er runzelte die Stirn. »Das ist nichts, was ich oft tue. Wirklich, Sie müssen mir glauben.«

»Folgendes wird passieren. Ich schicke das hier an Ihre Frau, Ihren Schwiegervater und die *Naples Daily News*, wenn Sie nicht tun, was ich sage.«

»Was? Was? Sie werden mein Leben ruinieren. Ich tue alles.«

Ich blickte über den Rand. »Springen Sie von hier.«

»Was? Das ist verrückt.«

»Es ist nicht so hoch. Vielleicht brechen Sie sich ein Bein, aber Sie werden sich definitiv Ermüdungsbrüche in beiden Beinen zuziehen.«

»Das kann nicht Ihr Ernst sein. Ich springe nicht.«

Ich zog mein Handy hervor. »Die Nummer Ihrer Frau ist 239-332-4349, richtig?«

»Wer zum Teufel sind Sie?«

»Schon gut. Gehen Sie da hoch.«

»Auf keinen verdammten Fall.«

Ich zog meine Glock hervor. »Beeilen Sie sich. Ich habe noch einen anderen Termin.«

»Kommen Sie schon. Bitte. Ich tue alles. Ich kann Geld beschaffen. Wie viel wollen Sie, hunderttausend, zweihunderttausend?«

»Geld kann nicht alles richten.« Ich richtete die Waffe auf sein Bein. »Gehen Sie da hoch und springen Sie, bevor ich Ihnen die Kniescheiben wegschieße.«

Schwartz kletterte auf die Mauerkrone. »Bitte. Ich flehe Sie an.«

Ich spannte den Hahn der Waffe. »Steigen Sie auf den Felsvorsprung da unten. Der ist nicht so hoch.«

Er hielt sich an der Mauer fest und ließ sich hinab. Das Ziel war nicht, dass er sich die Beine brach oder eine schwere Verletzung davontrug.

»Springen Sie.«

»Ich kann es nicht.«

Ich beugte mich vor und drückte ihm die Mündung der Waffe auf den Oberschenkel. Der Regen prasselte auf meinen Arm. »Ich gebe Ihnen drei Sekunden.«

»Bitte. Bitte.«

»Drei, zwei, eins.«

Schwartz stieg hinab. Er schrie auf, als er auf dem Boden

aufkam. Aber er rappelte sich hoch und umklammerte seine Beine. Ich musste nicht den Notruf wählen. Ich machte mich auf den Weg. Schwartz würde nun wissen, wie sich ein Bruch anfühlte, und ich bezweifelte, dass er sich auf weitere Mätzchen einlassen würde.

---

## 49

Ich lief zwischen Caden und Bob Stone, als wir das Gebäude für die allgemeine Luftfahrt des Flughafens von Immokalee verließen. Ich sagte: »Sieht aus, als hätten sie den Laden hier kürzlich renoviert.«

Stone sagte: »Ja, vor einem Jahr haben sie das neue Metalldach draufgesetzt und es weiß gestrichen.«

»Sieht gut aus, findest du nicht, Brett?«

»Ist ganz okay.«

Ein paar weiße Fünfhundert-Gallonen-Treibstofftanks säumten den Zaun. Wir überquerten eine Rasenfläche und betraten das Rollfeld. Die vom Beton ausstrahlende Hitze wärmte meine Unterschenkel. Stone bückte sich und berührte die Betonoberfläche. »Er ist heiß, aber die Sonne scheint nicht mehr direkt drauf. Das wird schon gehen.«

»Für das, was die für die Miete hier verlangen, kann man keine Klimaanlage erwarten.«

Caden sagte: »Die machen damit Geld, sonst würden sie es nicht tun.«

»Du hast recht, aber sie mussten den Flugverkehr

einstellen, haben einen Krankenwagen bereitgestellt und waren damit einverstanden, dass wir eine richtige Strecke zusammenbauen, anstatt nur die Drag-Racing-Piste zu benutzen.«

Caden sagte: »In den Kurven und Kehren zeigt sich, was ein Fahrer draufhat. Ein Beschleunigungsrennen kann jeder Depp fahren.«

»Das sagst du nur, weil du weißt, dass mein McLaren auf einer Drag-Racing-Strecke alles in Grund und Boden fährt, was du besitzt.«

Caden spottete: »Du wirst es wahrscheinlich auf den Geraden verkacken.«

Ich sagte: »Das können wir ja gleich klären, also spart euch die Sprüche.«

»Ich versuche nur, deinem realitätsfremden Kumpel zu helfen.«

Ich sagte: »Meint ihr, dass Drogenschmuggler diesen Flughafen damals benutzt haben?«

Stone sagte: »Wahrscheinlich, aber ich kann dir sagen, wenn Naples noch weiter wächst, wird dieser Flughafen hundertmal so viel wert sein wie heute.«

Caden sagte: »Am Flughafen von Naples ist viel zu viel los. Alle fünf Minuten startet ein Privatjet, besonders in der Saison. Sie sollten einschränken, was dort passiert.«

Stone erwiderte: »Das Jetset-Image des Flughafens von Naples ist nicht das ganze Bild. Ich meine, ohne Zweifel nutzen ihn die Reichen, aber vergiss nicht, dass die Rettungshubschrauber für die Gegend dort stationiert sind und die Polizei dort ihre Fliegerstaffel hat, ganz zu schweigen von den Mückenbekämpfungsmaßnahmen des Countys.«

Caden sagte: »Wartet nur ab, alles Gute dort wird von

den Schwergewichten mit ihren Privatjets verdrängt werden.«

Stone zeigte mit dem Finger. »Sind das da draußen Kinder?«

Vier Jungen hatten eine der orangefarbenen Tonnen umgestoßen, die die Kurven der Rennstrecke markierten. Ich sagte: »Ja, die waren schon da, als ich letzte Woche kam, und haben Fußball gespielt.«

Caden sagte: »Sie sollten nicht hier sein.«

»Der Flugplatzmanager sagte, sie kämen aus der Gegend. Sie benutzen das äußere Feld, um ein bisschen Ball zu kicken.«

»Sorg dafür, dass sie aus dem Weg bleiben.«

»Keine Sorge, bevor wir loslegen, sind sie vom Gelände runter.«

Stone sagte: »Du weißt, dass diese Behelfsstrecke kurz ist. Du hast ein eingebautes Handicap.«

»Fick dich.«

»Ich meine es ernst. Du hast sogar selbst gesagt, mein McLaren sei schneller –«

»Hör zu, Mann, ich werde dir so dermaßen den Arsch versohlen, dass es egal wäre, ob wir in Daytona fahren.«

»Ja, genau.«

»Okay, Leute, hebt euch das für die Strecke auf.«

Stone sagte: »Greg kommt mit seiner Videoausrüstung. Er wird den Zieleinlauf aufnehmen.«

»Ist das der, der das Foto in deinem Büro geschossen hat?«

»Jep. Hey, Caden, vielleicht solltest du eine Verkleidung oder so was tragen.«

»Red nur weiter, du Arschloch.«

Ich sagte: »Brett, du hast gesagt, du hast neue Reifen aufgezogen. Welche Art?«

»Pirelli Prestige.«

»Willst du sie mir zeigen? Ich muss mehr über sie lernen, wenn ich mir noch einen Ferrari zulegen will. Wir sehen uns später, Bob.«

Stone ging weg. »Klar doch.«

Caden sagte: »Hey, Stone! Hast du Lust, eine Wette auf das Rennen abzuschließen?«

»Absolut. Aber hast du denn noch Geld, nachdem du um deinen Aperta betrogen wurdest?«

Cadens Gesicht rötete sich. »Mehr, als du jemals haben wirst.«

»Wie wär's mit hunderttausend?«

Ich sagte: »Moment mal, Leute, das ist doch verrückt.«

»Angenommen.«

Stone sagte: »Ich will es schriftlich.«

»Du vertraust mir nicht?«

»Auf keinen Fall.«

»Fick dich. Dann vergiss es.«

»Siehst du? Du hattest nie die Absicht zu zahlen, wenn du verlierst.«

Ich trat vor Caden. »Vergiss ihn. Zeig mir die Reifen.«

Sein Kiefer war so fest angespannt, dass sein Kinn zitterte. »Der Motherfucker muss eine Abreibung bekommen.«

»Besieg ihn einfach, dann wird er kleinlaut werden.«

»Ich werde diesen Bastard vernichten.«

»Ich weiß, dass du das tun wirst. Tu mir nur einen Gefallen und halt dich von ihm fern. Okay?«

»Ja, okay.«

Wir hatten noch eine Stunde, bis die Flagge fallen

würde, lange sechzig Minuten, in denen ich Caden davon abhalten musste, Stone gegenüber handgreiflich zu werden.

Caden ging zum Gebäude der allgemeinen Luftfahrt. »Ich muss mal pissen.«

Caden huschte in die Herrentoilette. Eine halbe Minute später verspürte ich den Drang und folgte ihm. Caden war über den Waschtisch gebeugt und zog sich mit einer gerollten Hundert-Dollar-Note eine Line Koks rein.

Er rieb sich die Nase. »Willst du auch eine Nase?«

»Nicht jetzt. Ich warte, bis du gewinnst, dann feiern wir.«

Er legte sich eine weitere Line. »Ich werde ihm so dermaßen in den Arsch treten, dass er nie wieder ein Rennen fahren wird.«

»Du musst nur gewinnen. Niemand wird sich daran erinnern, mit wie viel Vorsprung.«

»Ich schon und Stone auch. Ich will ihn nicht nur schlagen, ich will ihn vernichten.«

Während ich vor einem Pissoir stand, drehte Caden den Wasserhahn auf, machte seinen Zeige- und Mittelfinger nass und schnupfte die Wassertropfen hoch. Er wollte auch noch das letzte Körnchen Koks.

Er verließ die Toilette und ich wusch mir die Hände. Ich wollte gerade hinausgehen, als die Tür aufschwang. Es war Caden.

»Hast du vergessen zu pinkeln?«

»Ich glaube, der Typ, der bei mir zu Hause war, ist hier.«

»Kann nicht sein.«

»Schau nach. Er hat eine gelbe Shorts an und steht an der Theke.«

Ich öffnete die Tür einen Spaltbreit und spähte hinaus. »Ja, du hast recht. Ich glaube, das ist er.«

Ein Schweißtropfen fiel von Cadens Nasenspitze. »Wer zum Teufel ist er?«

Ich schüttelte den Kopf.

»Was, glaubst du, will er von mir?«

»Ich weiß es nicht. Du musst dich auf das Rennen konzentrieren. Lass dich von dem Kerl nicht ablenken.«

»Aber wer ist er?«

Ich schaute nach draußen. »Er ist weg. Lass uns von hier abhauen. Wir können nicht ewig auf der Herrentoilette bleiben.«

»Warte. Ich habe verdammte Kopfschmerzen.« Er kippte einen Glasperlenumschlag um und klopfte einen kleinen Haufen heraus.

»Bist du sicher, dass das bei Kopfschmerzen hilft?«

Er benutzte eine Kreditkarte, um eine Line zu ziehen, leckte die Kante ab und steckte sie weg. Er rollte einen Geldschein zusammen und das Pulver verschwand in seiner Nase.

»Komm schon. Lass uns zum Startbereich gehen.«

Wir traten nach draußen. Cadens Kopf bewegte sich vogelartig. »Siehst du ihn?«

»Nein. Er ist weg.«

»Ich sehe ihn wieder. Ich gehe direkt auf ihn zu.«

»Vergiss ihn erst mal! Du hast ein Rennen zu fahren.« Ich stellte mich ihm gegenüber und legte meine Hände auf seine Schultern. »Du musst dich konzentrieren, Mann.«

»Werd ich. Ich werde Stone in den Arsch treten.«

Ich hob eine Faust. »Ziehen wir's durch!«

Er stieß gegen meine Faust. »Verdammt richtig.«

»Schau dir dein Auto an. Es sieht fantastisch aus.«

»Wer ist dieser Typ, den du geholt hast, um die Flagge zu schwenken?«

»Ronnie. Hast du ihn nie getroffen?«

»Nein. Können wir ihm vertrauen, dass er fair ist, wenn er das Rennen startet?«

»Auf jeden Fall. Er ist ein guter Kerl.«

»Weißt du, ich habe mich umgehört und dein Kumpel Stone hat in der Vergangenheit schon öfter betrogen.«

»Wirklich? Wie hat er dann in Miami verloren?«

»Keine Ahnung. Vielleicht war der andere Typ ein besserer Betrüger. Du weißt doch, die Leute betrügen die ganze Zeit.«

Wenn man ein gelbes Auto fuhr, bemerkte man gelbe Autos eher als der Nächste. »Es wird fair zugehen. Wenn etwas passiert, sorge ich dafür, dass wir von vorne anfangen.«

»Ich traue Stone nicht; er wird einen Weg finden, einen Frühstart hinzulegen.«

»Es ist ein Rennen über zehn Runden, selbst wenn er eine Sekunde Vorsprung bekommt, holst du das wieder auf.«

»Jede Sekunde zählt. Bei hundert Meilen pro Stunde legt ein Auto in einer Sekunde fast fünfzig Meter zurück.«

Das war mehr, als ich erwartet hatte. »Es wird schon gut gehen. Hör auf, dir Sorgen zu machen. Wer weiß, vielleicht kommst du ja vor ihm von der Linie weg.«

»Ich muss nochmal pissen.«

»Na gut, ich muss einen Anruf machen.«

Während Caden ging, um mehr Kokain zu ziehen, schaute ich auf mein Handy. Mario war immer noch nicht hier und hatte keine Nachricht hinterlassen. Ich rief ihn erneut an und hinterließ eine weitere Sprachnachricht. Wir hatten genug Leute, aber dies war ein wichtiger Auftrag und es gab keinen Spielraum für Fehler.

Ich hatte auf Mario aufgepasst, als wir im Pflegeheim waren. Er sagte mir immer, er wolle nicht, dass ich auf ihn aufpasse, dass er auf sich selbst aufpassen könne, und warf mir immer vor, dass er die gefälschten Ausweise besorgt hatte, die wir für die Flucht brauchten. Aber jetzt war er für die Arbeit von mir abhängig, und wenn ich ihn von Zeit zu Zeit im Zaum halten musste, beschwerte er sich nie. Kam die Last, in jungen Jahren zur Verantwortung gezwungen zu werden, wie ein Bumerang zurück?

Seine Freundin, Susan, würde wissen, wo er war. Ich hatte ihre Nummer nicht, aber Laura hatte sie. Ich zögerte, bevor ich meine Ex anrief, und überlegte, was ich sagen sollte, um sicherzugehen, dass sie nicht dachte, ich würde es als Vorwand benutzen, um sie anzurufen. Oder tat ich das?

»Laura? Ich bin's, Beck.«

»Oh. Hi.«

»Wie geht's –?«

»Gut. Und dir?«

Was sollte das mit den Ein-Wort-Antworten? »Alles gut. Ich versuche, Mario zu erreichen, aber er geht nicht ans Telefon, und ich wusste, dass du Susans Nummer hast.«

»Soll ich sie anrufen? Um zu sehen, was sie weiß?«

Das würde mir ein zweites Gespräch mit ihr verschaffen. »Sicher, das wäre großartig. Ich weiß das zu schätzen. Also, dir ging es gut?«

»Ja. Wir hatten auf der Arbeit sehr viel zu tun und meine Mutter war in der Stadt.«

Hoffentlich ließ das keine Zeit für ein Sozialleben. »Das ist gut. Grüß sie. Arbeite nicht zu viel. Du weißt, was man sagt: Nur Arbeit und kein Vergnügen können einen langweilig machen.«

Ich bereute es, sobald es mir über die Lippen gekommen

war. Sie sagte nichts, und ich versuchte, mich mit den Worten »Aber darüber musst du dir keine Sorgen machen« zu retten.

»Ich rufe mal Susan an und schaue, was sie sagt.«

»Okay, danke. Ich weiß das wirklich zu schätzen.«

Ich spielte das Gespräch im Kopf noch einmal durch. Ich hatte es vermasselt. Schon wieder. Caden zupfte an meinem Arm und flüsterte: »Wer ist dieser Typ in Schwarz?«

»Welcher Typ?«

»Bei meinem Auto. Ich habe ihn beobachtet. Er sollte sich besser nicht an meinem Auto zu schaffen machen.«

»Das ist Angelo. Er ist ein Nachbar von mir. Er steht auf Autos. Ich habe ihm davon erzählt und er ist runtergekommen.«

»Ich will keine Leute, die sich um mich drängen.«

Die Anzahl der Leute, die das Rennen beobachteten, würde nur in einer Flugzeugtoilette eine Menschenmenge bilden. »Sei nicht so nervös.«

»Ich bin nicht nervös. Warum sagst du das?«

»Das ist nur so eine Redensart.«

»Sag so eine Scheiße nicht.«

Mein Telefon summte. »Hey, Laura. Hattest du Glück?«

»Ja, ich habe mit Susan gesprochen, und sie hat auch nichts von Mario gehört.«

»Verdammt.«

»Sie sagte, er habe das Haus gegen neun Uhr verlassen, um ins Fitnessstudio zu gehen und ein paar Besorgungen zu machen, sei aber nie zurückgekommen.«

Mein Telefon zeigte an, dass es fast sechs war. »Warum hat sie niemanden angerufen?«

»Ich weiß nicht. Vielleicht, weil es ihr nicht gut ging. Sie hat Fieber und lag den größten Teil des Tages im Bett.«

»Wo zum Teufel ist er?«

»Drück noch nicht den Panikknopf. Es ist wahrscheinlich nichts. Er ist wahrscheinlich betrunken in irgendeiner Bar.«

Er mochte seinen Alkohol. »Ich bezweifle es. Er sollte sich mit mir treffen.«

»Wo sollte er sich mit dir treffen?«

»Wir arbeiten an etwas.«

Sie zögerte, bevor sie fragte: »Wo?«

Wenn ich sie jetzt abwimmelte, würde ich nie wieder mit ihr zusammenkommen. »In Fort Myers, beim Daniels Parkway.«

»Was machst du da?«

»Ich treffe mich mit einem Kunden.«

»Was für ein Kunde?«

Sie provozierte mich. »Ein Typ will ein Geschäftsgebäude bauen und braucht Hilfe bei ein paar Bebauungsfragen.«

»Du hast nie gesagt, dass du dich mit so etwas auskennst.«

Ich hatte ihr nie besonders viel erzählt. »Ich habe eine Menge Kontakte, die ihm nützlich sein könnten.«

»Was für Kontakte?«

»Anwälte und so. Hör zu, mein Kunde fährt gerade vor. Ich rufe dich später an. Wenn du von Susan hörst, gib mir Bescheid.«

Sie spielte mit mir und testete, wie weit ich gehen würde, bevor ich dichtmachen würde.

Ich machte eine Handvoll Fotos, um die Leute bei dem Rennen zu dokumentieren, und ging zu Caden hinüber. Er kniete da und inspizierte einen Reifen.

Ich fragte: »Alles in Ordnung?«

»Ich stelle nur sicher, dass niemand an meinen Reifen rumgepfuscht hat.«

»Hast du die Videoanlage gesehen?«

Er nickte und ging zum nächsten Rad. »Ich werde ein paar Trainingsrunden drehen, um mich an die Strecke zu gewöhnen.«

»Gute Idee.«

»Es ist kein reines Oval, wie ich es gewohnt bin.«

»Du schaffst das schon.«

»Dass ich es schon schaffe, ist Bullshit. Ich will ihn fertigmachen.«

»Du hast gesagt, du hast das schnellste Auto und bist der bessere Fahrer.«

»Wie Dale Earnhardt Jr. sagte: ›Der Gewinner ist nicht der mit dem schnellsten Auto. Es ist der, der sich weigert zu verlieren.‹«

»Der ist gut.«

Er stand auf, nachdem er den letzten Reifen inspiziert hatte. »Und ich weigere mich definitiv zu verlieren.«

Der Starter kam herüber. »Fahr ein paar Trainingsrunden, dann lassen wir die Flagge fallen.«

---

## 50

DIE BEIDEN WAGEN STANDEN VOR IHM AUFGEREIHT. DER
Starter positionierte sich zwischen Caden und Stone und
sagte: »Meine Herren, lassen Sie uns ein faires und unter-
haltsames Rennen fahren. Die Sicherheit steht an erster
Stelle. Bringen Sie weder sich selbst, den anderen Fahrer
noch Ihre Fahrzeuge in Gefahr. Sollte es zu einem
Zwischenfall kommen, steht ein Krankenwagen bereit.« Er
deutete auf das Rettungsfahrzeug, das an der hinteren
Kurve geparkt war. »Lassen Sie die Sanitäter ihre Arbeit
machen, falls etwas passiert. Verstanden?«

Beide Fahrer nickten.

Er fuhr fort: »Gut. Dies ist ein Rennen über zehn Runden.
Ich werde das Rennen mit der Flagge in meiner rechten
Hand starten. Behalten Sie meine linke Hand im Auge. Ich
werde mit den Fingern von fünf herunterzählen, bevor ich
die Flagge mit dem rechten Arm fallen lasse. Sollten Sie ein
technisches Problem haben, fahren Sie bitte von der Strecke.
Dies ist ein kurzes Rennen und Sie haben keine Boxencrew,
die reparieren könnte, was auch immer passiert. Ich weiß, Sie

beide wollen als Erster die Ziellinie überqueren, aber das Wichtigste ist, Spaß zu haben und sicher zu fahren.«

Caden und Stone nickten erneut.

»Okay, meine Herren, schütteln wir die Hände und legen wir los!«

Stone lächelte und streckte seine Hand aus. Caden drehte sich weg und ging zu seinem Wagen.

Stone stieg in seinen McLaren. Das letzte Sonnenlicht spiegelte sich in der beeindruckenden Aerodynamik seines Wagens. Die Flügeltür senkte sich und schloss ihn ein wie einen Astronauten. Der Motor erwachte zum Leben und Stone rollte langsam zur Startlinie.

Mein Blick wanderte zu Cadens Ferrari. Er war eine schnittige und leistungsstarke Maschine, die das Selbstvertrauen ausstrahlte, das ihrem Fahrer fehlte. So sexy, wie ein lebloser Gegenstand nur sein konnte.

Beide Fahrzeuge waren attraktive, rollende Kunstwerke.

Caden umrundete seinen Wagen. Ich trabte zu ihm. »Alles in Ordnung?«

»Sieht so aus, aber der Starter hat mich angesehen, als er die technischen Probleme erwähnt hat.«

»Ich verstehe nicht.«

»Ich glaube, jemand hat an meinem Auto herumgepfuscht.«

»Aber alles sieht gut aus.«

»Von außen.«

»Die Wagen haben hier gestanden. Wenn jemand etwas gemacht hätte, hätten wir ihn gesehen.«

Er spottete: »Unter der Haube ist eine Menge Elektronik. Es ist einfacher, als du denkst, daran herumzupfuschen.«

»Daran habe ich gar nicht gedacht, du hast recht.«

»Niemand glaubt mir mehr.«

»Ich glaube dir, Mann. Aber die Realität ist, wenn sie etwas getan haben, kannst du jetzt nichts mehr dagegen tun.«

»Ich kriege die Arschlöcher, wenn sie es getan haben.«

»Komm schon. Steig in deinen Wagen. Stone ist schon an der Linie.«

Caden war auf der rechten Spur und Stone war eine Sofalänge links von ihm. Der Starter stand auf einem Podest. Das ohrenbetäubende Geräusch der aufheulenden Motoren beider Fahrer ließ mich an ihre Fenster klopfen. Ich machte eine Geste, sie leiser zu drehen, und sagte: »Wir legen gleich los!«

Sie drosselten das heisere Dröhnen und der Starter hob den Arm. Mit hämmerndem Herzen joggte ich rückwärts an der Seite der Strecke entlang.

Der Rennleiter hob den Zeigefinger. Eins. Mit jedem weiteren Finger, den der Starter hob, erhöhten die Fahrer den Druck auf ihre Gaspedale.

Die grüne Flagge fiel und die Sportwagen explodierten mit einem Quietschen von der Startlinie. Sie schossen mit atemberaubender Geschwindigkeit nach vorn und der Geruch von verbranntem Gummi erfüllte die Luft.

Ich stellte mich auf die Zehenspitzen und versuchte zu sehen, wer in Führung lag. Es war ein verschwommenes Farbgemisch, die beiden lagen Kopf an Kopf.

Als sie sich der ersten Kurve näherten, wurde das laute Geräusch der Motoren beim Herunterschalten leiser. Stone verlor an Boden, als er in der Kurve näher an Caden heranfuhr.

Das Heck von Cadens Wagen driftete nur Zentimeter an den orangefarbenen Fässern vorbei, die die Kurve säumten.

»Fahr langsamer«, rutschte es mir heraus, als sie auf die Gerade kamen. Stone beschleunigte und zog an Caden vorbei, als sie sich der Kurve näherten, die der Start- und Ziellinie am nächsten lag.

Cadens Wagen geriet leicht ins Schleudern, als er aus der Kurve auf die Gerade katapultiert wurde, und er hatte die Führung übernommen.

Als das Paar vorbeizoomte, kam einer der fußballspielenden Jungen in Sicht. Er kickte seinen Ball und kam der Strecke näher.

Bob Stones Partner rief: »Du schaffst das, Bobby!« Er stand hinter dem Fass am Anfang der Kurve. Als Caden sich der Kurve näherte, driftete er auf die Innenseite, um zu verhindern, dass Stone ihn einholte.

Stone hielt sich zurück. Er klebte am Heck von Cadens Ferrari durch die Kurve, zog dann nach innen und nutzte die außergewöhnliche Kraft des McLaren. Als ob sein Wagen am Asphalt festgenagelt wäre, schoss er nach vorn und eroberte die Führung mit einer halben Wagenlänge zurück.

Die Wagen manövrierten und spielten in der nächsten Kurve Katz und Maus um die Führung. Stone schoss nach vorn, als sie die Kurve nahmen. Caden kämpfte um die Position, als sie auf die Gerade kamen.

Stone verlangsamte vor der nächsten Kurve, aber Caden ließ nicht nach. Mein Blick wurde vom Fußball angezogen. Er beschrieb einen Bogen in der Luft über der Strecke.

Darunter ein Junge.

Ein Quietschen.

Cadens Wagen geriet ins Schleudern. *Bam!*

Er hatte den Jungen erwischt, der dem Ball nachgerannt war. Sowohl Caden als auch Stone lenkten ihre Wagen von der Strecke, holperten auf die Rasenfläche und kamen zum Stehen.

Zwei Sanitäter sprangen aus dem Krankenwagen. Einer rannte zu dem Jungen, der andere riss die Hecktüren auf und schnappte sich eine Trage. Als er sie zum Unfallort rollte, rief der Sanitäter: »Treten Sie zurück! Machen Sie Platz.«

Ich streckte meine Arme aus. »Sie brauchen Platz, um ihn zu versorgen. Bitte bleiben Sie zurück.«

»Wie geht es ihm?«

Die Flügeltüren an Stones Wagen hoben sich und er rappelte sich auf. Caden stieg aus und ließ die Tür seines Ferraris offen. Stone versuchte, Caden abzufangen, aber er stieß Stone weg.

Als die Sanitäter die Trage in den Krankenwagen luden, rannte ich auf Caden zu. »Immer mit der Ruhe! Das wird schon wieder.«

»Was zum Teufel hat er hier gemacht?«

»Er muss sich eingeschlichen haben.«

Mit heulenden Sirenen und blinkenden Lichtern raste der Krankenwagen davon.

## 51

CADEN LEGTE DIE HÄNDE AN DEN KOPF. »WOHIN BRINGEN sie ihn?«

»Ins Krankenhaus.«

»Wird er wieder?«

Ich zeigte auf das Blut an der Stelle, wo der Junge gelegen hatte. »Er wurde ziemlich schwer verletzt.«

»Ich kann's verdammt noch mal nicht fassen! Ich hab kein Glück! Keins, nicht einen verdammten Funken Glück.«

»Immer mit der Ruhe, es war ein Unfall.«

Stone kam herüber. »Jesus Christus, was zum Teufel ist passiert?«

Ich sagte: »Die Jungs, die vorhin Fußball gespielt haben, einer von ihnen ist einem Ball hinterhergelaufen und …«

»Du warst zu schnell, Mann.«

»Fick dich. War ich nicht.«

Ich sagte: »Es sah so aus, als ob du für die Kurve nicht abgebremst hast.«

»Er ist einfach rausgesprungen. Ich hab ihn nicht gesehen. Das Nächste, was ich weiß, ist …«

»Schon gut, Mann. Er wird im Nu wieder auf den Beinen sein.«

Stone sagte: »Ich sag's dir nur ungern, Kumpel, aber sieh dir das Blut an. Du hast den Jungen voll erwischt.«

Cadens Kinnlade klappte herunter. Ich drückte seine Schulter. »Reg dich ab. Es hat keinen Sinn, sich reinzusteigern.«

»Aber, aber …«

»Setz dich in dein Auto und fahr nach Hause. Ich sehe nach dem Jungen und treffe dich dann dort.«

»Ich fass diesen Scheiß nicht.«

Ich sagte: »Bob, ich will nicht, dass irgendwas davon nach außen dringt. Zu niemandem.«

»Keine Sorge, Beck. Was auch immer du sagst.«

»Und das gilt auch für deine Leute, okay?«

»Keine Sorge.«

»Sorg dafür.«

»Werd ich.«

»Warte mal.« Ich hielt mir das Telefon ans Ohr und tat so, als würde ich telefonieren. »Oh, Mann! Das ist großartig. Ihm geht's gut! Danke.« Ich tat so, als ob ich auflegte, und sagte: »Sag deinen Leuten, der Junge ist im Krankenwagen aufgestanden und wieder auf den Beinen.«

»Geht klar, Beck. Kann ich sonst noch was für dich tun?«

»Nichts.«

»Sicher?«

»Ja. Wenn ich was brauche, lasse ich es dich wissen.«

»Okay, was immer du brauchst.«

Ich legte meinen Arm um Cadens Schulter und begleitete ihn zu seinem Auto. »Keine Sorge, ich hab das im Griff.

Der Junge wurde schwer verletzt, aber ich kümmere mich darum.«

»Aber du hast gesagt, er sei okay.«

Ich schüttelte den Kopf. »Ist er nicht. Ich wollte nicht, dass Stone es erfährt, aber ich glaube nicht, dass er geatmet hat.«

»War er bei Bewusstsein?«

»Nein.«

»Oh, Scheiße! Was ist, wenn er stirbt?«

»Lass mich das regeln.«

»Was regeln? Der Junge wird sterben. Wie zum Teufel willst du das regeln?«

Ich drehte ihn um und legte meine Hände auf seine Schultern. »Ich habe eine Menge Freunde, bei der Polizei und auch außerhalb.«

»Was zum Teufel soll das überhaupt heißen?«

»Dass ich Ressourcen habe, Leute, die mir etwas schulden, und wenn ich für dich ein paar Gefallen einlösen muss, dann tue ich das, ohne mit der Wimper zu zucken.«

»Das würdest du tun?«

Ich legte meine Handfläche auf seine Wange. »Wir sind Freunde, Mann. Ich halte dir den Rücken frei. Komm schon. Lass uns nachsehen, ob dein Auto noch fahrtüchtig ist.«

Ein Teil der vorderen Beifahrerseite war gebrochen und hing tiefer. »Scheiße! Sieh dir das an.«

»Schon gut. Es sieht so aus, als wäre es nur ein Teil. Was ist das, Fiberglas?«

»Nein, Karbonfaser.« Caden schüttelte den Kopf. »Da ist überall Blut.«

Ich zog mein Hemd aus und wischte das meiste Blut weg. »An der Seite des Flugplatzgebäudes ist ein Schlauch. Spritz es ab, bevor du fährst.«

Caden runzelte die Stirn.

»Es wird alles gut. Hör auf, dir Sorgen zu machen, und fahr nach Hause. Ich rufe dich an, sobald ich etwas weiß.«

»Kann ich nicht mitkommen?«

»Ich glaube nicht, dass das eine gute Idee ist. Wir müssen das unauffällig halten.«

———

ICH SASS IN MEINEM WOHNZIMMER, als das Telefon summte. Schon wieder. Es war Caden. Ich wischte den fünften Anruf weg, den er in der Stunde seit Verlassen der Rennstrecke getätigt hatte. Das musste persönlich erledigt werden. Ich schnappte mir meine Autoschlüssel und machte mich auf den Weg.

Obwohl ich viermal klingelte, machte Caden nicht auf. Ich wählte seine Nummer. »Beck, was ist passiert?«

»Bist du zu Hause?«

»Ja, wie geht's dem …«

»Ich stehe auf deiner Veranda. Mach die Tür auf.«

»Du bist hier? Bei mir zu Hause?«

»Ja.«

»Warte.«

Die Tür öffnete sich einen Spalt. Caden blieb außer Sichtweite. »Schnell rein.«

Cadens Augen waren rot. Er schlug die Tür zu. »Wie geht es dem Jungen?«

»Setz dich.«

»Nein! Sag es mir.«

»Er hat es nicht geschafft.«

»Spiel keine Spielchen mit mir, Mann.«

»Tu ich nicht. Er ist auf dem Weg ins Krankenhaus gestorben.«

»Oh nein. Nein, nein, nein! Das kann nicht wahr sein.«

Ich warf die Hände in die Luft. »Beruhige dich!«

»Aber was soll ich denn tun? Ich habe einen Jungen getötet.«

»Wir können das regeln.«

»Was ist mit den Cops? Die werden hinter mir her sein. Vielleicht sollte ich mir einen Anwalt nehmen.«

»Tu gar nichts. Vor allem zieh keinen Anwalt mit rein.«

»Aber wie soll ich, ich meine, was soll ich tun? Die Eltern werden–«

»Halt die Füße still. Ich habe eine Menge Verbindungen. Ich habe in Erfahrung gebracht, dass die Eltern des Jungen tot sind. Er hat bei einem alkoholkranken Onkel gelebt.«

»Ich verstehe nicht. Was hat das mit irgendwas zu tun?«

»Niemand sucht nach dem Jungen. Okay? Seine Freunde sind abgehauen, als wir sie verscheucht haben. Er war der Einzige, der zurückgekommen ist.«

»Beck, was zum Teufel willst du damit sagen?«

»Er hat es nie bis ins Krankenhaus geschafft. Ich kenne den Typen, dem die Krankenwagenfirma gehört. Vielleicht können wir da was regeln.«

»Was regeln?«

»Dass das alles unter uns bleibt.«

Caden ging im Zimmer auf und ab. »Wie willst du das machen?«

»Die Leute schulden mir eine Menge Gefallen.«

»Aber ein Kind ist gestorben.«

»Das weiß ich, aber denk daran, dass er in Immokalee lebt und keine Mutter und keinen Vater hat.«

»Die Zeitungen werden das in die Finger bekommen.«

»Mach dir keine Sorgen um die Presse. Das sind doch nur Stricher, die auf etwas scharf sind, bis sie zum nächsten Ding weiterziehen.«

»Was ist mit der Polizei? Sobald die Leiche gefunden wird, werden sie die Spur zu mir zurückverfolgen. Ich sollte zugeben, was passiert ist.«

»Niemand wird irgendeine Leiche finden.«

Er hörte auf, auf und ab zu gehen. »Was meinst du damit?«

»Ich habe dir gesagt, du sollst mich das regeln lassen. Es wird so aussehen, als ob der Junge weggelaufen ist oder jemand ihn entführt hat.«

»Aber da waren, Mann, zehn Leute, die es gesehen haben. Irgendjemand wird etwas sagen.«

»Jeder, der da war, steht bei mir in der Schuld, okay?«

Er massierte seine Brust. »Ich kriege keine Luft.«

»Leg dich hin. Das ist nur eine Panikattacke.«

## 52

ALS ICH AN EINEM ZWEITEN KAFFEE NIPPTE, SUMMTE DAS Wegwerfhandy, das ich für den Kontakt mit Mario benutzte. »Hey, wo zum Teufel warst-«

Eine tiefe Stimme sagte: »Wir haben Ihren Freund.«

»Was?«

»Gestern Morgen haben wir Ihren Jungen, Mario, hochgenommen.«

»Wer sind Sie?«

»Wenn Sie ihn wiedersehen wollen, müssen Sie mit unserem Boss reden.«

»Mit wem spreche ich?«

»Walmart-Parkplatz. Der bei Lely am Collier Boulevard.«

»Ich will mit Mario sprechen.«

Sie reichten das Telefon weiter. »Beck.«

»Mario, geht es dir gut?«

»Ja. Sie haben mich geschnappt-«

»Das reicht. Seien Sie heute um zwei Uhr da.«

»Ich gehe nirgendwohin, bis Sie mir sagen, für wen Sie arbeiten.«

»Royal.«

Das Telefon fiel mir aus der Hand. Ich hob es auf. »Hallo?« Sie hatten aufgelegt.

Royal? Er lebte? Wo? Wie? Ich schüttelte den Kopf. Oder waren es seine Leute? Wo wurde Mario festgehalten und wollten sie ihn gegen mich austauschen? Ich schritt im Zimmer auf und ab. Wenn sie mich entführen wollten, warum hatten sie es nicht schon getan? Ich war mir ziemlich sicher, dass mich niemand verfolgt hatte. Aber die Wahrheit war, ich war nachlässig geworden, nachdem Royals Boot explodiert war.

Das war die Rache dafür, dass ich Royals Alibi zerstört hatte. Ich hatte ihn unterschätzt. Er war weitaus gefährlicher und gerissener, als ich angenommen hatte. Wenn er seinen Tod vorgetäuscht hatte, dann hatte die Polizei es ihm abgekauft, weil Royal den Gerichtsmediziner in der Tasche hatte, der bestätigt hatte, dass es seine Leiche war.

Ich hatte drei Stunden Zeit. Larson wusste vielleicht etwas. Er ging beim ersten Klingeln ran. »Hey, Beck, das Peterson-Geld ist gerade eingegangen.«

»Sie haben Mario.«

»Wer?«

»Sie sagten, es sei Royal.«

»Wer hat das gesagt?«

Ich erzählte ihm von dem Anruf. Er sagte: »Verdammt, wenn Royal noch lebt, ist er schlauer, als ich dachte.«

»Hast du irgendwas gehört?«

»Nicht mehr, als dass bei denen alles wie gehabt läuft.«

»Das ist doch Wahnsinn.«

»Er muss es sein. Wenn du dir die ganze Sache mit dem Boot überlegst, kurz bevor er in den Knast wandern sollte, dann ergibt es Sinn, dass es eine Masche war.«

»Wo könnte er deiner Meinung nach sein?«

»Das ist schwierig. Du sagtest, sie wollen sich unten in East Naples treffen.«

»Ja.«

»Er kann nicht zu dir kommen. Das wäre zu gefährlich, falls du die Behörden informiert hast.«

»Sie werden Späher haben, die Ausschau halten, aber ich kann mir auch nicht vorstellen, dass er aus seinem Versteck kommt.«

»Vor einigen Jahren hatte er Geschäfte mit den Stammesführern der Miccosukee.«

»Hatte er? Was für welche?«

»Es gab ein paar Unternehmen – eine Tankstelle mit Laden und einen Airboat-Betreiber direkt außerhalb der Grenzen des Reservats. Die Miccosukee wollten sie loswerden und mussten dabei auf Abstand bleiben. Also heuerten sie Royal an, um sie, sagen wir mal, zu überzeugen.«

»Mich überrascht, dass sich der Stamm mit jemandem wie Royal eingelassen hat.«

»Machst du Witze? Die haben einen ganzen Stall voller hauseigener Vollstrecker, die es locker mit Royal und seiner Bande aufnehmen könnten.«

»Kannst du ein paar Anrufe machen? Ich brauche Informationen, wenn ich mich mit denen treffe.«

»Klar.«

»Danke. Mach schnell. Ich habe nur noch zwei Stunden.«

»Natürlich. Aber du solltest dir ernsthaft überlegen, ob es ein kluger Schachzug ist, dich mit ihnen zu treffen.«

»Sie haben Mario. Ich kann ihn nicht im Regen stehen lassen.«

»Sie wollen ihn nicht. Sie wollen dich.«

»Warum haben sie dann nicht versucht, mich zu schnappen?«

»Unterschätze dich nicht. Du hast einen sechsten Sinn. Das Einfachste war, Mario zu benutzen, um an dich heranzukommen.«

»Was, glaubst du, wird passieren, wenn ich mich weigere, hinzugehen?«

»Hmm. Schwer zu sagen, aber sie würden wahrscheinlich eskalieren.«

»Du glaubst nicht, dass sie ihn verletzen würden oder …«

»Royal hält sich gern so unauffällig wie möglich. Leichen ziehen Aufmerksamkeit auf sich. Aber wenn einer seiner Leute das hier leitet, ist alles offen. Die meisten dieser Typen denken nicht mal eine Stunde im Voraus.«

»Es muss Royal sein. Er hat einen vorgetäuschten Tod inszeniert.«

»Es hat funktioniert. Ich möchte nicht in der Haut des Gerichtsmediziners stecken, der Royals Sterbeurkunde unterschrieben hat.«

»Royal muss vorsichtig sein. Wenn herauskommt, dass er lebt, wird das eine Menge Leute in Verlegenheit bringen. Das Sheriff's Office von Lee County wird ihn mit allem jagen müssen, was es hat.«

»Das wird eine schmutzige Angelegenheit. Pass nur auf, dass du dabei nicht zum Kollateralschaden wirst, Beck.«

»Es ist nicht das richtige Wort, aber Royal ist pragmatisch.«

Larson spottete. »Das ist ja mal was Neues, einen hartgesottenen Kriminellen pragmatisch zu nennen. Du verharmlost die Gefahr. Wenn du hingehen willst, dann geh. Aber sei dir im Klaren darüber, worauf du dich einlässt.«

»Das bin ich, keine Sorge. Hör dich nur mal um und sag mir Bescheid, wenn du etwas herausfindest.«

## 53

Der Geruch von Regen lag in der Luft, als ich die Treppe zu Cadens Haus hinaufging und nach Osten blickte. Dunkle Wolken zogen vom Golf von Mexiko herauf. Ich musste Caden eine zweite Nachricht schicken, damit er die Tür öffnete.

»Was, hast du geschlafen?«

Er schüttelte den Kopf.

Ich drückte einen Lichtschalter und sagte: »Mach mal Licht an. Das hier ist ja wie ein Verlies.«

»Warte! Jemand beobachtet mich.«

»Von wo aus?«

»Von hinten.« Er zog den Vorhang einen Spalt auf. »Er war genau da, in einem kleinen Boot.«

»Er ist wahrscheinlich beim Angeln.«

»Nein. Er hat auf mein Haus gestarrt.«

»Du bildest dir das nur ein.«

Er ließ den Vorhang los. »Nein, tue ich nicht. Er wird zurückkommen.«

»Du musst dich entspannen, Caden.«

Caden kramte in einer Küchenschublade. Er holte ein Fläschchen hervor und zog sich einen Löffel Koks in die Nase.

»Was tust du da? Es ist erst zehn Uhr morgens.«

»Ich konnte nicht schlafen, also habe ich vor einer Stunde ein Ambien genommen. Jetzt muss ich wieder wach werden.«

»Wenn du mit diesen Schlaftabletten anfängst, kommst du nie wieder von ihnen los, und du musst duschen.«

Er zuckte mit den Schultern und zog sich noch eine Dosis rein. Caden steckte das Fläschchen ein und fragte: »Du hast gesagt, du musstest mir etwas sagen. Was ist es?«

»Wir haben ein Problem.«

»Was für ein Problem?«

»Jemand, der von dem Jungen weiß, wird unleidlich.«

»Unleidlich? Scheiß auf den. Weißt du, wie ich mich fühle?«

»Er macht Stunk.«

»Was zum Teufel soll das heißen?«

»Er droht damit, auszupacken.«

»Wer? Welcher Mistkerl ist es?«

»Einer von Stones Leuten. Er will Geld.«

»Scheiß auf den.«

»Nimm das nicht auf die leichte Schulter. Das ist etwas, das man in Betracht ziehen sollte.«

»Du hast gesagt, sie stehen in deiner Schuld! Und dass alles in Ordnung wäre.«

»Ich tue mein Bestes. Vergiss nicht, niemand hat dich bei den Bullen verpfiffen.«

»Ich wusste, dass es Blödsinn war. Ich hätte zur Polizei gehen sollen. Jetzt werde ich schlecht dastehen–«

»Moment, wir können das unter Kontrolle bringen, wenn wir ihn bezahlen.«

»Was will der Bastard denn?«

»Er will nur ein paar Hunderttausend.«

»Nur? Das ist ein Haufen Geld.«

»Das ist viel billiger, als einen Anwalt zu engagieren, der dich in einem Mordfall verteidigt. Ein guter Strafverteidiger kostet dich tausend pro Stunde, und die werden es in die Länge ziehen. Du bist pleite, bevor du überhaupt vor Gericht stehst.«

»Mord?«

»Was glaubst du denn? Du hast ihn nicht nur getötet, sondern bist auch abgehauen. Wärst du nicht vom Unfallort geflohen …«

»Du hast es mir befohlen!«

»Hör zu, wir sind, wo wir sind. Unterm Strich ist das ein kleines Problem, das man aus der Welt schaffen kann. Du bezahlst den Mann, und es ist erledigt.«

»Woher weiß ich, dass er nicht mehr verlangen wird?«

»Wird er nicht.«

»Aber woher weiß ich das?«

»Wenn er es doch tut, werde ich« – ich machte Anführungszeichen in die Luft – »mich um ihn kümmern.«

»Was willst du damit sagen?«

»Manche Dinge sollte man besser ungesagt lassen.«

»Was willst du damit sagen? Dass du ihn umbringen lassen würdest?«

»Mach dir keine Sorgen um mich. Du bist derjenige mit dem Problem. Ich versuche nur, dir dabei zu helfen, es zu umschiffen.«

»Aber ich muss es wissen.«

»Was du tun musst, ist, vierhunderttausend aufzutreiben. In bar.«

»Du hast von ein paar Hundert gesprochen, und jetzt sind es vierhundert?«

»Hör auf, dich zu beschweren. Du weißt, dass es ein Schnäppchen ist, besonders wenn man bedenkt, dass du die nächsten zwei Jahre damit beschäftigt wärst.«

»Nein, das ist verrückt. So viel Bargeld kann ich nicht auf einen Schlag besorgen.«

»Wie viel kannst du zusammenkratzen?«

»Fünfzig, vielleicht sechzig Riesen in bar.«

Ich schüttelte den Kopf. »Das wird nicht reichen.«

»Wie viel muss ich auftreiben?«

»Alles. Besorg fünfzig in bar und ich gebe dir die Bankdaten, um den Rest zu überweisen. Es wird eine Bank im Ausland sein, die nicht zurückverfolgt werden kann.«

Caden seufzte. »Okay. In Ordnung. Ich brauche ein paar Tage, um ein paar Sachen zu verkaufen.«

»Warum verkaufst du nicht ein Auto?«

»Auf keinen Fall!«

»Du hast sechs Autos.«

Er senkte seine Stimme. »Es sind nur fünf.«

»Oh ja, ich hatte die Betrugsmasche vergessen.«

»Und ich bekomme nicht den vollen Wert dafür.«

»Niemand braucht so viele Autos.«

»Ich liebe meine Schlitten.«

»Vielleicht könntest du eins an mich verkaufen? Ich suche gerade ein neues.«

»Nein, ich kann nicht noch eins verlieren.«

»Denk drüber nach.«

»Nein, vergiss es.«

Ich stand auf. »In Ordnung, ich schicke dir die Überweisungsdaten per SMS.«

»Du gehst schon?«

»Ja.«

»Bleib doch noch. Wir können uns etwas zu essen bestellen.«

»Ich habe heute eine Menge zu tun.«

»Was denn zum Beispiel? Kannst du nicht einfach noch ein bisschen bleiben?«

»Verrate es niemandem, aber ich habe ein Treffen mit einem hochrangigen Politiker.« Ich lächelte. »Er ist ganz oben mit dabei, und ich hab ihn an den Eiern.«

»Wie hast du das geschafft?«

»Ich muss los.«

»Wann kommst du wieder?«

»Schwer zu sagen. Dieses hohe Tier fliegt mich in einem Privatjet nach Orlando.«

## 54

EIN STETER STROM VON KÄUFERN SCHOB EINKAUFSWAGEN BEI Walmart hinein und wieder heraus. Ich parkte in der Mitte des Parkplatzes. Als ich die Umgebung absuchte, sah ich ihn – einen schwarzen Escalade mit getönten Scheiben.

Er fuhr neben mich und das Beifahrerfenster glitt herunter. »Lass dein Handy hier und steig ein.«

»Wo bringen Sie mich hin?«

»Das wirst du schon sehen. Steig ein.«

Ich legte meine beiden Handys in die Mittelkonsole und stieg aus. Die hintere Tür des Cadillac öffnete sich. Ich spähte hinein. Sie waren zu dritt. Zwei vorn und einer auf dem Rücksitz. Sie waren riesig.

An ihren Hälsen hing mehr Gold, als bei Tiffany im Schaufenster lag. Das Auto machte einen Satz nach vorn. Der Koloss auf dem Vordersitz drehte sich auf den Knien um. »Komm mal her.«

Ich rückte vor. Der Schläger neben mir schubste mich näher. »Nehmen Sie Ihre Hände von mir!«

»Sei still.«

Die beiden Männer tasteten mich ab. »Er ist sauber.«

Der Kerl neben mir reichte mir einen schwarzen Sack. »Stülp dir das über den Kopf.«

»Was?«

Er zog sein T-Shirt hoch. Eine Waffe steckte in seiner Hose. »Setz ihn auf, oder ich mache das für dich.«

Der Stoff kratzte in meinem Gesicht. »Wie lange muss ich diesen Mist tragen?«

»Entspann dich, Beck. Wir haben eine lange Fahrt vor uns.«

Nach zehn Minuten wurde mein Rücken in den Sitz gedrückt. Wir fuhren eine Steigung hinauf. Eine lange. Dann bergab. Das Einzige, was Sinn ergab, war eine Brücke. »Fahren wir nach Marco?«

»Sei still.«

Das Auto bog mehrmals ab. Wir wurden langsamer und hielten an. »Sind wir da?«

»Nein.«

Das Auto fuhr vor und hielt an. Ich hörte, wie sich ein Garagentor öffnete. »Lassen Sie mich das Ding abnehmen.« Meine Hand, die nach dem Sack griff, wurde weggeschlagen.

»Ich sage dir, wann es so weit ist!« Ein Arm griff über meine Brust und öffnete die Tür. »Steig aus.«

Als ich hörte, wie die anderen Türen aufgingen, schwang ich meine Beine nach draußen. Eine Hand packte meinen Unterarm, als ich ausstieg und mich an die schwere Luft gewöhnte. »Hier entlang. Pass auf, wo du hintrittst.«

Ein Schwall kalter Luft kühlte den Schweiß, der mir den Rücken hinablief. Ich wurde in einen Raum gelenkt und die

Tür schloss sich hinter mir. Ich zog den Sack ab. Dunkle Vorhänge verdeckten eine Schiebetür.

»Wo sind wir?«

»Setz dich.«

»Wo ist Ihr Boss?«

»In zehn Minuten sind wir hier weg.«

»Wohin?«

Er drückte mir eine Flasche Wasser in die Hand. »Wie oft muss ich dir noch sagen, dass du die verdammte Fresse halten sollst?«

Ich schüttete das Wasser in mich hinein.

»Beeil dich. Setz den Sack wieder auf.«

Zwei von ihnen redeten, während sie mich nach draußen führten. Es klang, als würden wir auf Holz laufen. Dann bewegte sich der Boden unter meinen Füßen. Es war ein Steg. »Steig hoch.«

Sie halfen mir auf ein Boot und schoben mich in etwas, das ich mir als einen überdachten Bereich vorstellte. »Leg dich hin und komm nicht raus, bevor ich es sage.«

Das Boot bewegte sich zuerst langsam, dann hob sich der Bug und wir fuhren mit voller Kraft. Einige Stunden später verlangsamten wir auf Kriechgeschwindigkeit. Einer von ihnen sagte zum anderen: »Spring runter und mach uns fest.«

Wir legten an und ich wurde hineingeführt. Der Sack wurde mir vom Kopf gezogen. Ein bärtiger Royal saß in einem Cordsessel. Sein Goldzahn glänzte, als er lächelte und sagte: »Musst du mal pinkeln?«

»Nein. Was zum Teufel mache ich hier?«

»Setz dich.« Er wandte sich an seine Männer. »Holt ihm was zu trinken und dann holt ein paar Pizzen. Eine mit allem drauf. Und holt echtes Pepsi, nicht diesen Diät-Scheiß.«

»Wo ist Mario?«

»Er ist bei meinen Jungs.«

»Wo?«

»Es geht ihm gut.«

»Lass ihn gehen. Du hast mich jetzt.«

»Werden wir. Nachdem wir geredet haben.«

»Wie kann ich sicher sein, dass es ihm gut geht?«

Royal griff nach einem Telefon auf dem Tisch und rief jemanden an. »Gib ihn mir. Sein Papi will mit ihm reden.«

Royal schaltete das Telefon auf laut. »Hallo?«

»Mario! Hier ist Beck. Ist alles in Ordnung bei dir?«

»Ja, ich glaube, Royals Leute haben mich. Wo bist du?«

»Halt durch. Sie haben gesagt, dass sie dich gleich freilassen.«

Royal beendete den Anruf und warf das Telefon auf den Tisch. Er starrte mich volle dreißig Sekunden lang an, bevor er sagte: »Ich weiß, dass du es warst.«

»Wovon redest du?«

Royal warf mir einen steinernen Blick zu, an dem man sich glatt hätte abseilen können. »Du hast mein Alibi versaut.«

»Da liegst du falsch.«

»Wir kennen uns schon lange, Beck. Und wir haben gute Geschäfte zusammen gemacht. Es ist eine Beleidigung, dass du das abstreitest. Du warst es und dein Junge Mario. Gib es zu.«

Das Einzige, woran ich denken konnte, war die Szene aus *Der Pate*, in der Michael Corleone versuchte, seinen Schwager dazu zu bringen, zuzugeben, dass er ihn in die

Falle gelockt hatte. Carlo knickte ein – und wurde Minuten später erwürgt.

»Ich weiß nicht, woher du deine Informationen hast, aber sie sind falsch. Absolut falsch.«

»Ich hielt dich für schlauer.«

Ich wollte am Leben bleiben. »Warum hast du mich den ganzen Weg hierhergebracht, wo auch immer zum Teufel wir sind?«

»Du bist ein Freiberufler, eine Art Söldner. Aber es gibt Grenzen, die man nicht überschreiten sollte.«

»Ich respektiere alle meine Kontakte.«

Royal schnaubte verächtlich. »Auch wenn es nicht meine Art ist, bin ich bereit, dich dafür, dass du mich verkauft hast, davonkommen zu lassen.«

Ich schwieg, als er eine Marlboro aus einer Schachtel klopfte. Mein Verlangen nach einer Zigarette schoss in die Höhe. Er klickte mit einem Feuerzeug und nahm einen Zug.

Der Rauch strömte aus Royals Nasenlöchern. »Du kannst die Sache wieder ausbügeln und wir bleiben Freunde.«

»Freundschaft ist gut –«

Er blickte finster. »Im Moment sind wir keine Freunde. Du bist ein Feind.«

»Ach, komm schon, Royal. Du weißt doch –«

»Ich weiß, was ich weiß. Du willst, dass ich bei dir ein Auge zudrücke? Das musst du dir verdienen.«

»Ich habe nichts getan, aber sag mir, was du willst.«

Die Spitze der Zigarette glühte rot. Royal blies den Rauch aus und beugte sich vor. »Du hast Kontakte in der Staatsanwaltschaft.«

»Ich würde nicht sagen –«

»Lass mich verdammt noch mal ausreden!«

»Okay, schieß los.«

»Wenn du deinen Arsch und den deines Kumpels retten willst, musst du etwas erledigen.«

»Was?«

Royal griff nach der Zigarettenschachtel. »Hör genau zu.«

## 55

»Du kannst den Sack abnehmen.«

Der Escalade hielt auf dem Walmart-Parkplatz. »Raus mit dir.«

Ich sprang aus dem Wagen und schlug die Tür zu. Der schwarze Cadillac fuhr davon und ich joggte zu meinem Auto. Ich riss die Tür auf und schnappte mir mein Handy. Sieben verpasste Anrufe von Caden. Er würde warten müssen. Ich wählte eine Nummer.

»Mario, haben sie dich gehen lassen?«

»Ja. Ich hänge verdammt noch mal auf Pine Island fest und warte auf ein Uber.«

»Ich bin unten in Marco. Willst du-«

»Waren das Royals Leute?«

»Jep, er ist nicht tot.«

»Was?«

»Ich habe ihn getroffen, irgendwo. Ich glaube, es war auf den Keys oder so.«

»Was zum Teufel will er?«

»Triff mich heute Abend bei mir, sagen wir gegen acht. Ich muss jetzt noch zu jemandem.«

Ich saß an einem der Tische im Außenbereich des Coastal Kitchen und mein Blick wanderte zwischen der Speisekarte und dem Parkplatz hin und her. Ich griff in den Brotkorb: Es gab keinen Zweifel, dass ich mir das Zackenbarsch-Sandwich bestellen würde. Die Frage war nur, ob ich als Beilage Süßkartoffel-Pommes oder etwas Gesünderes nehmen sollte.

Ich hob die Hand, als O'Leary in den überdachten Bereich spähte. Ich hatte ihn noch nie in Shorts gesehen. Als O'Leary einen Stuhl herauszog, wischte ich einen weiteren Anruf von Caden weg. Er fragte: »Hey, was ist so dringend?«

»Essen Sie auch etwas?«

»Nein, ich habe schon gegessen.«

Ich gab der Kellnerin ein Zeichen. »Ich habe einen Bärenhunger. Einen Moment.« Ich gab meine Bestellung auf. O'Leary bestellte ein Glas Chardonnay. Als die Kellnerin ging, vibrierte mein Handy. Es war Caden. Ich wischte den Anruf weg, beugte mich vor und senkte die Stimme. »Royal lebt.«

»Nathan Royal?«

Ich nickte. »Jep, er hat seinen Tod vorgetäuscht, um dem Gefängnis zu entgehen.«

»Und woher wissen Sie das?«

»Ich habe mich vor ein paar Stunden mit ihm getroffen.«

O'Leary legte beide Hände auf den Tisch. »Moment mal. Wollen Sie mir damit sagen, dass Sie ihn gesehen haben? Wo?«

»Seine Leute haben mich in East Naples abgeholt. Sie haben mich gezwungen, eine Kapuze aufzusetzen, aber ich glaube, wir sind nach Marco gefahren und haben ein Boot zu den Keys genommen.«

»Und Sie haben keinen Zweifel, dass es Nathan Royal war?«

»Absolut keinen.«

O'Leary lehnte sich zurück. »Er hat den Gerichtsmediziner von Lee County in der Tasche.«

Die Kellnerin stellte mein Essen und O'Learys Wein ab. »Sieht so aus.«

»Wer zum Teufel war dann die Leiche auf dem Boot?«

»Royal sagte, es sei ein Süchtiger gewesen, der an einer Überdosis gestorben sei.« Ich schob mir zwei Pommes in den Mund.

»Unfreiwillig, da wette ich.«

»Kann sein.«

»Kann? Wie praktisch, dass ein Kerl seiner Größe an einer Überdosis stirbt, genau an dem Tag, an dem er sich absetzt.«

Ich nahm mein Sandwich in die Hand. »Er könnte ihn auch irgendwo in einem Kühlhaus auf Eis gehabt haben.«

»Was will er?«

Mit einem Mund voll Zackenbarsch sagte ich: »Einen Deal.«

»Der Kerl hat Eier wie Wassermelonen. Er haut vor der Urteilsverkündung ab, begeht Betrug, indem er seinen Tod vortäuscht, und er will einen Deal?«

Ich lehnte einen weiteren Anruf von Caden ab. »Er will, dass alle Anklagen – die ausstehenden und alle damit zusammenhängenden – fallen gelassen werden.«

O'Leary wurde lauter. »Sicher, sicher, warum nicht?«

»Er hat Informationen, die die meisten Mitglieder der

Petrov-Bande für ein paar Jahrzehnte hinter Gitter bringen werden.«

»Das nennt man wohl einen Pakt mit dem Teufel. Was für Informationen?«

»Er hat nicht allzu viel verraten, aber wie Sie wissen, wird der größte Teil des Fentanyls in Georgia und Florida von den Petrov-Brüdern eingeschmuggelt.«

»Zwischen den verdammten Russen und Chinesen …« Er schüttelte den Kopf. »Bei all den Überdosen ist Fentanyl gerade ein heißes Eisen, aber ich kann Ihnen nicht versprechen, dass der Staatsanwalt so etwas absegnet. Wenn Royal im Gegenzug für eine Strafmilderung plädieren will, können wir das wahrscheinlich machen.«

»Er sagte mir, es sei alles oder nichts.«

»Er hat keine guten Karten. Er ist derjenige, der auf der Flucht ist. Er weiß, dass wir ihn früher oder später erwischen werden.«

»Ich weiß nicht. Er sagte, er habe genug Geld und sei auf dem Weg zu einer Insel ohne Auslieferungsabkommen mit Amerika.«

»War seine Mutter nicht Haitianerin?«

»Ich glaube, Sie haben recht.«

»Haiti und die Dominikanische Republik, das andere Land auf der Insel Hispaniola, haben keine Abkommen.«

»Und Barbados, Jamaika, Trinidad …«

»Sie haben ein wenig nachgeforscht.«

Ich aß eine Pommes. »Als er verschwand, habe ich mich gefragt, ob er auf eine Insel gegangen ist.«

»Unsere Behörde auch.«

»Glauben Sie, Sie können etwas für ihn tun?«

»Sind Sie jetzt sein Fürsprecher?«

»Niemals. Aber er weiß, dass Mario und ich es waren, die sein Alibi torpediert haben.«

»Und er hat Sie bedroht?«

»Er hat Mario entführt und ihn als Köder für mich benutzt.«

»Geht es ihm gut?«

»Für den Moment.«

»Was soll das heißen?«

»Sie wissen, dass Royal gefährlich ist.«

»Ja, aber das bedeutet nicht, dass er tun und lassen kann, was er will.«

Ich schob meinen leeren Teller in die Mitte des Tisches. »Natürlich, aber wenn Sie die Petrov-Brüder hochnehmen, werden Sie nicht nur den Nachschub von dem Mist, den sie verticken, unterbinden, sondern die Presse wird auf Ihr Büro scheinen wie die Junisonne in Florida.«

»Öffentlichkeitsarbeit bringt mir rein gar nichts.«

»Ich weiß, aber der Rummel wird helfen, wenn die Budgetverhandlungen anstehen. Sie würden sich nicht trauen, irgendetwas anzufechten, was Ihre Behörde verlangt.«

O'Leary trank den letzten Schluck seines Chardonnays. »Zu sagen, dass das heikel ist, ist noch milde ausgedrückt. Wir werden etwas Handfestes brauchen, wenn das irgendwo hinführen soll.«

»Ich werde sehen, was Royal anbieten kann.«

Er stand auf. »Das gefällt mir kein bisschen.«

»Mir auch nicht, aber das ist die Kehrseite der Jagd auf die großen Fische; Royal ist ein Hai, aber die Petrovs sind eine Schule von Killerwalen.«

Während ich auf die Rechnung wartete, schrieb ich

Caden eine SMS, dass ich in zwanzig Minuten bei ihm vorbeikommen würde.

———

DIE AUSSENSEITE von Cadens Haus war hell erleuchtet wie ein Stadion. Ein paar Pieptöne ertönten und die Tür öffnete sich.

Mit glasigen Augen sagte er: »Wo zum Teufel warst du?«

»Wenn ich es dir erzählen würde, würdest du es mir nicht glauben.«

Caden schlug die Tür zu und schaltete die Alarmanlage des Hauses wieder ein. Er hielt mir sein Handy vors Gesicht. »Ich hab Ärger, Mann. Ein Riesenproblem.«

»Was ist los?«

Er tippte auf sein Handy und hielt den Bildschirm so, dass wir beide ihn sehen konnten. Es war ein Video von der Rennstrecke. »Woher hast du das?«

»Das hat mir jemand geschickt.«

»Wer?«

»Woher zum Teufel soll ich das wissen? Du hast mir gesagt, du hättest es im Griff.«

»Beruhig dich.«

»Beruhigen? Das ist eine Aufnahme von dem Unfall. Das ist ein verdammter Beweis. Ich hätte niemals auf dich hören sollen. Ich hätte zur Polizei gehen sollen. Jetzt wissen sie, dass ich es war.«

»Immer mit der Ruhe. Wenn die Bullen es wüssten, wären sie schon längst hier.«

»Es ist nur eine Frage der Zeit.«

»Da ermittelt niemand.«

»Wie kann das sein?«

»Hast du was in den Nachrichten gesehen?«

»Nein.«

»Genau. Ich hab dir doch gesagt, der Junge hatte keine Eltern und, na ja, es ist traurig, aber es ist, wie es ist.«

Er schüttelte sein Handy. »Ja, und was ist hiermit?«

»Wir müssen herausfinden, wer das war.« Ich zückte mein Handy. »Lass mich mit dem Typen reden, der das Video gemacht hat. Er hat oft für mich gearbeitet und ich vertraue ihm blind.«

»Aber es ist mein Leben, das er hier versaut.«

»Keine Sorge, ich hab das im Griff.«

Eine Hupe ertönte. Caden zuckte zusammen und atmete dann aus. »Das hast du vorher auch schon gesagt, und sieh dir an, wo ich jetzt stehe.«

»Es ist doch nichts passiert.«

»Wovon redest du? Die sind hinter mir her.«

Ich berührte seinen Arm. »Wir stecken da gemeinsam drin. Wenn eine Bedrohung auftaucht, kümmere ich mich darum.«

»Ich mache mir wahnsinnige Sorgen, Mann.«

»Schick mir das Video. Ich lasse meine Jungs herausfinden, wer es geschickt hat.«

»Wie willst du das anstellen?«

»Jedes Video hat einen digitalen Fingerabdruck, den man zurückverfolgen kann.«

»Wirklich?«

»Klar, und wir können die Nummer zurückverfolgen, von der es gesendet wurde.«

»Aber so was kann doch nur die Polizei machen. Wir können nicht zu ihnen gehen.«

Ich hob abwehrend die Hand. »Ich habe meine Kontakte.

Wir werden herausfinden, wer zum Teufel uns hier verarscht.«

»Was, wenn es von einem Wegwerfhandy kam?«

»Vertrau mir, wir werden herausfinden, wer es geschickt hat.«

»Wie? Die registriert man nicht. Die haben keine Telefondaten.«

»Wir können herausfinden, wo es aktiviert wurde, dann finden wir den Laden, der es verkauft hat. Neun von zehn haben Überwachungskameras. Wir haben unsere Mittel. Wir kriegen ihn.«

»Wie lange wird das dauern?«

»Nicht lange. Wenn es ein Wegwerfhandy war, dauert es länger.«

»Was ist, wenn er sich meldet? Nach Geld fragt oder so?«

»Das wäre gut.«

»Gut? Ich kann nicht noch einen Kerl bezahlen.«

»Wenn dich jemand kontaktiert, wird es einfacher, ihn zu identifizieren. Wenn du was hörst, sag mir Bescheid. Schick mir das Video und die Nummer, von der es kam.«

»Okay. Ich mach es sofort.« Caden tippte auf sein Handy. »Ich habe es weitergeleitet.«

»Gut. Wir sehen uns später.«

»Du gehst schon?«

»Ich bin gleich wieder da. Warum gehst du nicht unter die Dusche?«

Caden fuhr sich mit der Hand über die Bartstoppeln im Gesicht. »Wie lange, bis du wieder da bist?«

»Sobald mein Mann mir sagt, wer es war. Mach dich frisch und schlaf ein wenig.«

## 56

CADEN SCHALTETE DEN ALARM AUS UND ÖFFNETE DIE TÜR einen Spaltbreit. Ich schlüpfte hinein. Er wollte gerade das Tastenfeld berühren, als ich sagte: »Du brauchst sie nicht einzuschalten. Jedenfalls nicht, solange ich hier bin.«

»Dauert nur eine Sekunde.« Er schaltete die Anlage scharf und drehte sich zu mir um.

»Deine Nase blutet.«

Er fuhr sich mit einem Finger darunter. »Verdammt.« Er zog ein Bündel blutbefleckter Servietten aus seiner Tasche und tupfte sich die Nase ab. »Was hast du herausgefunden?«

»Es war einfacher, als ich erwartet hatte. Wir wissen, wer das Video geschickt hat.«

»Wer war es?«

»Ein Typ namens Peter Abernathy.«

Cadens Augen verengten sich. »Abernathy? Der Name sagt mir nichts.«

»Er ist ein Niemand.«

»Was für ein Niemand! Er will eine Million Dollar, sonst schickt er es an *WINK News*.«

»Wir werden uns darum kümmern.«

»Wie? Wie zum Teufel sollen wir damit fertigwerden? Wenn er es an die Nachrichten schickt, werde ich hinter Gittern sterben.«

»Ich hab da jemanden.«

»Und was wird der tun? Wenn er das Video bekommt – dieser Bastard hat wahrscheinlich Kopien.«

»Mein Mann ist darauf spezialisiert, Probleme zu beseitigen.«

»Beseitigen? Was zum Teufel soll das heißen?«

»Genau das, was das Wort bedeutet.«

Cadens Augen weiteten sich. »Er würde ihn umbringen?« Ich nickte.

Caden lächelte. »Wann?«

»Am besten, wir handeln so schnell wie möglich.«

»Dann legen wir los.«

»Wir müssen uns mit meinem Mann treffen.«

»Persönlich? Kannst du das nicht für mich erledigen?«

»Nein, in der Hinsicht ist er eigen. Er besteht auf persönlichen Treffen. Er ist von der alten Schule. Will keine Spuren hinterlassen.«

»Das ist gut, das ist gut.«

»Er will zweihunderttausend.«

Caden runzelte die Stirn. »Ich schätze, das ist angemessen, in Anbetracht der Umstände, du weißt schon ...«

»Du gibst mir das Geld oder du kommst mit und wir zahlen es direkt auf sein Konto ein.«

»Zu einer Bank gehen? Warum müssen wir das tun?«

»Er ist abergläubisch, meint, es bringt Unglück.«

»Dieser Typ klingt seltsam.«

»Er erledigt den Job, aber er ist gefährlich.«

»Er wird mich doch nicht verarschen, oder?«

»Er ist derjenige, der die Beseitigung übernimmt. Wir hätten etwas gegen ihn in der Hand, wenn er irgendetwas versuchen sollte.«

»Ja, genau. Wie heißt er?«

»Kann ich nicht sagen. Nennen wir ihn vorerst Mr. X.«

»Was soll das große Geheimnis?«

»Er ist extrem vorsichtig. Wenn er es dir sagen will, wird er es tun.«

»Okay. Wir müssen das schnell erledigen. Wenn dieses Video rauskommt, bin ich total am Arsch.«

»Wann willst du zu ihm fahren?«

»So bald wie möglich.«

»Ich werde es arrangieren. Aber du musst dir im Klaren sein, dass er von einem Ort aus operiert, der weit von hier entfernt ist.«

»Das ist gut, oder? Wo ist er?«

»Es ist gut, aber wie gesagt, er ist wirklich vorsichtig und lässt niemanden wissen, wo er ist.«

»Ich mag diesen Typen.«

»Wir werden Kapuzen über dem Kopf tragen.«

»Wie bei einer Entführung?«

»So ähnlich. Passt das für dich?«

»Ich schätze schon. Ich will das einfach nur erledigt haben. Und zwar so schnell wie möglich.«

———

EINE STARKE BRISE WEHTE. Dunkle Wolken hingen über Bayfront. Ich war der einzige Gast, der an einem Tisch im Freien von EJ's Cafe saß. Ich war bei der Hälfte eines Stapels ihrer Vollkornpfannkuchen, als O'Leary den überdachten Bereich betrat.

»Hey.«

Er zog einen Stuhl heraus. »Das ist eine Menge Sirup, Beck.«

»Und er ist verdammt gut. Willst du einen Kaffee?«

»Danke, ich bin versorgt.«

Ich winkte der Bedienung ab und schob meinen Teller beiseite. »Was hat der Chef zu einem Deal mit Royal gesagt?«

»Davor oder danach, als er meinen Verstand infrage gestellt hat?«

»So schlimm war's?«

»Lauwarm ist noch geschmeichelt.«

»Na gut. Dann ist die Sache also noch nicht vom Tisch.«

»Sie hängt eher am seidenen Faden. Du wirst mir schon was Großes liefern müssen, damit sie ihre Meinung ändern. Als ich ihnen erzählt habe, dass Royal lebt, lief die Arschrettung auf Hochtouren. Verstehst du, wie das die Abteilung dastehen lässt?«

»Ist hart, ich weiß. Aber eine Fentanyl-Bande hochzunehmen ...«

»Und wenn er den obdachlosen Mann getötet hat, können wir einen Mord nicht einfach übersehen.«

»Lass mich mal sehen, was ich dazu herausfinden kann. Hör zu, ich will, dass Royal eine tödliche Dosis von dem Zeug bekommt, was auch immer die Gefängnisse heutzutage verwenden, aber wir müssen ihn hinhalten und sehen, was wir aus ihm herausbekommen können.«

»Sei vorsichtig, was du ihm versprichst.«

»Ich werde ihm noch einen Besuch abstatten.«

»Sei vorsichtig, Beck. Ich habe dabei ein ungutes Gefühl.«

## 57

CADEN STIEG IN MEINEN WAGEN. »ICH WUSSTE GAR NICHT, dass du eine Brille trägst.«

»Mir ist heute Morgen eine Kontaktlinse gerissen.«

»Ich weiß nicht, wie du dir diese Dinger in die Augen setzen kannst.«

»Man gewöhnt sich an alles.«

Während wir zum Abholort fuhren, holte Caden sein Röhrchen mit Kokain heraus. Ich sagte: »Wenn überhaupt, solltest du etwas zur Beruhigung nehmen, wir haben eine lange Fahrt vor uns.«

»Mir geht's gut.«

»Weißt du, dieser Typ ist auch ein Dealer.«

»Verkauft er Koks?«

»Jep, und härteres Zeug. Wahrscheinlich macht er dir einen guten Preis, wenn du genug abnimmst.«

»Ich brauche einen neuen Lieferanten. Das Arschloch, von dem ich kaufe, streckt sein Zeug in letzter Zeit mit Müll.«

»Du musst vorsichtig sein, viele Dealer mischen Fentanyl unter ihr Zeug.«

»Und was ist mit deinem geheimnisvollen Mann? Ist sein Scheiß sauber?«

»Ja. Er macht nicht mit Fentanyl rum. Zu viele Überdosen, und das erregt Aufmerksamkeit, die er nicht will.«

»Das ist gut. Falls ich es vergesse, erinnere mich daran, ihn zu fragen.«

»Da wären wir.«

»Walmart?«

»Lass dein Handy im Auto. Sie erlauben nicht, dass du irgendetwas mitnimmst, und sie werden dich durchsuchen.«

»Der Typ gefällt mir immer besser.«

Drei Stunden später wurden wir in denselben Raum geführt, in dem ich Royal schon einmal getroffen hatte. Royal rauschte herein. Sein Bart wurde langsam lang. Er musterte Caden ein paar Sekunden lang, bevor er uns bedeutete, uns zu setzen.

Ich sagte: »Bevor wir anfangen, muss ich mit Ihnen unter vier Augen über das sprechen, was wir besprochen haben.«

Royal sagte: »Pluck, bring diesen Milchbubi in einen anderen Raum.«

Cadens Gesichtszüge entgleisten. Ich sagte: »Das dauert nur eine Minute.«

Sie eskortierten Caden hinaus, und ich setzte mich auf die Stuhlkante. »Hören Sie, wie erwartet, gibt es Widerstand gegen einen Deal für Sie. Es wird nicht einfach werden.«

»Einfach? Das ist nicht mein Problem. Sie sind der Problemlöser – also lösen Sie es!«

»Sie wollen etwas Konkretes über die Petrow-Bande.«

»Ich gebe meine Freikarte aus dem Gefängnis nicht her.«

»Das verlange ich auch nicht von Ihnen. Geben Sie mir nur eine Information, um zu beweisen, dass Sie liefern werden.«

»Lassen Sie mich darüber nachdenken.«

»Die andere Sache ist er.« Ich deutete auf den leeren Stuhl neben mir. »Helfen Sie bei seinem Problem, und alle werden glücklich sein.«

»Welches Problem?«

»Peter Abernathy. Dieser Kerl bedroht ihn, und ich habe ihm gesagt, Sie könnten ihn verschwinden lassen, und zwar für immer.«

Er lächelte. »Sie wollen, dass ich jemanden umlege, und das soll bei den Jungs in Blau helfen?«

»Es ist kompliziert, und sie haben mir nicht viel verraten. Hören Sie, ich werde sie um mehr Informationen bitten, aber für heute sagen Sie Caden einfach, dass Sie es tun werden.«

Royal starrte mich an.

Ich fügte hinzu: »Und ich kann ihn dazu bringen, ein paar Dollar lockerzumachen, um Ihnen den Start in Ihr neues Leben zu erleichtern.«

»Wie viel?«

»Fünfzig Riesen.«

»Machen wir fünfzig im Voraus und weitere fünfzig, falls wir es tun müssen.«

»Abgemacht.«

»Wenn Sie mich verarschen, Beck, töte ich Mario, Ihre Freundin Laura, Larson, jeden, den Sie kennen.«

»Kommen Sie schon, Royal. Wir sind beide transaktionsorientierte Leute. Wir machen einen Deal, beide Seiten müssen gewinnen, sonst platzt er. Ich bin …«

»Halten Sie die Klappe, Beck. Wenn Sie mich reinlegen, lasse ich sie vor Ihren Augen ausbluten, bevor ich Ihnen den Bauch aufschlitze. Haben Sie das verstanden?«

»Laut und deutlich.«

»Pluck, bring den Milchbubi wieder her.«

Caden eilte zu dem Platz neben mir. »Alles in Ordnung?«

Ich nickte. »Sagen Sie ihm, was er für Sie tun soll.«

Caden flüsterte: »Haben Sie es ihm nicht gesagt? Sie meinten, Sie hätten es arrangiert.«

»Er will es von Ihnen hören. Nicht wahr?«

Royal sagte: »Raus damit. Ich habe nicht den ganzen Tag Zeit.«

»Äh, da ist dieser Typ, Peter Abernathy; er erpresst Geld von mir. Sehen Sie, er hat ein Video und …«

»Ich brauche keine Details. Was willst du, dass mit diesem Abernathy geschieht?«

Caden sah mich an, ich nickte, und er sagte: »Ich will, dass er eliminiert wird.«

»Das ist ein feines Wort. Willst du, dass er getötet wird?«

»Ja.«

»Na, dann sag es.«

»Ich will, dass Sie Peter Abernathy töten, und ich bin bereit, Ihren Preis dafür zu zahlen.«

»In bar.«

Caden sah mich an, ich nickte, und er sagte: »Okay.«

»Dann haben wir einen Deal.«

»Das ist alles? Sie werden es tun?«

»Ja.«

»Wann? Es muss schnell gehen.«

Royal spottete: »Übertreib es nicht, Jungchen.«

Ich stand auf. »Ich bringe Ihnen das Geld. Können Ihre Männer uns zurückbringen?«

Mit Kapuzen über dem Kopf stiegen wir auf den Rücksitz eines SUVs. Der Fahrer raste los und Caden beugte sich zu mir und flüsterte: »Heilige Scheiße, der Typ ist verdammt unheimlich.«

»Jep.«

»Wer ist er?«

»Sei still, bis wir zurück sind.«

---

## 58

DER SUMMER PIEPTE, NACHDEM ICH EIN ZWEITES MAL geklingelt hatte. Caden öffnete die Tür und ich schlüpfte hinein.

Die Falten in Cadens Gesicht hatten sich seit dem Rennen in Immokalee vertieft.

»Schläfst du immer noch nicht?«

»Nein. Ich kann mich nicht entspannen, solange mir der ganze Scheiß im Nacken sitzt.«

Ich lächelte. »Jetzt wirst du schlafen wie ein Baby.«

»Was? Was ist los?«

»Mr. X hat sich um das Problem gekümmert.«

»Was? Er hat Abernathy erwischt?«

Ich hielt ihm mein Handy vors Gesicht. Auf dem Bildschirm war das Foto einer blutigen Leiche im Wald zu sehen.

»Heilige Scheiße. Das ist der Wahnsinn. Ich kann's nicht fassen.«

»Glaub's ruhig.«

Er starrte auf das Bild und lächelte.

Ich griff nach meinem Handy. »Ich hab dir doch gesagt, dass alles gut wird.«

Caden ließ den Kopf hängen. »Ich weiß nicht, wie ich dir danken soll.«

»Kein Problem. Ich treffe mich jetzt mit unserem Freund. Hast du den Rest vom Geld?«

»Ja, ich hol's kurz. Soll ich ihm ein Trinkgeld geben oder so was?«

»Nein, bleib professionell.«

Während Caden einen Flur entlangging, sagte er: »Mann, der Kerl hat mich gerettet. Ich fass es nicht, es ist vorbei.«

Caden kam mit einer Sporttasche zurück. »Willst du's zählen?«

»Ist alles da?«

»Ja.«

»Wenn nicht, wird Mr. X stinksauer sein.«

»Auf keinen Fall würde ich mich mit dem anlegen.«

»Kluger Mann.«

»Nachdem du ihn bezahlt hast, bin ich aus dem Schneider, oder?«

»Absolut. Du brauchst dir dann keine Sorgen mehr zu machen.«

»Was ist, wenn noch was anderes auftaucht? Kann Mr. X das regeln?«

»Wenn nicht er, dann habe ich noch genug andere Kontakte.«

»Mann, bin ich froh, dass ich dir über den Weg gelaufen bin.«

Ich streckte meine Faust aus und er stieß dagegen. »Wir müssen feiern«, sagte er. »Lass mich dich heute Abend ausführen. Wie klingt Delmar? Ich besorg uns einen schönen Tisch auf der Terrasse oder drinnen, wenn es zu heiß ist.«

»Klingt gut. Um wie viel Uhr?«

»Halb acht.«

»Bis dann.«

Ich legte die Sporttasche auf den Beifahrersitz und fuhr los. Während ich wartete, um auf den Vanderbilt Drive abzubiegen, vibrierte das Wegwerfhandy in meiner Tasche.

Es war Pluck, Royals rechte Hand. »Hallo?«

»Er will Sie sehen. Morgen.«

»Okay. Worum geht's?«

»Gleicher Abholort. Nur Sie. Zehn Uhr morgens.«

*Klick.*

War Royal bereit, Informationen über die Petrow-Bande herauszurücken? Oder hatte er es sich anders überlegt?

———

ALS ICH AN LA PESCHERIA VORBEIKAM, war Cadens Stimme über dem Stimmengewirr der Gäste zu hören. Ich eilte Delmars Stufen zur Terrasse hinauf. Caden sprach durch die offenen Türen mit jemandem, der an der Bar saß. Er trug ein schwarz-weiß kariertes Hemd, das zum Boden der Terrasse passte.

Neben ihm saß eine Frau mit zitronengelbem Haar. Ihr weißes Oberteil spannte sich, um ihre beeindruckende Oberweite im Zaum zu halten.

Caden sah mich und lächelte. »Da ist er ja.«

Wir schüttelten uns die Hände. Er griff nach der Champagnerflasche im Eiskübel und sagte: »Nimm dir ein Glas, wir müssen anstoßen.«

Ich begrüßte sein Date und Caden sagte: »Sylvia, das ist Beck. Wenn Sie ein Problem haben, ist er Ihr Mann.«

Ich lächelte.

Caden schenkte mir ein Glas Champagner ein und reichte es mir. »Sie müssen vorsichtig sein, Syl, er kennt eine Menge übler Typen.«

Sie rutschte auf ihrem Stuhl hin und her. »Wirklich? Was für einen Job haben Sie denn?«

Ich setzte mich. »Ich arbeite im Finanzwesen.«

Caden sagte: »Ja, genau.«

Ich hob mein Glas, trat ihm unters Tischbein und sagte: »Aber ich rede nicht gern über die Arbeit, wenn ich frei habe. Auf das Leben.«

Wir stießen an. Während ich nach Ausreden suchte, um mich zu verabschieden, sagte Caden: »Syl, das ist der Typ, von dem ich dir erzählt habe. Er hat mich aus der Klemme geholt, einfach so.« Er schnippte mit den Fingern. »Ich hätte viel länger gebraucht …«

Ich stand auf. »Brett, ich muss mit dir über etwas reden, unter vier Augen.«

»Klar, Mann.«

Er folgte mir die Treppe hinunter zum Bürgersteig. Ich zog mich in den Innenhof des nächsten Gebäudes zurück. Hinter einer Metallskulptur stehend, sagte ich: »Was hast du deiner Freundin erzählt?«

»Sie ist nicht meine Freundin. Ich hab sie erst letzte Nacht im Campiello's kennengelernt. Du hättest dabei sein sollen, Mann. Wir hatten …«

»Du redest zu viel. Ich habe dir gesagt, du sollst deine Klappe halten.«

»Ich hab doch nichts gesagt.«

Ich senkte meine Stimme. »Du könntest alles auffliegen

lassen. Mir ist das egal. Es bedeutet mir nichts, wenn du in den Knast gehst.«

»Ach, komm schon, Beck. Ich habe nicht …«

»Wenn Mr. X herausfindet – und das wird er –, dass du dein Maul aufgerissen hast, wirst du dir wünschen, du wärst im Gefängnis.«

»Tut mir leid, Mann. Ich hab nicht viel gesagt, nur, weißt du, ich hab dir gedankt und so.«

»Ich will nicht, dass mein Name erwähnt wird oder irgendetwas, was ich tue. Hörst du mich?«

»Ja, ja, keine Sorge.«

»Wenn du auch nur ein Wort sagst, wird es nicht schön enden.«

»Meine Lippen sind versiegelt.«

»Sorg dafür, dass das so bleibt. Ich bin raus hier.«

»Warte. Bleibst du nicht zum Abendessen?«

»Du hast mir den Appetit verdorben.«

## 59

ICH VERSTAUTE DIE HANDYS IM HANDSCHUHFACH MEINES Wagens und stieg in den schwarzen Escalade. Royals rechte Hand, Pluck, saß auf dem Beifahrersitz. Ein anderer Handlanger, Griff, saß neben mir. Er warf mir eine Haube zu.

»Wie oft soll ich das Ding noch aufsetzen? Ich war doch schon etliche Male da.«

Pluck sagte: »Setz sie auf.«

Ich nahm meine Brille ab und stülpte mir den Sack über den Kopf. »Weck mich auf, wenn wir da sind.«

An Einnicken war nicht zu denken. Royal machte mich nervös. Er war gefährlich, und obwohl er einigermaßen berechenbar war, war er in den fünfzehn Jahren, in denen ich ihn kannte, ein paarmal ausgerastet.

War es eine Fehleinschätzung, mich auf den Glauben zu verlassen, dass er mich brauchte? Royal hatte das Geld, um auf eine Insel seiner Wahl zu fliehen und in Luxus zu leben. Aber er würde an Macht verlieren.

Ich war kein Seelenklempner, aber ich hatte gesehen, wie Royal die Angst wie ein Maestro einsetzte. Er bekam davon einen Dopaminschub. Es würde ihm schwerfallen, dieses Gefühl hinter sich zu lassen.

Obwohl er sein Geld auf unkonventionelle Weise verdiente, teilte Royal eine gemeinsame Eigenschaft mit Leuten, die Megasummen verdient hatten: Sie arbeiteten weiter, nicht des Reichtums wegen, sondern für die Streicheleinheiten, die die Macht ihren Egos verschaffte.

Die Bootsfahrt war kürzer als die anderen. Man half mir von Bord. Der Weg über den Steg war länger als zuvor. Eine Fliegengittertür quietschte. Pluck warnte mich: »Stufe.«

Die Tür schloss sich hinter mir und eine Hand schob mich vorwärts. Eine weitere Tür öffnete sich. Er sagte: »Du kannst sie abnehmen.«

Ich zog die Haube ab und setzte meine Brille auf.

Pluck sagte: »Setz dich.«

Royal hatte den Standort gewechselt. Die Fensterläden waren geschlossen, aber in diesem Raum gab es mehr Licht. Ein Kasten Zephyrhills-Wasser stand auf dem Boden.

»Kann ich ein Wasser haben?«

»Greif zu.«

Ich stach ein Loch in die Folie und zog eine Flasche heraus. Als ich sie an die Lippen setzte, kam Royal herein.

»Hey.«

Royal nickte. Er ließ sich in einen Stuhl sinken. »Schnellere Fahrt, was?«

»Jep, aber auf die Haube könnte ich verzichten.«

Mit gespreizten Beinen und der Hand im Schritt musterte Royal mich. »Wie kann ich dir noch über den Weg trauen, nachdem du mich verpfiffen hast?«

»Wie oft muss ich es dir noch sagen? Ich habe weder dich noch irgendjemand anderen verpfiffen.«

»Du bleibst immer noch bei dem Scheiß?«

»Wenn ich so etwas bei irgendjemandem tun würde, wäre mein Ruf im Arsch. Niemand würde mehr mit mir arbeiten.«

»Du solltest deinen Jungen Mario besser im Auge behalten.«

»Er ist wie ein Bruder für mich. Aber falls es dir irgendetwas bedeutet: Von der Sache hier, die ich gerade versuche durchzuziehen, hat er absolut keine Ahnung.«

»Wenn du mich verarschst, Beck, bist du ein toter Mann. Hörst du mich?«

»Du brauchst dir keine Sorgen zu machen.«

»Du tot, dein Junge Mario tot, deine Freundin Laura tot –«

»Ach, komm schon, Royal. Ich weiß, was auf dem Spiel steht, Mann.«

Jemand klopfte an die Tür. Royal sagte: »Was? Ich bin in einer Besprechung!«

Nino steckte den Kopf herein. »Sorry, Mann. Du meintest, ich soll dir Bescheid geben wegen, du weißt schon was.«

»Findet es statt?«

»Ja, morgen um halb eins.«

»In Ordnung. Lass mich in Ruhe.«

Nino verschwand und schloss die Tür.

Royal leckte sich die Lippen. »Ich will, dass alle Anklagen fallengelassen werden.«

»Hör zu, es ist einfacher für sie, dir eine neue Identität zu geben.«

Er fuhr hoch. »Wie der Zeugenschutzscheiß?«

»Du wärst nicht in einem Programm, aber du hättest einen neuen Pass und Auswcis und könntest überall untertauchen, ohne dir Sorgen machen zu müssen, dass man dich jagt.«

»Ich gehe nicht allein.«

»Willst du eine Dame mitnehmen?«

»Nein. Eine Braut kann ich mir überall aufreißen. Ich brauche meinen Jungen.«

»Von wem redest du da?«

»Pluck.«

»Oh. Ich weiß nicht, zwei neue Identitäten ... das ist ganz schön viel verlangt.«

»Wollen sie die verdammten Petrovs nun oder nicht?«

»Immer mit der Ruhe. Ich versuche nur, einen Weg zu finden, damit alle zufrieden sind. Was weiß er über die Petrovs, was du nicht weißt?«

»Pluck!«

Die Tür schwang auf. »Yo, Boss, was brauchst du?«

»Wirst du morgen bei der Petrov-Übergabe dabei sein?«

Pluck zog sein Kinn ein und sah mich an. Royal sagte: »Ist schon okay.«

»Ja, ich bin da, wie bei allen. Brauchst du was?«

»Nein. Das ist alles.«

Pluck ging.

»Siehst du?«

»Okay, wenn er so tief mit ihnen drinsteckt, wird er hilfreich sein. Ich werde tun, was ich für ihn tun kann, aber wenn sie sich nicht darauf einlassen, werde ich es trotzdem für dich besorgen, okay?«

Er nickte.

»Gut. Und wie kriegen wir jetzt die Petrov-Brüder?«

»Ein verdammtes Kinderspiel.«

»Es muss etwas Handfestes sein.«

Royal beugte sich vor und packte aus.

---

DIE SONNE STAND HOCH AM HIMMEL UND DER VERKEHR WAR
dicht. Ein Sattelschlepper schlängelte sich aus der Verkehrs-
kolonne und bog auf den Metro Parkway ab. Er fuhr in das
mit Vertriebszentren vollgepackte Gebiet von Fort Myers.

Der Fahrer setzte den Blinker und bog links in den
Industriekomplex von Fort Myers ein. Er fuhr die Zufahrtsstraße entlang, vorbei an der mehrere Footballfelder großen
UPS-Anlage und einem Regionallager von Publix, und bog
in eine Einfahrt ein, die zu einem FedEx-Depot und dem
Lager von Sun Glow Spirits führte. Der Lkw fuhr weiter
zum Gebäude des Spirituosenhändlers. Ein Flugzeug
dröhnte über ihm, als der Fahrer rückwärts an eine der
sechs Laderampen heranfuhr.

Er stieg aus und öffnete die Hecktüren des Aufliegers,
während zwei FedEx-Transporter von ihrem Lagerhaus
wegfuhren. Der Fahrer manövrierte den Auflieger langsam
ganz in die Rampe, sprang mit einem Klemmbrett in der
Hand aus dem Führerhaus und verschwand im Gebäude.

Die FedEx-Transporter fuhren von beiden Seiten auf

den Auflieger zu. Die Türen der Fahrzeuge sprangen auf und ein SWAT-Team der DEA stürmte heraus. Mit gezogenen Waffen eilten die Agenten die Treppe der Laderampe hinauf und gaben sich zu erkennen.

Die meisten Leute im Lagerhaus erstarrten, aber Pluck hechtete hinter einen Gabelstapler, der eine Palette mit blauen Fässern geladen hatte.

Der leitende Agent schrie: »Alle auf den Boden!«

Mit Blaulicht quietschten sechs Streifenwagen aus Lee County und Collier County zum Stillstand. Polizisten sprangen heraus und überschwemmten das Gelände.

Während die Rechte verlesen wurden, klickten Handschellen und die Verdächtigen wurden auf die Rücksitze der Streifenwagen verfrachtet.

Ein Schwall Russisch wurde von einem Agenten unterbrochen: »Halten Sie den Mund!«

Der leitende DEA-Agent ging zu einem Gabelstapler und sagte zu dem Mann, der darauf saß: »Stellen Sie die Fässer auf den Boden und steigen Sie ab.«

Der Fahrer, der ein Tanktop trug und an dessen Ohrläppchen ein Kreuz baumelte, sagte: »Ich habe nichts getan. Ich arbeite hier nur.«

Nachdem die Ladung auf dem Boden stand, wies der Agent an: »Legen Sie ihm Handschellen an. Das klären wir später.«

Der Drogenfahnder klopfte gegen die Seite eines blauen Fasses mit der Aufschrift »Bio-Olivenöl – Produkt aus Spanien«.

Er gab einem anderen Agenten ein Zeichen. »Machen Sie den Deckel auf.«

Der Agent setzte eine Maske auf, während die anderen zurückwichen. Der Deckel des Fasses klapperte auf den

Boden. Er spähte hinein und leuchtete mit seiner Taschenlampe hinein. »Es scheint alles flüssig zu sein.«

»Irgendwelche Anzeichen für einen doppelten Boden?«

Der Beamte bemaß den Behälter. »Nein.«

»Öffnen Sie noch eins.«

Er riss ein weiteres auf. »Es sieht wie Öl aus. Warten Sie, da ist etwas auf dem Boden.«

»Seien Sie vorsichtig. Geben Sie ihm eine Greifzange.«

Er tauchte einen behandschuhten Finger in die Flüssigkeit. »Es riecht nach echtem Olivenöl.«

Der Agent führte das Gerät ein und zog ein eingeschweißtes Paket hoch. Öl tropfte vom Plastik und platschte auf den Boden. »Es ist voller Pillen.«

»Öffnen Sie es nicht. Es ist wahrscheinlich Fentanyl.«

Ich bog vom Hickory Boulevard ab und parkte. »Na komm, mein Junge.« Ich hob Toby vom Sitz und ging zum Eingang des Bonita-Beach-Hundeparks. Ich watete durch knietiefes Wasser, bevor ich Toby auf festem Boden absetzte.

Toby stürmte auf eine Gruppe Hunde zu, die in der Brandung tobten. Sie hatten am Strand mehr Spaß als die meisten Menschen.

Ich zog mich in den Schatten eines kümmerlichen Baumes zurück. Als ich Toby aus den Augen verlor, trat ich näher und erhaschte einen Blick auf Mario, der sich näherte.

Er ließ seine Sandalen fallen. »Was ist mit dem ganzen Wasser los? Gibt es keinen anderen Weg hier rein?«

»Hurrikan Ian hat das vermasselt. Es wird schlimmer, wenn die Flut kommt.«

»Werden die etwas dagegen tun? Können sie es nicht einfach auffüllen?«

»Das hat keine Priorität. Sie haben immer noch mit vielen anderen Schäden zu kämpfen.«

»Also, was hast du darüber gehört, wie es gelaufen ist?«

Ich trat zurück zur Baumgrenze. »Wirklich gut. Beide Petrovs waren da und Pluck.«

»Oh Mann, das hätte ich zu gerne gesehen.«

»Ich auch. Die Petrovs haben weniger Emotionen als ein Stein, aber allen Berichten zufolge haben die Russen eine Schimpftirade hingelegt.«

»Scheiß auf die. Wie viele wurden verhaftet?«

»Neun, aber es heißt, ein paar der Lagerarbeiter hatten anscheinend keine Ahnung, was vor sich ging. Aber stell dir vor, einer der Top-Leute der Petrovs hat geredet. Er sagte, die Drogen seien von Mexiko nach Spanien verschifft worden, als Tequila getarnt.«

»Was? Warum Spanien?«

»Anstatt zu versuchen, es über die Grenze zu bringen, haben sie es in legalen Tequila-Lieferungen von Mexiko nach Spanien verschifft. Sobald es dort ankam, haben sie es vakuumiert und in Fässern mit Olivenöl versenkt, die nach Charleston verschifft wurden.«

»Wow. Ich muss sagen, diese Jungs haben einen riesigen Aufwand betrieben.«

»Die Petrovs sind gut in dem, was sie tun. Sie haben den Kreis der Eingeweihten klein gehalten und sich die extra Mühe gemacht, es zu tarnen.«

»Das kann man wohl sagen. Das ist ein ausgeklügelter Plan, wie er im Buche steht.«

»Besser als meiner?«

Mario lachte. »Was hat O'Leary gesagt? Er muss glücklich sein, der DEA eins ausgewischt zu haben.«

»Da hast du recht. Ihm zufolge hatte die DEA keine

Ahnung, was da lief, und wenn Royal es uns nicht gesagt hätte, wären sie nie dahintergekommen, wenn die Petrovs es nicht vermasselt hätten.«

»Es ist nicht allzu schwer, den Bundesbehörden einen Schritt voraus zu sein.«

Ich schüttelte den Kopf, als mein Wegwerfhandy vibrierte. »Das ist Royal.«

»Bei all dem hier muss er ja total nervös sein.«

»Das ist eine Untertreibung. Er hat mich seit der Razzia viermal angepingt. Ich habe ihm gesagt, dass ich zwei Tage brauche, aber er drängt wie verrückt auf seinen Teil der Abmachung.«

»Lass ihn schmoren.«

»Wenn alles gut geht, werde ich ihn morgen besuchen.«

»Royal wird stinksauer sein, dass sein Junge Pluck hochgenommen wurde.«

»Er denkt, ich werde ihn freibekommen.«

»Kannst du etwas tun?«

»Warum sollte ich einen Gefallen für einen Kretin wie Pluck verschwenden? Er wird für eine lange Zeit hinter Gittern sein, wo er hingehört.«

---

ICH GOSS GERADE Hafermilch in meinen Kaffee, als eine Stimme im Fernsehen sagte: »Soeben eingetroffen. Eilmeldung. *WINK News* berichtet live vom Collier County Sheriff's Office, wo Sheriff Remin in Kürze eine kurze Erklärung an die Presse abgeben wird.«

Ich eilte ins Wohnzimmer, um vor dem Fernseher zu sein. Der Sheriff trat ans Podium.

»Guten Abend. Ich möchte über eine wichtige Entwicklung bezüglich eines Hauptlieferanten der stärksten Droge auf der Straße, Fentanyl, berichten. Früher am heutigen Tag haben wir in einer behördenübergreifenden Operation, an der auch das Collier County Sheriff's Office beteiligt war, mehrere Mitglieder einer Drogenschmugglerbande verhaftet. Auf einen Tipp eines Informanten hin hat mein Büro die Hilfe der Drogenbekämpfungsbehörde und des Lee County Sheriff's Office in Anspruch genommen und eine erfolgreiche Razzia gegen eine berüchtigte Gruppe, bekannt als die Petrov-Brüder, koordiniert.

»Die Bande, angeführt von Grigor und Zory Petrov, ist der größte Drogenlieferant im Bundesstaat Florida, mit Tentakeln, die bis nach South Carolina reichen. Die heute festgenommenen Verdächtigen waren gerade dabei, eine große Lieferung Fentanyl in einem Lagerhaus in Fort Myers entgegenzunehmen. Unter den Festgenommenen befanden sich Grigor und Zory Petrov, die Anführer der Schmuggeloperation, sowie mehrere ihrer Bandenmitglieder. Die Ermittlungen gegen dieses kriminelle Unternehmen dauern an, und wir werden relevante Informationen zu gegebener Zeit veröffentlichen.«

Ich fuhr mir mit dem Finger über die Narbe hinter meinem Ohr, als der Sheriff sagte: »Ich habe Zeit für zwei Fragen.«

Die Kamera schwenkte über den Raum voller Reporter, die mit den Händen wedelten. Sheriff Remin zeigte auf einen Mann in der ersten Reihe. »Brian.«

Ein glatzköpfiger Mann in einem blau karierten Hemd sprang auf. »Brian Gallagher, *Naples Daily News*. Sheriff, herzlichen Glückwunsch zum Erfolg der Razzia. Angesichts der vielen Behörden, die an der Operation beteiligt waren, würde es unsere Leser interessieren zu erfahren, welche Rolle Ihr Büro dabei gespielt hat.«

War die Frage von den PR-Leuten des Sheriffs lanciert worden?

Remin sagte: »Wir spielten eine entscheidende Rolle, indem wir erstens die Verschwörung zum Schmuggel und Vertrieb dieser tödlichen Droge aufdeckten und dann die genauen Angaben darüber lieferten, wann und wo diese spezielle Lieferung entgegengenommen wurde.«

»Wussten Sie, dass die Petrov-Brüder selbst dort sein würden?«

»Dazu kann ich keinen Kommentar abgeben. Nächste Frage.«

Remin zeigte auf jemanden in der ersten Reihe. »Kate.«

Eine schlanke Frau in einem weißen Hosenanzug stand auf. »Kate Wilson, *WINK News*. Die Fentanyl-Krise fordert in vielen Gemeinden in Südwestflorida und im ganzen Land einen hohen Tribut. Sie haben die Operation, die Sie zerschlagen haben, als ein wichtiges und folgenreiches, sagen wir mal, Rädchen bei der Einfuhr und dem Vertrieb von Fentanyl bezeichnet. Glauben Sie, dass Sie den Nachschub erheblich unterbrochen haben und dass dies ein Wendepunkt zur Beendigung der Krise ist?«

»Ich wünschte, ich könnte das bejahen. Fakt ist, wir haben eine wichtige Schlacht gewonnen, aber der Krieg ist noch lange nicht vorbei. Vielen Dank für Ihr Kommen.«

Die einzige Möglichkeit, diesen Kreislauf zu durchbrechen, war, entweder die Geldquelle versiegen zu lassen oder die Nachfrage abzuwürgen. Zu viele, darunter eine deprimierende Anzahl von Politikern und Beamten, hielten die Hand auf.

Mein Wegwerfhandy vibrierte. Es war Royal.

WALMART HATTE WOHL EINEN GROßEN AUSVERKAUF. ICH parkte in der letzten Reihe und öffnete die Blisterverpackung des Handys, das ich gestern gekauft hatte. Die Rückseite des Telefons ließ sich leicht abnehmen. Ich steckte die SIM-Karte hinein und aktivierte das Wegwerfhandy; neutrale Orte boten eine weitere Ebene der Anonymität.

Der schwarze Escalade schlängelte sich zu meinem Wagen. Ich schmiss das Wegwerfhandy und mein normales Handy ins Handschuhfach und stieg aus.

Eine getönte vordere Seitenscheibe des Cadillacs fuhr herunter. Nino sagte: »Steig ein.«

Ich lächelte. »Wir müssen aufhören, uns so zu treffen.« Er fuhr die Scheibe hoch. Ich rutschte auf den Rücksitz. Der Schläger, der dort saß, reichte mir die Haube.

»Das wird langsam alt. Warum muss ich das Ding aufsetzen?«

»Halt die Klappe und bedecke deinen Kopf.«

Der Stoff kratzte an meiner Wange. Wer hatte das schon alles getragen?

»Rutsch an den Rand vom Sitz.«

Zwei Paar Hände durchsuchten mich. »Er ist sauber.«

Ich lehnte mich zurück und der Cadillac raste davon. Mit geschlossenen Augen hielt ich meine Sinne wach, während wir uns auf den Weg zu Royal machten. Der Wagen wurde langsamer, dann holperte er. Hatten wir die Straße verlassen? Ich spannte mich an. »Wo fahren wir hin?«

»Halt die Klappe.«

Die Gefahr, dass Royals animalische Instinkte die Oberhand gewinnen würden, war real. Fuhren wir an einen Ort, an dem sie mich leicht loswerden konnten? Der Wagen kam zum Stehen und die Türen öffneten sich. Ich hob den Rand der Haube an.

»Hey! Leg dich nicht mit uns an.«

Wir waren am Wasser. Wir waren nicht den Anstieg hochgefahren, der die Brücke nach Marco Island markierte. Wo waren wir?

Als ich zu etwas geführt wurde, von dem ich sicher war, dass es ein Dock war, löste sich ein Großteil der Anspannung in meinen Schultern.

Eine Hand packte meine. »Steig hoch.«

Wir stiegen auf ein Boot. Es sah so aus, als hätte Royal seine Meinung nicht geändert. Vorerst. Das Boot legte ab und ein Spritzer Wasser benetzte meinen Arm, bevor ich unter Deck gebracht wurde.

Nach anderthalb Stunden wurde das Boot langsamer und manövrierte in einen Liegeplatz. Wir waren da. Der Fahrer stellte den Motor ab. »Los, bewegen.«

Ich stand auf. Das Boot schaukelte. Eine Hand packte mein Handgelenk und führte mich nach vorne. »Steig hoch.« Mein linker Fuß traf auf das Dock. Dann mein rechter. Wir gingen in ein Haus. Die Tür schloss sich und ich nahm meine Haube ab.

Neben einem Tisch stand ein Koffer. Kisten mit Limonade und Wasser stapelten sich auf dem Boden. Ich schnappte mir eine Wasserflasche.

Royal betrat den Raum. Er schloss die Tür und setzte sich.

Als ich mich setzte, winkte Royal mich näher heran. Ich rückte den Klappstuhl neben ihn. Er sagte: »Hast du es?«

Ich griff in meine Gesäßtasche. »Jep. Hier, bitte schön.«

Royal nahm den Pass. Er schlug die Seite mit dem Foto auf. »Byron West?«

»Der Name gefällt mir.«

Er murmelte seine neue Identität vor sich hin und hielt das Büchlein näher an seine Augen. Royal fuhr mit dem Daumen über das Hologramm. Er nickte und schloss den Pass. »Sieht gut aus.«

»Siehst du, ich habe dir doch gesagt, dass ich ihn dir besorgen würde.«

»Du hattest keine Wahl, Beck.«

»Da wäre ich mir nicht so sicher.«

»Ich habe ihn mir verdammt noch mal verdient, das habe ich.«

Er hatte recht. »Stimmt, Mann. Es war genau das, was sie wollten, aber es war trotzdem nicht einfach, sie zu überzeugen. Ich musste jeden Gefallen einlösen, den ich auf Lager hatte.«

»Was ist mit Pluck?«

»Für ihn würden sie nichts tun. Besonders nicht mit der Petrov-Verbindung.«

»Ich höre, dass da jemand singt.«

»Ich auch. Sieht so aus, als wäre es einer von Petrovs Leuten, Dimitri.«

»Die verdammten Russen haben es verdient.«

»Also, wohin geht's für dich?«

»Nicht sicher. Vielleicht nach Hause.«

»Chicago? Du bist schon zu lange in Florida. Die Kälte packst du nicht mehr.«

»Ich weiß, vielleicht Houston oder New Orleans.«

Ich stand auf und streckte meine Hand aus. »Na dann, viel Glück.«

Royal packte meine Hand und zog mich nah an sich. Er sah mir in die Augen. »Sei vorsichtig, Weißbrot.«

Ich lächelte. »Bin ich immer. Bin ich immer.«

Er ließ meine Hand los. »Bringt ihn zurück.«

Die Tür schwang auf. Griff sagte: »Setz deine Haube auf.«

Ich drehte mich zu Royal um. »Komm schon, Mann. Wir sind fertig, du hast, was du wolltest.«

»Er muss sie nicht mehr tragen. Wo ist Nino?«

»Hinten.«

»Geh und hol seinen Arsch.«

»Jaja.«

»Mach schon, hau ab hier.«

Wir stiegen auf das Boot. Es war ein Vierzigfüßer, aber bei Weitem nicht neu. Das Wasser hatte die Farbe der Karibik. Es entfernte sich vom Dock in die Zone ohne Kielwasser. Ich überflog die Küstenlinie. Mein Blick blieb an einem Schild hängen: Captain Craig's Plantation Key. Royal versteckte sich in den Florida Keys.

Etwas fiel mir ins Auge. Ich schaute nach Norden und eine Flottille von Booten raste nach Süden. Ich kniff die Augen zusammen. Waren das Polizeiboote?

Ein Boot scherte aus und nahm Kurs auf uns.

Royals Mann bemerkte, wie sie näher kamen. »Was zum Teufel? Die Bullen?«

Ich fragte: »Was ist los?«

Griff sagte: »Halt deine Klappe.«

Über das Dröhnen unseres Bootsmotors hinweg ertönte ein Lautsprecher: »Bringen Sie Ihr Wasserfahrzeug zum Stehen! Dies ist eine Anordnung des Sheriff's Office von Collier County. Stopp!«

Unser Fahrer bremste ab. Die Polizisten kamen näher. Ein Beamter warf einen weißen Fender über die Seite und ihr Boot legte sich an unseres.

Zwei Beamte hoben ihre Waffen. »Hände hoch.«

Wir hoben die Hände in die Luft.

»Nicht bewegen. Wir kommen an Bord Ihres Schiffes.«

---

## 63

ICH SCHENKTE MIR DREI FINGER BREIT TITO'S EIN. DIE LEUTE dachten, alle Wodkasorten würden gleich schmecken, aber der Unterschied war leicht zu erkennen. Ich sah auf die Uhr und schaltete den Fernseher ein.

Noch eine nervige Werbung von einem Anwalt für Personenschäden. Wussten die denn nicht, dass diese Werbespots darauf hinausliefen, die Leute zu einem möglichen Betrug anzustacheln? War Munoz vielleicht davon beeinflusst worden, wie die Anwälte mit dem gewonnenen Geld prahlten?

Der Werbespot endete und das Logo von *WINK News* füllte den Bildschirm. Ich legte die Füße hoch und nippte an meinem Drink, während die Einleitung der Nachrichten zu Ende ging. Natürlich stiegen sie mit der drohenden Möglichkeit eines Unwetters ein. Dann ein kurzer Ausblick auf die für den Abend geplante Berichterstattung, einschließlich des Grundes, warum ich zusah.

Der Nachrichtensprecher saß hinter einem Pult und sagte: »Wir beginnen die heutige Sendung mit etwas, das direkt aus einem Hollywoodfilm stammen könnte. Unsere Zuschauer erinnern sich vielleicht an eine Geschichte, über die wir berichtet haben: eine Bootsexplosion vor der Küste von Lovers Key.«

Anstelle des Nachrichtensprechers wurde ein Video von schwarzem Rauch gezeigt, der von einem im Golf von Mexiko treibenden Schiff aufstieg.

»Das Boot gehörte Nathan Royal, der in den Tagen nach der Explosion verurteilt werden sollte. Eine Leiche, bei der man davon ausging, dass es sich um Mr. Royal handelte, wurde aus dem Wrack geborgen. Aber die tragische Geschichte war damit noch nicht zu Ende.«

»Wie in diesem Video, das gestern Nachmittag in Monroe County aufgenommen wurde, zu sehen ist, erfolgte in Key Largo eine Festnahme. Die in Gewahrsam genommene Person war niemand Geringeres als Nathan Royal. Es scheint, dass Mr. Royal seinen Tod vorgetäuscht und sich in einem Haus auf der Insel Key Largo versteckt gehalten hatte.«

»Ein Reisepass mit dem Foto von Mr. Royal, der jedoch auf den Namen Byron West ausgestellt war, wurde beschlagnahmt. Die Behörden von Monroe County glauben, dass Mr. Royal im Begriff war, diese neue Identität zu nutzen, um für immer zu verschwinden.«

»Als ob das nicht schon genug wäre, behauptet Lamar White, der Anwalt, der Mr. Royal vertritt, sein Mandant habe als Agent für das Sheriffbüro von Collier County gehandelt. Hier ist Mr. White, wie er heute mit unserer Kate Wilson sprach.«

Der Anwalt stand unter dem Säulengang des Gerichtsgebäudes. Der Reporter fragte: »Mr. Royal hat seinen eigenen Tod vorgetäuscht, um einer sicheren Gefängnisstrafe zu entgehen. Wie werden Sie plädieren?«

»Mr. Royal war ein De-facto-Agent des Sheriffbüros von Collier County. Er hat entscheidende Informationen geliefert, die für die kürzliche Verhaftung der Brüder Petrov von entscheidender Bedeutung waren.«

»Wenn er mit Strafverfolgungsbeamten zusammengearbeitet hat, warum hat er sich dann versteckt?«

»Mein Mandant hat mit der Staatsanwaltschaft von Collier County eine Vereinbarung getroffen, die anhängigen Anklagen im Austausch für Informationen, die zur Fentanyl-Razzia führten, fallen zu lassen. Er hat sein Leben aufs Spiel gesetzt, um eine kriminelle Organisation zu zerschlagen. Man sollte ihn feiern und unter seinen Schutz stellen, anstatt ihn in eine Gefängniszelle zu stecken.«

»Welchen Beweis haben Sie für diese Vereinbarung?«

»Bei der Verhaftung meines Mandanten wurde ein Reisepass mit dem Foto von Mr. Royal unter dem Namen Byron West beschlagnahmt. Warum sollten sie ihm eine neue Identität geben, wenn er nicht unter ihrem Schutz stand?«

»Sind Sie sicher, dass der Pass echt war?«

»Absolut. Wir freuen uns darauf, die trügerischen Machenschaften der Regierung aufzudecken. Sobald wir das Doppelspiel der Regierung ans Licht gebracht haben, sind wir zuversichtlich, dass der Richter die Anklagepunkte während der Anklageverlesung von Mr. Royal fallen lassen wird.«

»Wir werden über die Anhörung berichten –«

»Lassen Sie dies eine Warnung für jeden sein, der eine Absprache mit den Behörden anstrebt. Seien Sie gewarnt, man kann ihnen nicht trauen.«

---

## 64

Der Gerichtssaal war proppenvoll mit Pressevertretern und interessierten Bürgern. Ich ließ mich auf einer der Bänke nieder und musterte die Leute in der ersten Reihe auf der Seite der Verteidigung.

Keiner von Royals Männern war da. Pluck saß hinter Gittern, aber wo waren die anderen? Es hatte sich herumgesprochen, dass Royal die Petrovs verpfiffen hatte.

Ich musterte die Leute in den übrigen Reihen. Keine bekannten Gesichter.

Ein Gerichtsdiener, der gut fünfzehn Kilo Übergewicht mit sich herumschleppte, erhob sich.

»Erheben Sie sich, bitte. Das Gericht des zwölften Gerichtsbezirks, Abteilung für Strafsachen, tritt nun zusammen, unter dem Vorsitz des ehrenwerten Richters Michael Jacoby.«

Alle erhoben sich, als sich eine Tür öffnete. Ein Mann mit buschigem Haar in einer schwarzen Robe trottete zu seinem Platz. Der Richter ließ sich in seinen Stuhl sinken und sagte: »Anklageverlesungen sind öffentliche Angelegenheiten, aber angesichts des Interesses, das der erste Fall hervorgerufen hat, habe ich beschlossen, einen Schritt weiterzugehen. Ich werde gestatten, dass dieses Verfahren aufgezeichnet wird.«

Er setzte seine Lesebrille auf und sagte: »Rufen Sie bitte den Fall auf.«

»Fallnummer 343433BZ, Staat Florida gegen Nathan M. Royal.«

»Ist der Angeklagte anwesend?«

Royal und sein Anwalt standen auf. »Ja, Euer Ehren.«

Der Richter nahm ein Dokument zur Hand. »Dem Angeklagten werden Betrug, Verletzung seiner Kautions-auflagen und Behinderung der Justiz vorgeworfen. Wie plädieren Sie?«

»Auf nicht schuldig, Euer Ehren.«

»In Ordnung, Mr. Royal. Ich hoffe, Sie nehmen diese Anklagepunkte ernster als die, die zu Ihrer Verurteilung wegen Körperverletzung geführt haben. Einer Verurteilung, für die das Strafmaß in einer anderen Anhörung festgesetzt wird.«

Royals Anwalt, White, erhob sich. »Euer Ehren, wir bitten Sie, unseren Antrag auf Abweisung der Klage zu prüfen.«

»Und Ihre rechtliche Grundlage für eine Abweisung?«

»Haben Sie unseren Schriftsatz gelesen?«

»Noch nicht. Fassen Sie ihn für das Gericht zusammen.«

»Mr. Royal hat eine Vereinbarung mit der Staatsanwalt-schaft getroffen. Diese Vereinbarung sah vor, dass mein Mandant Informationen zur Verfügung stellt, im Austausch dafür, dass alle Anklagepunkte im Zusammenhang mit seiner Flucht fallengelassen und die Strafzumessung für eine frühere Verurteilung wegen Körperverletzung ausgesetzt werden.«

White nahm etwas vom Tisch der Verteidigung. Er hielt es dem Richter hin. »Dies ist ein Pass, ausgestellt auf den Namen Byron West. Aber das Foto ist von Nathan Royal. Indem man meinem Mandanten eine neue ...«

Richter Jacoby riss sich die Lesebrille von der Nase. »Einen Moment, Herr Anwalt.« Der Richter blickte den Staatsanwalt an. »Mr. O'Leary, wie lautet die Antwort des Staates?«

Er rappelte sich auf. »Euer Ehren, der Staat ist dankbar für die Informationen, die Mr. Royal geliefert hat, aber er widerspricht einer vollständigen Abweisung.«

»Haben Sie versprochen, alle Anklagepunkte gegen den Angeklagten fallenzulassen?«

»Ja, aber wir sind im Begriff, weitere Anklagen zu erheben, schwerwiegende ...«

»Wie ist der Status dieser Anklagen?«

»Wir arbeiten an den Schriftsätzen. Es sollte jeden Moment so weit sein ...«

Jacoby schlug mit dem Hammer auf seinen Tisch. »Fall abgewiesen. Rufen Sie den nächsten auf.«

Royal reckte die Faust in die Luft und umarmte seinen Anwalt. Es wurde fotografiert wie auf einem roten Teppich in Hollywood.

Royal war frei. Ich schlüpfte aus dem Gerichtssaal, bevor er mich entdecken konnte.

---

## 65

ICH SCHNAPPTE MIR DEN LETZTEN PARKPLATZ. ES WAR TACO Tuesday und der Grund, warum der North Naples Country Club so voll war wie in der Osterwoche.

Es gab nur noch Stehplätze, aber solange keine Massenpanik ausbrach, konnte mir nichts den Tag verderben. Wie lange hatten sie wohl gebraucht, um all die Nummernschilder zu sammeln, die sie als Tapete benutzten?

Mit einem Bier in der Hand saß Mario an einem Hochtisch und sah sich ein Golfturnier an. Ich ließ mich auf einen Stuhl ihm gegenüber gleiten. »Hey, sag ihnen, sie sollen auf *WINK News* umschalten.«

»Was ist los?«

»Beeil dich, es ist gleich sechs, und besorg mir einen Tito's auf Eis.«

Er ging zur Bar. Der Barkeeper richtete eine Fernbedienung auf mich und Kanal fünf erschien auf dem Bildschirm.

Mario stellte mein Getränk ab. »Was ist passiert, was du sehen willst?«

Ich zeigte auf den Fernseher, als das Intro von *WINK*

*News* endete. Das Lokal war laut, aber Untertitel liefen über den Bildschirm.

»Guten Abend, Southwest Florida. Wir beginnen unsere Sendung mit einem weiteren Teil einer dramatischen und komplizierten Geschichte, die das Sprichwort bestätigt, dass die Wahrheit manchmal unglaublicher ist als jede Fiktion.«

»Die Geschichte, in der es um einen Mann geht, der seinen Tod vorgetäuscht hat, hat eine weitere Wendung genommen. Gestern wurde Nathan Royal, der Mann, von dem die Polizei glaubte, er sei bei einer Bootsexplosion ums Leben gekommen, in einem Gerichtssaal in Collier County angeklagt. Mr. Royal plädierte bei der Anklageerhebung auf nicht schuldig, aber dabei blieb es nicht.«

»In einer unerwarteten Wendung erklärte Royals Anwalt, dass sein Mandant einen Deal mit der Staatsanwaltschaft geschlossen habe, um Informationen zu liefern und im Gegenzug die Anklage gegen ihn fallen zu lassen. Die Staatsanwaltschaft bestätigte die Vereinbarung und der Richter wies den Fall ab. Mr. Royal wurde aus der Haft entlassen und verließ den Gerichtssaal.«

»Doch wie Sie hier sehen werden, währte seine Freiheit nicht lange.«

Ein Video von Royal, die Hände auf dem Rücken gefesselt, wie er in die Polizeiwache geführt wurde, füllte den Bildschirm.

»Nur ein paar Stunden später wurde Mr. Royal in seinem Haus in Fort Myers erneut verhaftet. Die Anklagepunkte lauteten diesmal auf Verschwörung zum Mord. Laut unseren Quellen bei der Polizei wurden Mr. Royal und ein anderer Mann, Brett Caden, dabei gefilmt, wie sie einen bezahlten Mord ausmachten. Mr. Caden, ein Einwohner von Naples, wurde heute Morgen verhaftet.«

Mario starrte mich mit großen Augen an. Ich griff in die Taschen meiner Cargoshorts und zog meine Brille mit der Spionagekamera hervor.

Mario lächelte. Der Nachrichtensprecher fuhr fort: »Im Falle einer Verurteilung drohen beiden Männern jahrzehntelange Haftstrafen. Wir werden Sie weiterhin über diese ungewöhnliche Geschichte auf dem Laufenden halten. Finden wir nun heraus, welches Wetter uns für den Rest der Woche erwartet.«

Ich kippte den Rest meines Wodkas hinunter und warf einen Fünfziger auf den Tisch. »Lass uns von hier verschwinden. Wir haben Arbeit zu erledigen. Wir treffen uns bei mir zu Hause.«

Als wir ins Sonnenlicht traten und zu unseren Autos gingen, zündete Mario sich eine Zigarette an. Ich sagte: »Gib mir eine von denen.«

Ich nahm eine aus der Packung, die er mir hinhielt. »Eine zur Feier des Tages?«

Nickend zündete ich mir den Sargnagel an und nahm einen tiefen Zug. »Wir sehen uns später.« Ich nahm noch einen Zug und drückte ihn im Aschenbecher draußen aus.

## 66

DIE FAHRT NACH ORLANDO WAR NERVIG, ABER NOTWENDIG. Die Route 4 war vollgestopft mit Touristen, die auf dem Weg zu den Freizeitparks in der Gegend waren oder von dort kamen. Disney wusste, wie man Menschenmassen in seinen Parks bewegt; warum haben die Verantwortlichen sie nicht in Sachen Verkehr zu Rate gezogen?

Nachdem ich die Ausfahrt zu den Universal Studios passiert hatte, wurde die Straße freier. Ich fuhr auf die Route 192 und schlängelte mich im Dunkeln zu einem Industriepark in Windsor Hills. Der Wachmann am Tor tätigte einen Anruf und ich parkte auf dem fast leeren Parkplatz eines Lagerhauses.

Ich schnappte mir die lederne Umhängetasche, die im Beifahrerfußraum lag, und ging zum Eingang. Über der Tür hing ein silbernes Schild: Unique FX.

Eine Minute, nachdem ich eine SMS geschickt hatte, öffnete sich die Tür. Mit Kopfhörern um den Hals streckte Maddox Ross mir seine Faust entgegen. »Du siehst gut aus, Beck.«

»Danke. Du auch, Maddox.«

Ich deutete auf sein T-Shirt. »Ich wusste gar nicht, dass du auf klassische Musik stehst. Hörst du das gerade?«

Er nickte. »Ich stand mal auf Grunge, aber George Lucas hat mich während meines Praktikums bei *Jurassic Park* auf Puccini und Debussy gebracht.«

Ich folgte ihm hinein. »Von Kurt Cobain zu Frédéric Chopin.«

Maddox kicherte. »Wenn Lucas Dudelsackmusik gehört hätte, hätte ich es auch ausprobiert. Aber in Wahrheit ist es so, dass klassische Musik die Kreativität in Fluss bringt. Ich weiß nicht, warum, vielleicht liegt es an der emotionalen Seite, aber die Dinge scheinen leichter von der Hand zu gehen.«

»Was funktioniert, sollte man nicht ändern.« Ich deutete auf ein grünes Gebilde, das eine dunkle Ecke einnahm. »Was ist das?«

»Wir bauen etwas für die Universal Studios. Sie prüfen einen Deal mit Marvel für eine Attraktion mit Thor und dem Hulk.«

»Oh, sind das Blitze?«

»Es ist noch lange nicht fertig, aber wenn man es nicht erkennt, müssen wir es uns noch einmal vornehmen.«

»Nein, es sieht gut aus.«

»Wie geht es Mr. Larson?«

»Ray geht es gut. Er lässt dich grüßen.«

»Er ist ein guter Mann. Ohne ihn hätte ich mich niemals selbstständig gemacht. Er hat wirklich an mich geglaubt.«

Larson war so clever, wie man nur sein konnte. Es war nicht nur sein Glaube an Maddox; er wusste auch, dass die Erfahrungen, die Maddox durch die Zusammenarbeit mit dem Schöpfer von *Star Wars* sammeln würde, zu neuen

Möglichkeiten führen würden. Deshalb hatte er einen Teil des Geldes investiert, das er bei der Klage wegen Personenschadens gewonnen hatte. »Er ist etwas Besonderes.«

»Der Beste, den es gibt.«

»Du warst mit Larsons Sohn Tommy auf dem College. Seht ihr euch noch?«

»Klar. Wir waren Zimmergenossen an der Texas A&M, und wenn man Zimmergenosse ist, hält die Freundschaft meistens ein Leben lang.«

Vom hinteren Ende des Lagerhauses ertönte ein Brüllen. »Was war das?«

»Columbia prüft eine weitere Fortsetzung der *Jumanji*-Reihe. Es ist ein geheimes Projekt, also behalte es für dich.«

Ich folgte ihm in eines der Büros, die sich an einer Wand entlangreihten. »Natürlich. Läuft es gut?«

»Oh ja, die Echtheit, die man durch den Einsatz von KI beim Bau von Nachbildungen erreicht, ist beängstigend.«

»Man kann nicht mehr sagen, was echt ist.«

»So wahr. Wir haben auch bei deinem Modell KI eingesetzt.«

»Es war besser als erwartet, aber diese ganze KI-Sache ist so lebensecht, das ist unheimlich.«

Er schloss die Tür hinter mir. »Die Ära der Deepfakes hat begonnen, Beck.«

Ich reichte ihm die Tasche mit hunderttausend Dollar in bar. »Wir wissen deine Hilfe wirklich zu schätzen.«

»Jederzeit. Solange es unter uns bleibt und ich die Kapazitäten habe, es zu stemmen, helfe ich euch.«

»Willst du was essen gehen?«

»Klar. Ich kenne einen guten Italiener mit einer Weinkarte voller trinkreifer Barolos.«

---

Toby wartete an der Tür. Er freute sich, Mario zu sehen. Hunde vergessen niemanden, genau wie Menschen.

Ich ging ins Wohnzimmer. »Du kannst später spielen, Toby. Wir haben was zu tun.«

»Komm mit uns, Junge.«

Ich stand neben der Couch und sagte: »Fass am anderen Ende an.«

Wir hoben sie an und rückten sie zurück. »Gut so, sie steht nicht mehr auf dem Teppich.«

»Lass uns den Couchtisch zum Fernseher stellen.«

Wir stellten den Tisch ab. Ich ging auf die Knie und rollte den Teppich zusammen. »Hol den dünnen Schraubenzieher aus der Schublade neben dem Kühlschrank.«

Mario reichte mir das Werkzeug. Ich hob vorsichtig einen Teil des Holzbodens an und legte den Safe frei, den ich in das Fundament hatte einlassen lassen.

»Ist er von Ian nass geworden?«

Ich legte meine Finger auf den Fingerabdruckscanner. »Nein, er hat eine wasserdichte Dichtung.«

Der Safe blinkte rot auf und das Schloss öffnete sich. Ich griff hinein und holte eine Reisetasche. Als ich den Reißverschluss öffnete, kamen banderolierte Stapel von Hundert-Dollar-Scheinen zum Vorschein. »Leg sie auf die Couch.«

Die Tür des Safes klickte. Ich legte meine Finger auf das Pad und er verriegelte. Ich rollte den Teppich wieder an seinen Platz und prüfte, ob er mit den UV-Linien, die die Sonne erzeugt hatte, übereinstimmte. Ich sagte: »Alles klar, lass uns die Möbel wieder zurückstellen.«

Wir leerten die Tasche aus und legten das Geld auf die Arbeitsplatte. Ich holte eine Schachtel mit braunen Papiertüten für das Mittagessen.

Mario fragte: »Wie lief's in Orlando?«

Während ich ein Dutzend Bündel in eine Tüte stopfte, sagte ich: »Abgesehen von der Fahrt und der Tatsache, dass Maddox gerne teuren Wein trinkt, war es gut.«

»Wie viel kostete das Abendessen diesmal?«

»Eintausend. Aber es war ein Schnäppchen. Du hättest die Puppe sehen sollen, die die FX-Leute gemacht haben. Sie sah aus wie ein echtes Kind. Das Blut hatte die richtige Farbe und Konsistenz. Es war unheimlich.«

»Glaub mir, ich bin stinksauer, dass ich das verpasst habe.«

»Royal hat bekommen, was er verdient hat.«

»Amen. Du hast mir nie erzählt, wie sie wussten, wo Royal sich versteckt hat.«

»Ich habe einen GPS-Sender im Absatz meines Schuhs versteckt.«

»Cool. Wie viel für Stone, O'Reilly und ihre Leute?«

»Sie wollten dreißig Riesen. Ich sage, wir geben jedem vierzig.«

»Das ist es allemal wert. Die sollten eigentlich in Hollywood arbeiten.«

Ich nahm eine Banderole von einem der Bündel und teilte es in der Mitte. »Die Sache mit dem Krankenwagen hat uns fünfzehntausend gekostet.«

»Bekommt Larson seinen üblichen Anteil?«

»Ja. Er hat heute Morgen angerufen. Puzo hat seine Anwaltszulassung abgegeben.«

»Er kann keinen Schaden mehr anrichten.«

»Wir sollten Larson etwas dafür geben, dass wir seinen Ferrari benutzt haben.«

»Klar.«

»Ich hätte nie gedacht, dass es mir gefallen würde, aber ich werde es vermissen, seinen Ferrari zu fahren.« Ich hob den halben Stapel an. »Ich gebe ihm die andere Hälfte davon.«

»Das ist fair.«

Als ich acht Bündel in Larsons Tüte steckte, lachte Mario. »Was gibst du Abernathy?«

»Da ich ihn erschaffen habe, behalte ich seine Gage ein.«

Mario sagte: »Die beiden wichtigsten Teile davon, der Junge und Abernathy, existierten gar nicht.«

»Mag sein, aber sie haben in Cadens Kopf herumgespukt.«

»Das taten sie auf jeden Fall.«

»Ich will Peterson zweihundert von den dreihundert zurückgeben, die er uns bezahlt hat.«

»Das ist eine Menge.«

»Es ist das Richtige. Uns bleiben immer noch vierhundert übrig. Wir nehmen jeder hundertfünfzig und legen hundert beiseite.«

»Klingt gut. Was hast du als Nächstes geplant? Irgendwas Spannendes?«

»Ventura hat etwas, aber ich weiß nicht, ob es das Richtige für uns ist.«

»Was ist es denn?«

»Es geht um ein paar übereifrige Leute vom Jugendamt.«

»Klingt interessant.«

»Und deprimierend. Ich habe nicht alle Einzelheiten, aber es scheint, als ob ein Vater wegen Missbrauchs, der vielleicht gar nicht stattgefunden hat, ins Gefängnis kam und das Sorgerecht verloren hat.«

»Hmm. Mann, wenn das stimmt, wäre es eine Sache, die man in Ordnung bringen sollte.«

»Ja, aber vielleicht ist es zu nah an meiner eigenen Geschichte.«

»Haben die Eltern Geld?«

»Darüber habe ich mit Ventura nicht gesprochen.«

»Wir sollten darüber nachdenken.«

»Das habe ich vor. Aber zuerst brauche ich ein paar Wochen frei.«

»Fährst du irgendwohin?«

»Nicht sicher.«

»Warum versuchst du nicht, wieder mit Laura zusammenzukommen?«

Er kannte mich einfach zu gut. »Wir werden sehen. Lass uns dieses Geld vorbeibringen.«

———

Ich hoffe, du hattest beim Lesen von *Im Namen der Rache* genauso viel Spaß wie ich beim Schreiben. Wenn ja, würde ich mich freuen, wenn du eine kurze Rezension auf Amazon oder deiner Lieblingsbuchseite schreiben würdest. Rezensionen sind der beste Freund eines Autors, und selbst ein oder zwei kurze Zeilen sind hilfreich. Danke, Dan

Sie können über mein Schreiben auf dem Laufenden bleiben und Zugang zu Büchern haben, die frei von Discounter sind, indem Sie sich meinem Newsletter anschließen. Normalerweise ist es einmal im Monat ausgestiegen und enthält auch Notizen zu Selbstwertgefühl, Motivationsstücken und Weinartikeln.

Es ist kostenlos. Siehe meine Website: www.danpetrosini.com

Dan ist ein USA-Today- und Amazon-Bestsellerautor, der seine erste Geschichte im Alter von zehn Jahren schrieb und es liebt, Geschichten oder Witze zu erzählen.

Seine Ideen für Geschichten erhält Dan, indem er der Frage nachgeht: Was wäre, wenn?

In fast jeder Situation, in der er sich befindet, geht Dan der Frage nach, was wäre, wenn dies oder das passieren würde? Was wäre, wenn diese Person sterben oder etwas Ungewöhnliches oder Illegales tun würde?

Dans ständiges Gedankenkarussell liefert ihm reichlich Stoff, den er zu interessanten Geschichten verwebt.

Als Fan von Büchern und Filmen mit unvorhersehbaren Wendungen gestaltet Dan seine Geschichten so, dass die Leser den Ausgang nicht erraten können. Er schreibt jeden Tag, ringt notfalls um die Worte und hat bis heute über fünfundzwanzig Romane geschrieben.

Für Dan ist es keine Frage des Wollens, er muss einfach schreiben.

Dan ist der festen Überzeugung, dass Menschen ihre Träume verwirklichen können, wenn sie sich darauf konzentrieren und handeln, und er ermutigt genau dazu.

Sein Lieblingsspruch lautet: „Der Preis der Disziplin ist immer geringer als die Kosten des Bedauerns."

Dan erinnert die Menschen daran, Negativität aus ihrem Leben zu verbannen. Er glaubt, dass sie ansteckend ist, und rät, sich von negativen Menschen fernzuhalten. Er weiß, dass eine wirklich positive Grundeinstellung einem das

Gefühl gibt, das Leben spiele einem in die Karten. Wenn er mal vom Weg abkommt, sagt er sich: „Man kann keinen guten Tag mit einer schlechten Einstellung haben."

Dan ist verheiratet, hat zwei Töchter und einen anhänglichen Malteser und lebt im Südwesten Floridas. Der gebürtige New Yorker hat an örtlichen Hochschulen unterrichtet, schreibt Romane und spielt Tenorsaxophon in mehreren Jazzbands. Außerdem trinkt er viel zu viel Wein und nimmt sich selbst niemals, aber auch wirklich niemals zu ernst.

Er veröffentlicht einen zweimal monatlich erscheinenden Newsletter mit Artikeln, seinen Texten sowie Sonderangeboten und Schnäppchen.